林清玄散文自选集(成人版)

林清玄/著

河北出版传媒集团
河北教育出版社

图书在版编目（CIP）数据

林清玄散文自选集：成人版/林清玄著.—石家庄：河北教育出版社，2010.1（2019.3重印）
ISBN 978-7-5434-7496-3

I.①林… II.①林… III.①散文－作品集－中国－当代 IV.①I267

中国版本图书馆CIP数据核字（2009）第244315号

书　名	林清玄散文自选集（成人版）
作　者	林清玄
责任编辑	高群英
装帧设计	北京颂雅风文化艺术中心

出　版	河北出版传媒集团 河北教育出版社　www.hbep.com （石家庄市联盟路705号　050061）
发　行	北京启发世纪图书有限责任公司
印　刷	盛通（廊坊）出版物印刷有限公司
开　本	880mm×1230mm　1/32
印　张	11.25
字　数	140千字
版　次	2010年7月第1版
印　次	2019年3月第15次印刷
书　号	ISBN 978-7-5434-7496-3
定　价	25.80元

版权所有　翻印必究
如有印装质量问题请与印刷厂调换　电话：010-52249888
发行电话：010-59307688

自 序
在美丽的湖边醒来

沉沉的梦中，听见远方寺院的钟声。

我从床上跳起来，推开窗子，想确定自己身在何处？

呀！是肇庆，美丽的七星湖边。

站立在湖中的水杉，倒映在水中的山影，以及优雅划过的小船，都在呼唤着我。

我完全清醒了。

许多年来，我一直在巡回演讲，四处旅行，每隔几天就会换一个城市，睡在不同的饭店，醒来的时刻使我的感受经常迷离：今夕何夕？此处何处？我在哪里？

清晨推开窗子的那一刻，才能真正确知自己的所在。是多么奇妙的感受呀！孤身一人，行走在从未到过的地方，仿佛飘浮在太空的某一情境，直到早上的闹钟响起，才从太空飘落，那窗外的景色永远既熟悉又陌生，像是深植于记忆，又像是第一次到达。

在异地的清晨，第一件事是醒来；第二件事是煮一杯咖啡，让心静下来。心一静下来，就想起自己是知命到耳顺之年了！想起远方的人，深爱的妻子与儿女！想起今日的行程，今天有三场演讲，还要上两个电视节目，接受一家报社的专访！

你是你，已不是最初的你！

你是你，也不是昨天的你！

每天的你都是不同的，昨天你还在南方的广州，今天已在北方的丹东了！

每天你的思想都是千回百转的，昨天你在寺庙里讲的是永恒的向往，今天你在大学里要讲的却是眼前的困境。

永恒的境不离眼前之心，一朝风月即是万古长空，却又向何人说去？只有在旅店的灯下，才能把眼前和永恒透过笔和稿纸做一个神秘的联结。

清晨，在美丽的不知名的湖边醒来，是美好而迷离的；但只有夜里在自己的心中醒来，书写文字，才会有平常的心。

奔波来去的岁月，一站又一站的旅途，在动荡与流离中，只要返观自心，自净其意，就定了、静了、安了，使我不论在多么偏远的地方行脚，都能无虑而有得。

每天的睡去，是旅程的一个终站。

每天的醒来，是旅程的一个起点。

如斯流逝的人生呀！我对生命的书写，使我能心无窒碍地睡去，也能心无所求地醒来。

在生命的转弯处

年轻的时候,从家乡的小路走出来,踩过泥泞与细石的小径,看着一路缠绵的牵牛花,还有一直香到谷口的野百合,我的心像埋在土里春草的种子,蠢蠢欲动,我要成为一个作家、一个文学家、一个思想家,我要走出这个村子,笔直地走去,走到远天的尽头。

充满了爱、浪漫、理想的心,总是带着梦幻的、以为人生的路是笔直、宽阔、平坦的,经过多年的行走,才知道路有时崎岖、偶尔凹陷,还有难以通行的窄巷!

文学是记录自己的人生,散文家尤其是,年近六十才能大方地宣称:各种路我都走过了,我的人生已经过了多次的转弯,成与败是没有定数的,好与坏也随时空而变异,在生命最苦的时刻,可能是创作最畅顺的时刻!

我的写作经过许多次的转弯,青少年时期,才华洋溢,恣意挥洒;中壮年时期,由巧转拙,含蓄内敛,深受佛教思想与佛经文字的影响;后来,繁华落尽见真淳,写作成为随心所欲的事……为此,无关青涩或成熟,也无关优劣,只是注记了我生命中的某一段旅程。

有的驿站空无一人,有的旅店狂沙漫天,有的客栈繁花似锦,有的酒肆江天月小……你都曾入住其中,也曾有感于斯情斯境,敏于斯文。

有些印象特别深刻的，披沙拣金，把它一一编排，就成了这本自选集。

坊间林清玄的选集有二十几种，但自选集不同，自选集犹如落款盖章，是经过了特别的认可，就像作家在生命的转弯处留下的某些印记，随着印记前行，就能找到作家的脚印。

但是，自选集也不是完全自由的，在其他选集的文章，尽量避免选入，近两年的新作，也避免选入；幸好我过去的作品够多，光是淘汰就已经够头痛了。

有很多读者问我：要读遍林老师的书是不可能的，什么时候出一本自选集呢？

现在总算把自选集编出来，"好汉剖腹来相见"，那路边小草的翠绿，我没有隐藏你；那山间明月的温柔，我也没有隐藏你；那池边莲花的芳香，我更没有隐藏你，青青翠竹，皆是法身；郁郁黄花，无非般若；我既不显露，也不隐藏！

这本给成人的自选集可以说是某种自传，就像某一个夜里，我们促膝而谈，我向你说了自己人生的故事，说给知心的朋友听，也不隐藏！

站在大平原上微笑

理想的人生，是从少年时代就怀抱着理念、希望与爱，永远不失去天真、温柔与浪漫。

航过大海、跨越沙漠、登临大山，最后站在大平原上微笑，对着天地和彩云说："该走的路，我走过了；该行的道，我行过了；该爱的人，我爱过了；该打的仗，我打过了。"

洪荒留此山川，缺憾还诸天地，人间或有难遣的情，生命纵有未尽的义，我都能微笑以对了。

出版这一套自选集，我有一点站在大平原上微笑的心情，这等于是对我前半生的写作，做了一个回顾，这大河般的人生，舟行水上，岸移景换，竟是如此的快速。

伸足入水，已非前水，我的写作竟然超过四十年了。每天在曦光的照耀下，在微风的吹拂下，我怡然面对窗外的山、门外的小溪，写下我的心情！那种心情与少年时代醉心于创作的我，并无不同。

我想着，在这悠长的时间中，在这广大的世界上，一定有很多与我心灵相同的朋友，得到一些温柔的安慰，得到几许智慧的启发，以及得到藏匿于俗世中的浪漫情怀。

刚刚吹抚过我的一道凉风，绕了一圈，又吹出来飘向不可知的所在，亲爱的朋友！那风已吹向你们！

不要制止风，愿将此身化为风，吹抚有缘人的心。

林清玄

2009年秋 台北双溪客居

目 录

卷一：一心一境

佛鼓	2
分别心与平等智	11
光之四书	19
大佛的避雷针	30
蚂蚁爬过佛像	33
在名利的海上航行	35
悲心的感召	38
鸳鸯香炉	40
静心与抽烟	47
陶器与纸屑	49
有情生	51
一心一境	61
轮回说帖	65
净土吹来的风	69
常想一二	72
以智慧香而自庄严	76

卷二：澈如水晶

82	以夕阳落款
85	生命的接榫
88	铁树的处女之花
92	飞越沙漠的河
96	木瓜树的选择
99	发芽的心情
105	波罗蜜
110	学插花
112	澈如水晶
114	玉石收藏家
116	四随
127	麻雀的心
129	温柔之道
131	鳝鱼骨的滋味
136	柔软心

卷三：无关风月

箩筐	162
红心番薯	171
迷路的云	178
无关风月	188
佛山无影水	197
生命的酸甜苦辣	200
黄昏菩提	203
飞鸽的早晨	213
横过十字街口	223
拈花四品	227
清风匝地,有声	232
黄昏月娘要出来的时候	238
欢乐中国节	243
来自心海的消息	247
总有群星在天上	253
小米	258

卷四：一生一会

270	飞入芒花
278	松芽酒
280	黑钻石与红珍珠
285	琼麻开花
287	盘桓
289	喜欢石头
293	一生一会
295	召集有缘人的钟声
305	飞翔的木棉子
309	一朝
314	路上捡到一粒贝壳
320	无常两则
323	幸福的开关
332	太阳雨
337	莲花汤匙

一心一境

活在苦中，活在乐里；

活在盛放，也活在凋零；

活在烦恼，也活在智慧；

活在不安，也活在止息。

这是面对苦难的生命最好的方法。

佛 鼓

住在佛寺里，为了看师父早课的仪礼，凌晨四点就醒来了。走出屋外，月仍在中天，但在山边极远极远的天空，有一些早起的晨曦正在云的背后，使灰云有了一种透明的趣味，灰色的内部也仿佛早就织好了金橙色的衬里，好像翻身就要金光万道了。

鸟还没有全醒，只偶尔传来几声低哑的短啾，听起来像是它们在春天的树梢夜眠有梦，为梦所惊，短短地叫了一声，翻个身，又睡去了。

最最鲜明的是醒在树上的一大簇一大簇的凤凰花。这是南台湾的五月，凤凰花的美丽到了顶峰，似乎有人开了染坊，把整座山染红了，即使在灰蒙的清晨的寂静里，凤凰花的色泽也是非常雄辩的。它不是纯红，但比纯红更明亮；也不是橙色，却比橙色更艳丽。比起沉默站立的菩提树，在宁静中的凤凰花是吵闹的，好像在山上开了花市。

说菩提树沉默也不尽然。经过了寒冷的冬季，菩提树的叶子已经落尽，仅剩下一株株枯枝守候春天，在暝暗中看那些枯枝，格外有一种坚强不屈的姿势。有一些生发得早的，则从头到脚怒放着嫩芽、翠绿、透明、光滑、纯净，桃形叶片上的脉络在黑夜的凝视中,片片了了分明。我想到,这样平凡单纯的树下竟是佛陀当年成道的地方,自己就在沉默的树与精进的芽中深深地感动着。

这时,在寺庙的角落中响动了木板的啪啪声,那是醒板,庄严、沉重地唤醒寺中的师父。醒板的声音其实是极轻极轻的,一般凡夫在沉睡的时候不可能听见,但出家人身心清净,不要说是醒板,怕是一根树枝落地也是历历可闻的吧!

醒板拍过,天空逐渐有了清明的颜色,但仍是没有声息的,燕子的声音开始多起来,像也是被醒板叫醒,准备着一起做早课了。

然后钟声响了。

佛寺里的钟声悠远绵长,犹如可以穿山越岭一般。它深深地渗入人心,带来了一种警醒与沉静的力量。钟声敲了几下,我算到一半就糊涂了,只知道它先是沉重缓慢的咚嗡咚嗡之声,接着是一段较快的节奏,嗡声灭去,仅剩咚咚的急响,最后又回到了明亮轻柔的钟声,在山中余韵袅袅。

听着这佛钟,想起朋友送我的一卷见如法师唱念的《叩钟偈》,那钟的节奏是单纯缓慢的,但我第一次在静夜里听《叩钟偈》,险险落下泪来,人好像被甘露遍洒,初闻天籁,想到人间能有几回听这样美的声音,如何不为之动容呢?

晨钟自与《叩钟偈》不同,后来有师父告诉我,晨昏的大钟共敲一百零八下,因为一百零八下正是一岁的意思。一年有十二个月,有二十四个节气,有七十二候,加起来正合一百零八,就是要人岁岁年年日日时时都要警醒如钟。但是另一个法师说一百零八是在断一百零八种烦恼，钟声有它不可思议的力量。到底何者为是，我也不能明白，只知道听那钟声有一种感觉，像是一条飘满了落叶尘埃的山径，突然被钟声清扫，使人有勇气有精神爬到更高的地方，去看更远的风景。

钟声还在空气中震荡的时候，鼓响起来了。这时我正好走到大悲殿的前面，看到逐渐光明的鼓楼里站着一位比丘尼，身材并不高大，与她面前的鼓几乎不成比例，但她所击的鼓竟完整地包围了我的思维，甚至包围了整个空间。她细致的手掌，紧握鼓槌，充满了自信，鼓槌在鼓上飞舞游走，姿势极为优美，或缓或急，或如迅雷，或如飙风……

我站在通往大悲殿的台阶上看那小小的身影击鼓，不禁痴了。那鼓，密时如雨，不能穿指；缓时如波涛，汹涌不绝；猛时若海啸，标高数丈；轻时若微风，抚面轻柔；它急切的时候，好像声声唤着迷路孩子归家的母亲的喊声；它优雅的时候，自在得一如天空飘过的澄明的云，可以飞到世界最远的地方……那是人间的鼓声，但好像不是来自人间，是来自天上或来自地心，或者来自更邈远之处。

鼓声歇止有一会儿，我才从沉醉的地方被叫醒。这时《维摩经》的一段经文突然闪照着我，文殊师利菩萨问维摩诘居士："何等是菩萨入不二法门？"当场的五千个菩萨都寂静等待维摩诘的回答。维摩诘怎么回答呢？他默不发一语。过了一会儿，文殊师利菩萨赞叹地说："善哉、善哉！乃至无有文字、语言，是真入不二法门。"后来有法师说起维摩诘的这一次沉默，忍不住赞叹地说："维摩诘的一默，有如响雷。"诚然，在我听完佛鼓的那一段沉默里，几乎体会到了维摩诘沉默一如响雷的境界了。

往昔在台北听到日本"神鼓童"的表演时，我以为人间的鼓无有过于此者，真是神鼓！直到听闻佛鼓，才知道有更高的境界。神鼓童是好，但气喘吁吁，不比佛鼓的气定神闲；神鼓童是苦练出来的，表达了人力的高峰，佛鼓则好像本来就在那里，打鼓的比丘尼不是明星，只是单纯的行者；神鼓童是艺术，为表演而鼓，佛鼓是降伏魔邪，度人出生死海，减少一切恶道之苦，为悲智行愿而鼓，因此妙响云集，不可思议。最最重要的是，神鼓童讲境界，既讲境界就有个限度；佛是不讲境界的，因而佛鼓无边，不只醒人于迷，连鬼神也为之动容。

佛鼓敲完，早课才正式开始，我坐下来在台阶上，听着大悲殿里的经声，静静地注视那面大鼓，静静地，只是静静地注视那面鼓，刚刚响过的鼓声又如潮汹涌而来。

殿里的燕子也如潮地在面前穿梭细语，配着那鼓声。

大悲殿的燕子

配着那鼓声，殿里的燕子也如潮地在面前穿梭细语。

我说如潮,是形影不断、声音不断的意思。大悲殿一路下来到女子佛学院的走廊、教室,密密麻麻的全是燕子的巢,每走一步抬头,就有一两个燕窝,有一些甚至完全包住了天花板上的吊灯,包到开灯而不见光。但是出家人慈悲为怀,全宝爱着燕子。在生命面前,灯算什么呢?

我仔细地看那燕窝,发现燕窝是泥塑的长形居所,它隆起的形状,很像旧时乡居土鼠的地穴,看起来是相当牢靠的。每一个燕窝住了不少燕了,你看到一个头钻出来,一剪翅,一只燕子飞远了,接着另一只钻出头来,一个窝总住着六七只燕,是不小的家庭了。

几乎是在佛鼓敲的同时,燕子开始倾巢而出。于是天空上同时有了一两百只燕子在啁啾,穿梭如网。那一大群燕子,玄黑色的背,乳白色的腹,剪刀一样的翅膀和尾羽,在早晨刚亮的天空下有一种非凡的美丽。也有一部分熟练地从大悲殿的窗户里飞进飞出地戏耍,于是在庄严的诵经声中,有一两句是轻嫩的燕子的呢喃,显得格外的活泼起来。

燕子回巢时也是一奇,俯冲进入屋檐时并未减缓速度,几乎是在窝前紧急煞车,然后精准地钻进窝里,看起来饶有兴味。

大悲殿里燕子的数目,或者燕子的年龄,师父也并不知。有一位师父说得好,她说:"你不问,我还以为它们一直是住在这里的,好像也不曾把它们当燕子,而是当成邻居。你不要小看了这些燕子,它们都会听经的,每天早晚课,燕子总是准时地飞出来,天空全是燕子。平常,就稀稀疏疏了。"

至于如何集结这样多的燕子,师父都说,佛寺的庄严清净慈悲喜舍是有情生命全能感知的。这是人间最安全之地,所以大悲殿里还有不知哪里跑来的狗,经常蹲踞在殿前,殿侧的大湖开满红白莲花,湖中有不可数的游鱼,据说听到经声时会浮到水面来。

过去深山丛林寺院,时常发生老虎、狐狸伏在殿下听经的事。听说过一个动人的故事,有一回一个法师诵经,七八只老虎跑来听,听到一半有一只打瞌睡,法师走过去拍拍它的脸颊说:"听经的时候不要睡着了。"

我们无缘见老虎闻法,但有缘看到燕子礼佛、游鱼出听,不是一样动人的吗?

众生如此,人何不能时时警醒?

木鱼之眼

众生如此,人何不能时时警醒?

谈到警醒,在大雄宝殿、大智殿和大悲殿都有巨大的木鱼,摆在佛案的左侧。它巨大厚重,一人不能举动,诵经时木鱼声穿插其间。我常觉得在法器里,木鱼是比较沉着的、单调的,不像钟鼓磬钹的声音那样清明动人,但为什么木鱼那么重要?关键全在它的眼睛。

佛寺里的木鱼有两种,一种是整条挺直的鱼,与一般鱼没有两样，挂在库堂，用粥饭时击之；另一种是圆形的鱼，连鱼鳞也是圆形，放在佛案，诵经时敲之。这两种不同形的鱼有一个共同的特征，就是眼睛奇大，与身体不成比例，有的木鱼，鱼眼大如拳头。我不能明白为何鱼有这么大的眼睛，或者为什么是木鱼，不是木虎、木狗，或木鸟？便去问寺里的法师。

法师说："鱼是永远不闭眼睛的，昼夜长醒，用木鱼做法器是为了警醒那些昏惰的人，尤其是叫修行的人志心于道，昼夜长醒。"

这下总算明白了木鱼的巨眼，但是醒那么长的时间做些什么？总不能像鱼一样游来游去吧！

法师笑了起来："昼夜长醒就是行住坐卧不忘修行，行法则不外六波罗蜜：一布施，二持戒，三忍辱，四精进，五禅定，六智慧。这些做起来，不要说昼夜长醒时间不够，可能五百世也不够用。"

木鱼是为了警醒，假如一个人常自警醒，木鱼就没有用处了。我常常想，浩如瀚海的佛教经典，其实是在讲心灵的种种尘垢和种种磨洗的方法，它只有一个目的，就是恢复人的本心里明澈朗照的功能，磨洗成一面镜子，对人生宇宙的真理能了了分明。

磨洗不能只有方法，也要工具。现在寺院里的佛像、舍利子、钟鼓鱼磬和香花幢幡，无知的人以为迷信的东西，却正是磨洗心灵的工具；如果心灵完全清明，佛像也可以不要了，何况是木鱼呢？

木鱼作为磨洗心灵的工具是极有典型意义的，它用永不睡眠的眼睛告诉我们，修行是没有止境的，心灵的磨洗也不能休息；住在清净寺院里的师父，昼夜在清洁自己的内心世界，居住在五浊尘世的我们，不是更应该磨洗自己的心吗？

因此我们不应忘了木鱼，以及木鱼的巨眼。

以木鱼为例，在佛寺里，凡人也常有能体会的智慧。

低头看得破

在佛寺里，凡人也常有能体会的智慧。

像我在寺里看到比丘和比丘尼穿的鞋子，就不时地纳闷起来，那鞋其实是不实用的。

一只僧鞋前后一共有六个破洞，那不是为了美观，似乎也不是为了凉爽。因为，假如是为了凉爽，大部分的出家人穿鞋，里面都穿了厚的布袜，何况一到了冬天就难以保暖了。假如是为了美观，也不然，一来出家只求洁净，不讲美观；二来僧鞋的黑、灰、土三色都不是顶美的颜色。

有了，大概是为了省布，节俭守戒是出家人的本分。

也不是，因为僧鞋虽有六洞，制作上的布料和连着的布是一样的，而且反而费工。

那么，到底是为什么，僧鞋要破六个洞呢？

我遇到了一位法师，光是一只僧鞋的道理，他说了一个下午。

他说，僧鞋的破六个洞是要出家人"低头看得破"。低头是谦诚有礼,看得破是要看破眼耳鼻舌身意六根,是要看破色声香味触法六尘,以及参破六道轮回,勘破贪嗔痴慢疑邪见六大烦恼,甚至也要看破人生的短暂,人身的渺小。

从积极的意义来说,这六个破洞是"六法戒",就是不淫、不盗、不杀、不妄语、不饮酒、不非时食;是"六正行",就是读诵、观察、礼拜、称名、赞叹、供养;以及是"六波罗蜜":布施、持戒、忍辱、精进、禅定、智慧……

小小一只僧鞋就是大地无边广大了,让我们不得不佩服出家人。出家人不穿皮制品,因为非杀生不足以取皮革;出家人也不穿丝制品,因为一双丝鞋,可能需要一千条蚕的性命呢!就是穿棉布鞋,规矩也不少,智慧无量。

最后我请了一双僧鞋回家,穿的时候我总是想:要低得下头,要看得破!

分别心与平等智

番薯的见解

朋友告诉我一个真实的故事，说他的两个孩子太好命了，这也不吃，那也不吃，每到吃饭的时间就成为父母头痛的时间。

出生在台湾"光复"初期的朋友，每到用餐时间不免唠叨，说："我们小时候哪有这么好命，连饭都没得吃，三餐都吃番薯配菜脯，你们现在有这么多菜还不吃，真是够酷。"

由于唠叨的次数多了，小孩子都不爱听，有一天，他又在继续"念经"，大儿子就问说："爸爸，番薯真的那么难吃吗？我甘愿吃番薯，也不吃这些大鱼大肉。"

小女儿也说话了："我甘愿吃菜脯！"

爸爸生气了，第二天真的跑去市场，找半天才找到烤番薯，又买了一些萝卜干，晚餐就吃番薯配菜脯。

两个孩子吃了吓一跳，没想到爸爸口里"呷番薯配菜脯"是恐怖事件，吃起来却那么好吃，两人商议半天，一起向爸爸说："爸爸，番薯真好吃，我们以后可不可以每天吃番薯配菜脯？"

番薯本身没有好坏的，由于个人经验的不同、个人观点的差异而生起差别心。

就在不久之前,我到阳明山的日月农庄去,看到有人卖烤番薯,每十五分钟才能开缸一次,每次一开缸,番薯立刻卖完,我带着孩子排四十五分钟才买到,一斤五十台币,说起来真是难以置信。为什么要排队排那么久呢?因为有许多孩子什么山珍海味都不吃,只吵着要吃烤番薯。

"哇!这番薯够香够好呷!"这样的赞叹此起彼落。

不准礼佛

星云法师当学僧的时候,发现佛学院里,训导处遇到学生犯错,就处罚他们去拜佛忏悔,譬如说"罚你拜佛一百零八拜"。

或者处罚学生跪香,在别的学生都睡觉时不准睡,要在佛前跪几炷香,悔过完了才可以就寝。

久了之后,学僧对拜佛和跪香都视为畏途,少年星云法师感触很深:拜佛和跪香是何等庄严的事,怎可用来处罚学生呢?

后来,他在佛光山办丛林学院,有犯错的学生,就罚他们不准做早晚课,不准拜佛,每次别的学生在做早晚课或拜佛时,罚他们站在大殿外看,就是不准礼佛。被罚的学生心里着急得不得了,虽然身不能拜,心也就跟着拜了。

犯错比较轻微的,就处罚他们提早就寝,躺在床上不可起床,学生们在床上翻来覆去睡不着，想到别人都在用功修道，心里就忏悔得不得了。

一旦不准拜佛的学生解禁，准予拜佛了，往往热爱拜佛，拜得涕泪交零。

一旦不准跪香，只准睡觉的学生解禁，往往在佛菩萨面前流泪忏悔，再也不敢贪睡贪玩了。

星云法师的弟子告诉我这个故事时，我非常感动，这也是为什么"星云法师"变成"星云大师"的原因了，大师的诞生，原非偶然。

蟑螂与福报

我们在家里不杀蚊虫和蟑螂，原因是认识到蚊虫蟑螂乃是业的呈现，不是偶然的。

但是蚊虫易于防范，只要注意纱门纱窗就可以免于侵扰，蟑螂却不行，它们无所不在，或从花圃，或从水管爬出来，与我们共同生活，不过，只要把它当做蝉或蝴蝶之类，也就相安无事了。

比较不好意思的是有客人来的时候，它们依然会在家里走来走去，大摇大摆，有时会吓到客人，因此每次客人来的时候，我就昭告家中蟑螂："今天有客人，你们暂时躲一躲，等客人走了，再出来吧！"

蟑螂蛮通人性，经常给我面子。

但是，偶有出状况的时候。有一次，三位西藏喇嘛来家里做客，有两只蟑螂大摇大摆地爬过桌子，我示意它们快躲起来，它们充耳不闻，正在尴尬的时候，一位喇嘛说："林居士，你是很有福报的人呀！"

我正感到迷惑的时候，他说："在西藏、拉达克这些地方，由于蟑螂少，家里有蟑螂是象征那一家人有福报，如果没有福报，蟑螂都懒得去呢！"

从此，我对家里的蟑螂更容气，看它们奔跑，我说："嘿，走慢点，别摔跤了！"看到蟑螂掉在马桶，我把它们捞起来，说："游泳的时候要小心呀！"——我总是记着：我是有福报的人，所以它们才愿意来投靠我。

有一天，家里重新油漆，油漆工翻箱搬柜，工作了一星期，当工作结束，工头一面向我收钱，一面向我邀功说："林先生，这一星期我至少帮你踩死一百只蟑螂。"

我听了怅然悲伤说："哎呀！你好残忍，我养了好几年蟑螂才养到一百多只呢！你一星期就踩死了一百只。"

工头愣在那里，很久说不出话来。

分 别 心

我们凡夫对世间万象总会生起分别的执着，对眼前的事物产生是非、善恶、人我、大小、美丑、好坏等种种的差别观感，这种取舍分别的心正是障碍佛道修行的妄想情执，这种心也称为"执着心"、"涉境心"。

依照《摄大乘论》的说法，凡夫所起的分别，是由迷妄所产生的，与真如的理不相契合，如果要得到"真如的心"，就必须舍离凡夫的分别智，依无分别智才行。

菩萨在初地入见道的时候，缘一切法的真如，超越"能知"与"所知"的对立，才可能获得平等的无分别智，所以才说："大道无难，惟嫌拣择。"

"分别心"相对的是"平常心"，平常心不是没有是非、善恶、人我、大小、美丑、好坏的智觉，而是以心为主体，不被是非、善恶、人我、大小、美丑、好坏所转动、所污染。

让我们再来复习一下马祖道一和南泉普愿禅师的话："道不用修，但莫污染。何为污染？但有生死心，造作趣向，皆是污染。若欲直会其道，平常心是道。谓平常心无造作、无是非、无取舍、无断常、无凡无圣。"

"道不属知，不属不知；知是妄觉，不知是无记。若真达不拟之道，犹如太虚廓然洞豁，岂可强是非也。"

平 等 智

《法华经科注》说:"平等有二:一法平等,即大慧所观中道理也;二众生平等,谓一切众生皆因理以至于果,同得佛慧也。"

"平等"是佛教里最重要的思想。所以,佛陀经常勉励菩萨,要有平等心、平等力、平等大悲、平等大慧,然后由平等观、平等觉、平等三业证入平等性智、平等法身。

《华严经离世间品》里说到菩萨有十种平等:一切众生平等、一切法平等、一切刹平等、一切深心平等、一切善根平等、一切菩萨平等、一切愿平等、一切波罗蜜平等、一切行平等、一切佛平等。"菩萨若安住此法,则得一切诸佛无上平等之法。"

《大方等大集经》则举出众生的十种平等:众生平等、法平等、清净平等、布施平等、戒平等、忍平等、精进平等、禅平等、智平等、一切法清净平等。"众生若具此平等,能速得入无畏之大城。"

平等,是一切众生入佛智的不二法门,"不二",也是平等。

平等,也是一切菩萨修行、契入大悲与大智的不二法门。

无 相 大 师

从前有一位无相大师,收了两位弟子,一位敏慧,一位愚鲁。

无相大师平常教化弟子常说:"修行人最重要的就是宁做

傻瓜。"

两位弟子都谨记在心。

有一天,下大雨,寺庙的大殿好几处漏雨,无相大师呼唤弟子说:"下大雨了,快拿东西来接雨。"

敏慧的弟子提着一个小桶冲出来,师父看了很生气:"下这么大的雨,你提这么小的桶怎么接?真是傻瓜!"弟子听了很不高兴,桶子一放,就跑了。

愚鲁的弟子匆忙间找不到桶子,随手取了一个竹篓冲出来,师父看了又好气又好笑,就笑着说:"你真是天下第一号大傻瓜,有漏洞的竹篓怎么能接雨呢?"

弟子看到无相大师笑得那么开心,又想到师父平常的教化:"修行人最重要的就是宁做傻瓜。"现在师父说我"天下第一号大傻瓜"不是最大的赞美吗?一时心开意解,悟到应以无漏心来接天下的法雨,立即证入平等性,就开悟了!

黑夜的月亮与星星

在人生里也是这样,要有无漏的心,要有平等的心,那些被欲望葛藤所缚、追名逐利、藐视众生之辈,或者看我是傻瓜,但无所谓,因为"愚人笑我,智乃知焉"!

半杯水,可以看成是半空而惋惜,也可以看成半满,感到无比的庆幸!

天下没有最好吃的食物,饥饿的时候,什么食物都好吃。

天下也没有最好的处境,好心情的时候,日日是好日,处处开莲花!

天下没有最能开启觉悟的情与境,有清净心,平等看待生命的每一步,打破分别的执着,那就是觉悟最好的情境!

在不能进的时候,何妨退一步看看。

在被阻碍的路上,何妨换一条路走走。

在被苦厄围困时,何妨转个心境体会体会。

天下没有永远的黑夜呀!黎明必在黑夜之后,那时就会气清景明、繁花盛开了。

人生的黑夜也没什么不好,越是黑暗的晚上,月亮与星星就越是美丽了。如果不是雪山的漫漫长夜,佛陀怎么会看见天边明亮的晨星呢!

光之四书

光之色

当塞尚把苹果画成蓝色以后,大家对颜色突然开始有了奇异的视野,更不要说马蒂斯蓝色的向日葵,毕加索鲜红色的人体,夏加尔绿色的脸了。

艺术家们都在追求绝对的真实,其实这种绝对往往不是一种常态。

我是真正见过蓝色苹果的人。有一次去参加朋友的舞会,舞会不免有些水果点心,我发现就在我坐的位子旁边,一个摆设得精美的果盘中间有几只梨山的青苹果,苹果之上一个彩纸包扎的蓝灯,一束光正好打在苹果上,那苹果的蓝色正是塞尚画布上的色泽。那种感动竟使我微微地颤抖起来,想到诗人里尔克称赞塞尚的画:"是法国式的雅致与德国式的热情之平衡。"

设若有一个人,他从来没有见过苹果,那一刻,我指着苹果说:苹果是蓝色的。他必然要相信不疑。

然后,灯光变了,是一支快速度的舞,七彩的光在屋内旋转,打在果盘上,所有的水果顿时成为七彩的斑点流动。我抬头看到舞会男女，每个人脸上的肤色隐去，都是霓虹灯一样，只是一些活动的碎点，像极了修拉用细点的描绘。此刻，我不仅理解了马蒂斯、毕加索、夏加尔种种，甚至看见了除去阳光以外的真实。

在阳光下，所有的事物自有它的颜色；当阳光隐去，在黑暗里，事物全失去了颜色。设若我们换了灯，同样是灯，灯泡与日光灯会使色泽不同；即使同是灯泡，"白炽"与"荧光"相去甚巨，不要说是一支蜡烛了。我们时常说在黑夜的月光与烛光下就有了气氛，那是我们多出一种想象的空间，少去了逼人的现实，即使在阳光艳照的天气，我们突然走进树林，树叶掩映，点点丝丝，气氛仿佛滤过，围绕了周边。什么才是气氛呢？因为不真实，才有气氛，令人迷惑。或者说除去直接无情的真实，留下迂回间接的真实，那就是一般人口里的气氛了。

有一回在乡下，听到一位农夫说到现今社会风气的败德，他说："都是电灯害的，电灯使人有了夜里的活动，而所有的坏事全是在黑暗里进行的。"想想，人在阳光的照耀下，到底还是保持着本色，黑暗里失去本色，一只苹果可以蓝，可以七彩，人还有什么不可为呢？

这样一想，阳光确实无情，它让我们无所隐藏，它的无情在于它的无色，也在于它的永恒，又在于它的自然。不管人世有多少沧桑，阳光总不改变它的颜色，所以仿佛也不值得歌颂了。

熟知中国文学的人应该发现，中国诗人词家少有写阳光下的心情,他们写到的阳光尽是日暮(天寒翠袖薄,日暮倚修竹),尽是黄昏(月上柳梢头,人约黄昏后),尽是落日(大漠孤烟直,长河落日圆),尽是夕阳(去年天气旧亭台,夕阳西下几时回),尽是斜阳(斜阳外,寒鸦数点,流水绕孤村),尽是落照(家住苍烟落照间,丝毫尘事不相关)……阳光的无所不在,无地不照,反而只有离去时最后的照影,才能勾起艺术家诗人的灵感,想起来真是奇怪的事。

一朝唐诗、一代宋词,大部分是在月下、灯烛下进行,你说奇怪不奇怪?说起来就是气氛作怪,如果是日正当中,仿佛都与情思、离愁、国仇、家恨无缘,思念故人自然是在月夜空山才有气氛,忧怀边地也只有在清风明月里才能服人,即使饮酒作乐,不在有月的晚上,难道是在白天吗?其实天底下最大的痛苦不是在夜里,而是在大太阳下也令人战栗,只是没有气氛,无法描摹罢了。

有阳光的天色,是给人工作的,不是给人艺术的,不是给人联想和忧思的。有阳光的艺术不是诗人词家的,是画家的专利,中国一部艺术史大部分写着阳光,西方的艺术史也是亮灿照耀,到印象派的时候更是光影辉煌,只是现代艺术家似乎不满意这样,他们有意无意地改变光的颜色。抽象自不必说了,写实,也不要俗人都看得见颜色,而要透过画家的眼睛,他们说这是"超脱",这是"真实",这是"爱怎么画就怎么画才是创作"。

我常说艺术家是上帝错误的设计,因为他们要在阳光的永恒下，另外做自己的永恒，以为这样就成为永恒的主宰。艺术背叛了阳光的原色，生活也是如此。我们的黑夜越来越长，我们的屋子越来越密，谁还会在乎有没有阳光呢？现在，我如果批评塞尚的蓝苹果，一定引来一阵乱棒，就像齐白石若画了蓝色的柿子也会挨骂一样；其实前后还不过是百年的时间，一百年，就让现代人相信，没有阳光，日子一样自在；亦让现代人相信，艺术家的真实胜过阳光的真实。

阳光本色的失落是现代人最可悲的一种，许多人不知道在阳光下，稻子可以绿成如何，天可以蓝到什么程度，玫瑰花可以红到透明，那是因为过去在阳光下工作的占人类的大部分，现在变成小部分了；即使是在有光的日子，推窗究竟看的是什么颜色呢？

我常在都市热闹的街上散步，有时走过长长的一条路，找不到一根小草，有时一年看不到一只蝴蝶，这时我终于知道：我们心里的小草有时候是黑色的，而在繁屋的每一面窗中，埋藏了无数苍白没有血色的蝴蝶。

光之香

我遇见一位年轻的农夫，在南方一个充满阳光的小镇。

那时是春末了，一期稻作刚刚收成，春日阳光的金线如雨倾盆地泼在温暖的土地上，牵牛花在篱笆上缠绵盛开，苦苓树上鸟雀追逐,竹林里的笋子正纷纷胀破土地。细心地想着植物突破土地,在阳光下成长的声音,真是人世里非常幸福的感觉。

农夫和我坐在稻埕旁边,稻子已经铺平张开在场上。由于阳光的照射,稻埕闪耀着金色的光泽,农夫的皮肤染了一种强悍的铜色。我在农夫家做客,刚刚是我们一起把谷包的稻谷倒出来,用犁耙推平的,也不是推平,是推成小小山脉一般,一条棱线接着一条棱线,这样可以让山脉两边的稻谷同时接受阳光的照射;似乎几千年来就是这样晒谷子,因为等到阳光晒过,八爪耙把棱线推进原来的谷底,则稻谷翻身,原来埋在里面的谷子全翻到向阳的一面来——这样晒谷比平面有效而均衡,简直是一种阴阳的哲学了。

农夫用斗笠扇着脸上的汗珠,转过脸来对我说:"你深呼吸看看。"

我深深地吸了一口气,缓缓吐出。

他说:"你吸到什么没有?"

"我吸到的是稻子的气味,有一点香。"我说。

他开颜地笑了,说:"这不是稻子的气味,是阳光的香味。"

"阳光的香味?"我不解地望着他。

那年轻的农夫领着我走到稻埕中间,伸手抓起一把向阳一面的谷子,叫我用力地嗅,那时稻子成熟的香气整个扑进我的胸腔;然后,他抓起一把向阴的埋在内部的谷子让我嗅,却是没有香味了。这个实验让我深深地吃惊,感觉到阳光的神奇,究竟为什么只有晒到阳光的谷子才有香味呢？年轻的农夫说他也不知道，是偶然在翻稻谷晒太阳时发现的，那时他还是大学学生，暑假偶尔帮忙农作，想象着都市里多姿多彩的生活，自从晒谷时发现了阳光的味道，竟使他下决心要留在家乡。我们坐在稻埕边，漫无边际地谈起阳光的香味来，然后我几乎闻到了幼时刚晒干的衣服上的味道，新晒的棉被、新晒的书画，光的香气就那样淡淡地从童年中流泻出来。自从有了烘干机，那种衣香就消失在记忆里，从未想过竟是阳光的关系。

农夫自有他的哲学，他说："你们都市人可不要小看阳光，有阳光的时候，空气的味道都是不同的。就说花香好了，你有没有分辨过阳光下的花与屋里的花，香气不同呢？"

我说："那夜来香、昙花香又作何解释呢？"

他笑得更得意了："那是一种阴香，没有壮怀的。"

我便那样坐在稻埕边，一再地深呼吸，希望能细细品味阳光的香气，看我那样正经庄重，农夫说："其实不必深呼吸也可以闻到，只是你的嗅觉在都市里退化了。"

光 之 味

在澎湖访问的时候，我常在路边看渔民晒鱿鱼，发现晒鱿鱼有两种方式：一种是把鱿鱼放在水泥地上，隔上段时间就翻过身来；

在没有水泥地的土地，因为怕蒸起的水汽，渔民把鱿鱼像旗子一样，一面面挂在架起的竹竿上——这种景观是在澎湖、兰屿随处可见的，有的台湾沿海也看得见。

　　有一次一位渔民请我吃饭，桌子上就有两盘鱿鱼，一盘是新鲜的刚从海里捕到的鱿鱼，一盘则是阳光晒干以后，用水泡发，再拿来煮的。渔民告诉我，鱿鱼不同于其他的鱼，其他的鱼当然是新鲜的最好，鱿鱼则非经过阳光烤炙，不会显出它的味道来。我仔细地吃起鱿鱼，发现新鲜的虽脆，却不像晒干的那样有味、有劲，为什么这样，真是没有道理。难道阳光真有那样大的力量吗？

　　渔民见我不信，捞起一碗鱼翅汤给我，说："你看这鱼翅好了，新鲜的鱼翅，卖不到什么价钱的，因为一点也不好吃，只有晒干的鱼翅才珍贵，因为香味百倍。"

　　为什么鱿鱼、鱼翅经过阳光曝晒以后会特别好吃呢？确是不可思议。其实不必说那么远，就是一只乌鱼子，干的乌鱼子的价钱何止是新鲜乌鱼卵的十倍？

　　后来我在各地旅行的时候，特别留意这个问题，有一次在南投竹山吃东坡肉油焖笋尖，差一点没有吞下盘子。主人说那是今年的阳光特别好，晒出了最好吃的笋干；阳光差的时候，笋干也显不出它的美味；嫩笋虽自有它的鲜味，经过阳光，却完全不同了。

　　对鱿鱼、鱼翅、乌鱼子、笋干等等，阳光的功能不仅让它干燥、耐于久藏，也仿若穿透它，把气味凝聚起来，使它发散不同的味道。我们走入南货行里所闻到的干货聚集的味道，我们走进中药铺子扑鼻而来的草香药香，在从前，无一不是经由阳光的凝结。现在有无需阳光的干燥方法，据说味道也不如从前了。一位老中医师向我描述从前"当归"的味道，说如今怎样熬炼也不如昔日，我没有吃过旧日当归，不知其味，但这样说，让我感觉现今的阳光也不像古时有味了。

不久前，我到一个产制茶叶的地方，茶农对我说，好天气采摘的茶叶与阴天采摘的，烘焙出来的茶就是不同；同是林荣，冬茶与春茶也全然两样。则似乎一天与一天的阳光味道不同，一季与一季的阳光更天差地别了，而它的先决条件，就是要具备一只敏感的舌头。不管在什么时代，总有一些人具备好的舌头能辨别阳光的壮烈与阴柔——阳光那时刻像是一碟精心调制的小菜，差一些些，在食家的口中已自有高下了。

这样想，使我悲哀，因为盘中的阳光之味在时代的进程中似乎日渐清淡起来。

光之触

八月的时候，我在埃及，沿着尼罗河自北向南，从开罗逆流而溯，一直往卢克索、帝王谷、亚斯文诸地经过。那是埃及最热的天气，晒两天，就能让人换过一层皮肤。

由于埃及阳光可怕的热度，我特别留心到当地人的穿着，北非各地，夏天的衣着也是一袭长袍长袖的服装，甚至头脸全包扎起来。我问一位埃及人："为什么太阳这么大，你们不穿短袖的衣服，反而把全身包扎起来呢？"他的回答很妙："因为太阳实在太大，短袖长袖同样热，长袖反而可以保护皮肤。"

在埃及八天的旅行，我在亚斯文旅店洗浴时，发现皮肤一层一层地凋落，如同干去的黄叶。埃及经验使我真实感受到阳光的威力，它不只是烧炙着人，甚至是刺痛、鞭打、揉搓着人的肌肤，阳光热烘烘地把我推进一个不可回避的地方，每一秒的照射都能真实地感应。

后来到了希腊，在爱琴海滨，阳光也从埃及那种磅礴波澜里进入一个细致的形式，虽然同样强烈地包围着我。海风一吹，阳光在四周汹涌，有浪大与浪小的时候，我感觉希腊的阳光像水一样推涌着，好像手指的按摩。

再来是意大利，阳光像极文艺复兴时代米开朗基罗的雕像，开朗、强壮，但给人一种美学的感应，那时阳光是轻拍着人的一双手，让我们面对艺术时真切地清醒着。

到了中欧诸国，阳光简直成为慈和温柔的怀抱，拥抱着我们。我感到相当的惊异，因为同是八月盛暑，阳光竟有着种种变化的触觉：或狂野，或壮朗，或温和，或柔腻，变化万千，加以欧洲空气的干燥，更触觉到阳光直接的照射。

那种触觉简直不只是肌肤的，也是心灵的，我想起一个寓言：

有一个瞎子，从来没有见过太阳，有一天他问一个好眼睛的人："太阳是什么样子呢？"

那人告诉他："太阳的样子像个铜盘。"

瞎子敲了敲铜盘，记住了铜盘的声音，过了几天，他听见敲钟的声音，以为那就是太阳了。

后来又有一个好眼睛的人告诉他："太阳是会发光的，就像蜡烛一样。"

瞎子摸摸蜡烛。认出了蜡烛的形式，又过了几天，他摸到了一支箭，以为这就是太阳。

他一直无法搞清太阳是什么样子。

瞎子永远不能看见太阳的样子，自然是可悲的，但幸而瞎子同样有阳光的触觉。寓言里只有手的触觉，而没有心灵的触觉；失去这种触觉，就是好眼睛的人，也不能真正知道太阳的。

冬天的时候，我坐在阳台上晒太阳，同一个下午的太阳，我们能感觉到每一刻的触觉都不一样，有时温暖得让人想脱去棉衫，有时一片云飘过，又冷得令人战栗。晒太阳的时候，我觉得阳光虽大，它却是活的，是宇宙大心灵的证明，我想只要真正地面对过阳光，人就不会觉得自己是神，是万物之主宰。

只要晒过太阳，也会知道，冬天里的阳光是向着我们，但走远了，夏天则又逼近，不管什么时刻，我们都触及了它的存在。

记得梭罗在瓦尔登湖畔，清晨吸到新鲜空气，希望将那空气用瓶子装起，卖给那些迟起的人。我在晒太阳时则想，是不是有一种瓶子可以装满阳光，卖给那些没有晒过太阳的人呢？

每一天出门的时候，我们对阳光有没有触觉呢？如果没有，我们的感官能力正在消失，因为当一个人对阳光竟能无感，如果说他能对花鸟虫鱼、草木山河有观，都是自欺欺人的了。

大佛的避雷针

我带孩子到南部乡下去玩,顺道参访南台湾的寺庙,才发现台湾的大佛越来越多,而且好像在比高一样,十几层楼高的大佛到处都是。有一些很小的寺庙前面也盖了大佛,在视觉上造成一种荒谬之感。

有一天,我带孩子去参观一座刚落成不久的大佛,有十层楼那么高。

孩子突然指着大佛像说:"爸爸,大佛的头上有避雷针。"

"是吗?"我顺着孩子的手势往上看去,由于大佛太高了,竟使我的帽子落下来。

孩子问我:"大佛的头上为什么要装避雷针呢?"

我说:"因为大佛也怕被雷打中呀!"

孩子说:"佛为什么怕被雷打中?在天上,是不是雷公最大呢?"

孩子的话使我无法回答而陷入沉思,我们千里迢迢跑来礼拜的佛像,祈求能保佑我们平安的佛像,自己也怕被雷打中哩!佛像既不能保佑自身的安危,又怎么能保佑我们这些比佛像更脆弱的肉身呢?

我想到，苏东坡有一次和佛印禅师到一座寺庙，看见观世音菩萨的身上戴着念珠，不禁起了疑情，问佛印禅师说：

"观世音菩萨自己已经是佛了，为什么还戴念珠，她是在念谁呢？"

佛印说："她在念观世音菩萨的名字。"

苏东坡又问："她自己不就是观世音菩萨吗？"

佛印禅师说："求人不如求己呀！"

看着眼前大佛像头上的避雷针，大概也像观世音菩萨手里的念珠一样，是在启示我们："求人不如求己呀！"

人因为蒙蔽了自己的佛心，很多人就把佛像当成避雷针；人如果开启了自己的佛心，就不需要避雷针，也不需要佛像了。

佛像需要避雷针，是由于佛像太巨大了。

人需要避雷针，是由于自我与贪婪太巨大了。

我们把佛像盖得很巨大，那是源于我们渴望巨大、不屑于向渺小的事物礼敬。

很少人知道渺小其实是好的，唯有自觉渺小的人，才能见及世界如此开阔而广大。

把佛像盖得很大很大，那是"出神"的境界。

知道佛是无所不在、无处不在的，那是"入化"的境界。

权势、名位、财富很大很大，那是"出神"。

掌大权、有名位、大富有的人还能自觉很渺小，那是"入化"。

佛像不必盖得太大,因为心中有佛,佛就是无所不在、无时不在的。如果心中无佛,巨大的佛像与摩天大楼又有什么不同呢?

普通平凡的老百姓一旦心中有佛,胸怀无限宽广,心中无挂碍、无恐怖、远离颠倒梦想,则尘世的权势名利又怎能成为他的欲求、拘限他的自由呢?

位高权重的公卿王侯一旦心中无佛,心怀狭小,欲望永无终极,名利权位正好成为围困他的砖墙,又何乐之有?

因此,佛像把避雷针装在头上,人应该把避雷针装在心中,时刻避免被利益与权力的引诱击中。只要能自甘于平凡、安心于平淡的生活、在平常日子也有生的意趣,那避雷的银针就已经装上了。

蚂蚁爬过佛像

烧香的时候,突然看见一队蚂蚁从庄严的佛像爬过,它们一只一只整齐地从佛的足尖往上爬高,爬过佛的胸前,爬过佛的脸颊,翻过佛的宝髻,顺着佛背下来,最后走过金色的莲花台。

看着这些蚂蚁爬过佛像,我呆住了,好像听见它们出力吆喝的声音,我仔细看那些蚂蚁,原来,它们是搬着掉落在地上的饼干屑要回家去。

我本来想把蚂蚁从佛像吹落,因为佛像何等尊贵,岂能让这些小蚂蚁践踏?但随即想到佛陀曾说过"佛与众生,无二无别",我怎么能把这些与佛无二的众生吹落呢?

于是,我便很有兴味地看蚂蚁爬过佛像,才发现它们翻山越岭地爬过佛像实在没有道理,反而是走了艰苦的路。为什么蚂蚁放着平路不走,反而要爬这么高的山呢?原来,生活在两度空间的蚂蚁,平坦与艰苦的路对它并没有区别,平地与高山对它而言,都是平等的。

不只平地与高山是平等,从蚂蚁的眼睛看来,佛像、桌子、草地也都是平等而没有分别的,它既没有恭敬也没有不恭敬,只是如实地走过罢了!

如实走过的蚂蚁是多么尊贵，它对平坦与艰苦同等对待，对佛像与草地也有平等的心。

这是多么值得学习呀！所以我在烧香礼拜佛像的时候，也礼拜了蚂蚁。

在名利的海上航行

清朝的乾隆皇帝下江南,到了镇江的金山禅寺,由住持法磐禅师作陪,站在山头上欣赏长江的风光。乾隆看见江上的熙来攘往的船只,问法磐禅师:"长江一日有多少船往来?"

法磐禅师说:"只有两条船往来!"

乾隆不解地问:"你怎么知道只有两条船呢?"

法磐禅师说:"一条船为名,一条船为利!"

乾隆听了大为赞叹。

读了这个故事,我们也可以找一天到台北最繁华的忠孝东路看看,在街头上走来走去的只有两个人,一个人为名,一个人为利。然后我们看看为着名利而奔走的人,脸上也只有两种表情,求得的人欢喜,求不得的人悲哀。

但是,很少人想到,求得的人也有失去的时候。求不得的人,有一天也可能求得。得与不得就像一个转轮,压迫着我们前进,生命的痛苦就在这种压迫中产生了。

名利是永远求不尽的,我们看看世间许多大富有的人,还在追求更大的利益;许多名满天下的人,还在追求更大的名声;所以,问题的根源并不在名利,而是在欲望呀!要求取安心之道的人,不在于反对名利,而是在于欲望的止息。

欲望不只带来名利的问题,它也带来权势的执着、情爱的迷恋,甚至造成了贪心、嗔恨、愚慢、傲心、怀疑五种毒火的焚烧。

降伏企图、执着、迷恋的根本方法,就是使欲望淡泊而有一个无所得的心,"无所得"如斩断毒树先断其根,则枝叶就自然落尽,再也不能污染我们的心了。

《心经》上说:

> 以无所得故,菩提萨埵依般若波罗蜜多故,
> 心无挂碍。
> 无挂碍故,无有恐怖,
> 远离颠倒梦想,究竟涅槃。

菩萨的心无所得失,依着玄妙的智慧走向彼岸,心里没有任何的挂碍;由于没有挂碍,也就没有恐怖,远离了知见的颠倒、幻梦与妄想,因此达到了彻底清净的境界了。

在名利的海上航行,随着欲望的波浪汹涌上下的我们哪!最重要的是无所得的心,心里还有着渴求、有着动乱、有着奔驰和流动,就无法清净了。

在生活里,有好茶时喝好茶;没有好茶,普通的茶也欢喜;连普通的茶也没有,喝水也感到欢喜。

在历程中,乐来欢喜地承受,苦来甘愿地承担,不拒不迎,不

即不离,那是深知不论苦乐,里面都有般若波罗蜜多呀!

当我们有了无所得的心,依然在滚滚红尘奔忙,那时我们也还是有两条船。

一条是因为慈悲。

一条是为了智慧。

悲心的感召

下雨的时候走在街上,有时会感觉那雨是天上的泪,心里感到忧伤。

有阳光的时候走在街上,差不多都能保持愉快的心,温暖地看待世界。

从前不知道原因何在,后来才知道,水性不二,我们心中的忧伤不就是天上的雨吗?明性也不二,我们心中的温暖就会与阳光的光明相映。

下雨天特别能唤起我们的悲心,甚至会感觉到满天的雨也比不上这忍苦世间所流的泪。

由于世间是这样苦,雨才下不停,我相信,在诸佛菩萨的净土一定是不下雨的,在那里,满空的光明里,永远有花香随着花瓣飘飘落下。

痛苦的时候,我们真的可以感受每一滴水,都是前世忧伤的泪所凝结。

雨,是忧伤世间的象征,使我看见了每一位雨中的行人,心里都有着不为人见的隐秘的辛酸。

但想到我们今生落下的每一滴泪,在某个时空会化成一粒雨珠落下，就感到抬起头看见的每一颗雨珠都是我们心田的呈现。

下雨的时候，我常这样祈愿：

但愿世间的泪，不会下得像天上的雨那样滂沱。

但愿天上的雨，不会落得如人间的泪如此污浊。

但愿人人都能有阳光的伞来抵挡生命的风雨。

但愿人人都能因雨水的清洗而成为明净的人。

这样许愿时，感觉雨和泪都清明了起来。

这样许愿时，使我知道，娑婆世界的雨也是菩萨悲心的感召。

鸳鸯香炉

一对瓷器做成的鸳鸯,一只朝东,一只向西,小巧灵动,仿佛刚刚在天涯的一角交会,各自轻轻拍着羽翼,错着身,从水面无声划过。

这一对鸳鸯关在南京东路一家宝石店中金光闪烁的橱窗一角,它鲜艳的色彩比珊瑚宝石翡翠还要灿亮,但是由于它的游姿那样平和安静,竟仿若它和人间全然无涉,一直要往远方无止尽地游去。

再往内望去,宝石店里供着一个小小的神案,上书"天地君亲师"五个大字,晨香还未烧尽,烟香缭绕,我站在橱窗前不禁痴了,好像鸳鸯带领我,顺着烟香的纹路游到我童年的梦境里去。

记得我还未识字以前,祖厅神案上就摆了一对鸳鸯,是瓷器做成的檀香炉,终年氤氲着一缕香烟,在厅堂里绕来绕去,檀香的气味仿佛可以勾起人深沉平和的心胸世界,即使是一个小小孩儿也被吸引得意兴飘飞。我常和兄弟们在厅堂中嬉戏,每当我跑过香炉前,闻到檀香之气,总会不自觉地出了神,呆呆看那一缕轻淡但不绝的香烟。

尤其是冬天,一缕直直飘上的烟,不仅是香,甚至也是温暖的象征。有时候一家人不说什么,夜里围坐在香炉前面,情感好像交融在炉中,并且烧出一股淡淡的香气了。

它比神案上插香的炉子让我更深切感受到一种无名的温暖。

最喜欢夏日夜晚,我们围坐听老祖父说故事,祖父总是先慢条斯理地燃了那个鸳鸯香炉,然后坐在他的藤摇椅中,说起那些流动血泪声香的感人故事。我们倚在祖父膝前张开好奇的眼眸,倾听祖先依旧动人的足音响动,越到星空夜静,香炉的烟就越直直升到屋梁,绕着屋梁飘到庭前来,一丝一丝,萤火虫都被吸引来,香烟就像点着萤火虫尾部的光亮,一盏盏微弱的灯火四散飞升,点亮了满天的向往。

有时候是秋色萧瑟,空气中有一种透明的凉,秋叶正红,鸳鸯香炉的烟柔软得似蛇一样升起,烟用小小的手推开寒凉的秋夜,推出一扇温暖的天空。从萧疏的后院看去,几乎能看见那一对鸳鸯依偎着的身影。

那一对鸳鸯香炉的造型十分奇妙,雌雄的腹部连在一起,雄的稍前,雌的在后。雌鸳鸯是铁灰一样的褐色,翅膀是绀青色,腹部是白底有褐色的浓斑,像褐色的碎花开在严冬的冰雪之上,它圆形的小头颅微缩着,斜倚在雄鸳鸯的肩膀上。

雄鸳鸯和雌鸳鸯完全不同,它的头高高仰起,头上有冠,冠上是赤铜色的长毛,两边色彩斑斓的翅翼高高翘起,像一个两面夹着盾牌的武士。它的背部更是美丽,红的、绿的、黄的、白的、紫的全开在一处,仿佛春天里怒放的花园。它的红嘴是龙吐珠,黑眼是一朵黑色的玫瑰，腹部微芒的白点是满天星。

那一对相偎相依的鸳鸯，一起栖息在一片晶莹翠绿的大荷叶上。

鸳鸯香炉的腹部相通，背部各有一个小小的圆洞，当檀香的烟从它们背部冒出的时候，外表上看像是各自焚烧，事实上腹与腹间互相感应。我最常玩的一种游戏，就是在雄鸳鸯身上烧了檀香，然后把雄鸳鸯的背部盖起来，烟与香气就会从雌鸳鸯的背部升起；如果在雌鸳鸯的身上烧檀香，盖住背部，香烟则从雄鸳鸯的背上升起来；如果把两边都盖住，它们就像约好的一样，一瞬间，檀香就在腹中熄灭了。

倘若两边都不盖，只要点着一只，烟就会均匀地冒出，它们各生一缕烟，升到中途慢慢氤氲在一起，到屋顶时已经分不开了，交缠的烟在风中弯弯曲曲，如同合唱着一首有节奏的歌。

鸳鸯香炉的记忆，是我童年的最初，经过时间的洗涤越久，形象越是晶明，它几乎可以说是我对情感和艺术向往的最初。鸳鸯香炉不知道出于哪一位匠人之手，后来被祖父购得，它的颜色造型之美让我明白体会到中国民间艺术之美；虽是一个平凡的物件，却有一颗生动灵巧的匠人心灵在其中游动，使香炉经过百年都还是活的一般。民间艺术之美总是平凡中见真性，在平和的贞静里历百年还能给我们新的启示。

关于情感的向往，我曾问过祖父，为什么鸳鸯香炉要腹部相连？祖父说：鸳鸯没有单只的，鸳鸯是中国人对夫妻的形容。夫妻就像这对香炉，表面各自独立，腹中却有一点心意相通，这种相通，在点了火的时候最容易看出来。

我家的鸳鸯香炉每日都有几次点燃的经验，每经一次燃烧，那一对鸳鸯就好像靠得更紧。我想，如果香炉在天际如烽火，火的悲壮也不足以使它们殉情，因为它们的精神和象征立于无限的视野，永远不会畏怯，在火炼中，也永不消逝。比翼鸟飞久了，总会往不同的方向飞，连理枝老了，也只好在枝丫上无聊地对答。鸳鸯香炉不同，因为有火，它们不老。

稍稍长大后，我识字了，识字以后就无法抑制自己的想象力飞奔，常常从一个字一个词句中飞腾出来，去找新的意义。"鸳鸯香炉"四字就使我想象力飞奔，觉得用"鸳鸯"比喻夫妻真是再恰当不过，"鸳"的上面是"怨"，"鸯"的上面是"央"。

"怨"是又恨又叹的意思，有许多抱怨的时刻，有很多无可奈何的时刻，甚至也有很多苦痛无处诉的时刻。"央"是求的意思，是诗经中说的"和铃央央"的和声，是有求有报的意思，有许多互相需要的时刻，有许多互相依赖的时刻，甚至也有很多互相怜惜求爱的时刻。

夫妻生活是一个有颜色、有生息、有动静的世界，在我的认知里，夫妻的世界几乎没有无怨无尤幸福无边的例子，因此，要在"怨"与"央"间找到平衡，才能是永世不移的鸳鸯。鸳鸯香炉的腹部相通是一道伤口，夫妻的伤口几乎只有一种药，这药就是温柔，"怨"也温柔，"央"也温柔。

所有的夫妻都曾经拥抱过、热爱过、深情过，为什么有许多到最后分飞东西，或者郁郁而终呢？爱的诺言开花了，虽然不一定结果，但是每年都开了更多的花，用来唤醒刚坠入爱河的新芽，鸳鸯香炉是一种未名的爱，不用声名，千万种爱都升自胸腹中柔柔的一缕烟。把鸳鸯从水面上提升到情感的诠释，就像鸳鸯香炉虽然沉重，它的烟却总是往上飞升，或许能给我们一些新的启示吧！

至于"香炉"，我感觉所有的夫妻最后都要迈入"共守一炉香"的境界，久了就不只是爱，而是亲情。任何婚姻的最后，热情总会消退，就像宗教的热诚最后会平淡到只剩下虔敬；最后的象征是"一炉香"，在空阔平朗的生活中缓缓燃烧，那升起的烟，我们逼近时可以体贴地感觉，我们站远了，还有温暖。

我曾在万华的小巷中看过一对看守寺庙的老夫妇，他们的工作很简单，就是在晨昏时上一炷香，以及打扫那一间被岁月剥蚀的小庙。我去的时候，他们总是无言，轻轻的动作，任阳光一寸一寸移到神案之前，等到他们工作完后，总是相携着手，慢慢左拐右弯地消失在小巷的尽头。

我曾在信义路附近的巷子口，看过一对捡破烂的中年夫妻，丈夫吃力地踩着一辆三轮板车，口中还叫着收破烂特有的语言，妻子经过每家门口，把人们弃置的空罐酒瓶、残旧书报一一丢到板车上，到巷口时，妻子跳到板车后座，熟练安稳地坐着，露出做完工作后欣慰的微笑，丈夫也突然吹起口哨来了。

我曾在通化街的小面摊上，仔细地观察一对卖牛肉面的少年夫妻：丈夫总是自信地在热气腾腾的锅边下面条，妻子则一边招呼客人，一边清洁桌椅，还要弯下腰来洗涤油污的碗碟。在卖面的空当，他们急急地共吃一碗面，妻子一径地把肉夹给丈夫，他们那样自若，那样无畏地生活着。

我也曾在南澳乡的山中，看到一对刚做完香菇烘焙工作的山地夫妻，依偎地共坐在一块大石上，谈着今年的耕耘与收成，谈着生活里最细微的事，一任顽皮的孩童丢石头把他们身后的鸟雀惊飞而浑然不觉。

我更曾在嘉义县内一个大户人家的后院里，看到一位须发俱白的老先生，爬到一棵莲雾树上摘莲雾，他年迈的妻子兜着围裙站在莲雾树下接莲雾，他们的笑声那样年少，连围墙外都听得分明。他们不能说明什么，他们说明的是一炉燃烧了很久的香还会有它的温暖，那香炉的烟虽弱，却有力量，它顺着岁月之流可以飘进任何一扇敞开的门窗。

每当我看到这样的景象，总是站得远远的仔细听，香炉的烟声传来，其中好像有瀑布奔流的响声，越过高山，流过大河，在我的胸腹间奔湍。如果没有这些生活平凡的动作，恐怕也难以印证情爱可以长久吧！

童年的鸳鸯香炉,经过几次家族的搬迁,已经不知流落到什么地方——或者在另一个少年家里的神案上。再要找到一个同样的香炉恐怕永不可得,但是它的造型、色泽,以及在荷叶上栖息的姿势,却为时日久还是鲜锐无比。每当在情感挫折生活困顿之际,我总是循着时间的河流回到岁月深处去找那一盏鸳鸯香炉,它是情爱最美丽的一个鲜红落款,情爱画成一张重重叠叠交缠不清的水墨画,水墨最深的山中洒下一条清明的瀑布,瀑布流到无止尽的地方是香炉美丽明晰的章子。

鸳鸯香炉好像暗夜中的一盏灯,使我童年对情感的认知乍见光明,在人世的幽晦中带来前进的力量,使我即使只在南京东路宝石店橱窗中,看到一对普通的鸳鸯瓷器都要怅然良久。就像坐在一个黑乎乎的房子里,第一盏点着的灯最明亮,最能感受明与暗的分野,后来即使有再多的灯,总不如第一盏那样,让我们长记不息;坐在长廊尽处,纵使太阳和星月都冷了,群山草木都衰尽了,香炉的微光还在记忆的最初,在任何可见和不可知的角落,温暖地燃烧着。

静心与抽烟

有一个关于禅者的笑话说：两个有烟瘾的人，一起去向一位素以严苛出名的禅师学习打坐。当他们打坐的时候，由于摄心，烟瘾就被抑制了，可是每坐完一炷香，问题就来了。

那一段休息时间被称为"静心"，可以在花园散步，并讨论打坐的心得。每到静心时间，甲乙两人便忍不住想抽烟，于是在花园互相交换抽烟的心得，越谈越想抽。

甲提议说："抽烟也不是什么大不了的事，我们干脆直接去请示师父，看能不能抽。"

乙非常同意，问道："由谁去问呢？"

"师父很强调个别教导，我们轮流去问好了。"甲说。

甲去请教师父，不久之后，微笑着走出禅堂对乙说："轮到你了。"

乙走进师父房里，接着传来师父怒斥和拳打脚踢的声音，乙鼻青眼肿地爬出来，却看见甲正在悠闲地抽烟。他无比惊讶地说："你怎么敢在这里抽烟？我刚刚去问师父的时候，他非常生气，几乎把我打死了。"

甲说："你怎么问的？"

乙说:"我问师父:'静心的时候,可不可以抽烟?'师父立刻就生气了;你是怎么说的,师父怎么准你抽烟?"

甲得意地说:"我问师父:'抽烟的时候,可不可以静心?'师父听了很高兴,说:'当然可以了!'"

这虽然是一个笑话,却说明了同样的一件事,如果转一个弯来看,烦恼就是菩提。

陶器与纸屑

在香港的中国百货公司买了一个石湾的陶器,我从前旅行时总是反对购买那些沉重易碎的物品,这一次忍不住还是买了,因为那陶器是一个赤身罗汉骑在一匹向前疾驰的犀牛上,气势雄浑,非常生动,很能象征修行者勇往直前的心境。

百货公司里有专门为陶瓷玻璃包装的房间,负责包装的是一位讲标准北京话的中年妇人。她从满地满墙的纸箱中找来一个,体积大约有我的石湾陶器的四倍大。

接着她熟练地把破报纸和碎纸屑垫在箱底,陶器放中间,四周都塞满碎纸,最后把几张报纸揉成团状,塞好,满意地说:"好了,没问题了,就是从三楼丢下来也不会破了。"

我的石湾陶器本来有两尺长、一尺高、半尺宽,现在成为一个庞然的箱子了,好不容易提回旅馆,我立刻觉得烦恼,这样大的箱子要如何提回台北呢?它的体积早就超过手提的规定了,如果用空运,破的几率太大,还是不要冒险才好,一个再好的陶瓷,摔破就一文不值了。

后来,我做了决定,决定仍然用手提,舍弃纸箱、碎纸和破报纸,找来一个手提袋提着,从旅馆到飞机场一路无事,但是上飞机走没几步，一个踉跄，手提袋撞到身旁的椅子，只听到清脆的一声，我的心震了一下，完了！

惊魂甫定地坐在自己的机位上，把陶器拿出来检视，果然犀牛的右前脚断裂，头上的角则完全断了。

我心里非常非常的后悔，后悔没有信任包装妇人的话，更后悔把纸箱丢弃。这时我心里浮起一个声音说："对一个珍贵的陶器，包装它的破报纸和碎纸屑是与它同等珍贵的。"

确实，我们不能只想保有珍贵的陶器而忽视那些看来无用、却能保护陶器的东西。

生命的历程也是如此，在珍贵的事物周围总是包着很多看似没有意义、随手可以舍弃的东西，但我们不能忽略其价值，因为没有了它们，我们的成长就不完整，就无法把珍贵的东西从少年带到中年，成为有智慧的人。同样地，我们也不能忽视那些人生里的负面因素，没有负面因素的人生，就得不到教训、启发、锻炼，乃至于成长了。

对于一朵美丽的花，它脚下卑贱的泥土是一样珍贵的。

对于一道绚烂的彩虹，它前面的乌云与暴雨是一样有意义的。

对于一场精彩的电影，它周围的黑暗与它是同等价值的。

有情生

我很喜欢英国诗人布雷克的一首短诗：

> 被猎的兔每一声叫，
>
> 就撕掉脑里的一根神经；
>
> 云雀被伤在翅膀上，
>
> 一个天使止住了歌唱。

因为在短短的四句诗里，他表达了一个诗人悲天悯人的胸怀，看到被猎的兔子和受伤的云雀，诗人的心情化作兔子和云雀，然后为人生写下了警语。这首诗可以说暗暗冥合了中国佛家的思想。

在我们眼见的四周生命里（也就是佛家所言的"六道众生"），是不是真是有情的呢？中国佛家所说的"仁人爱物"，是不是说明着物与人一样的有情呢？

每次我看到林中歌唱的小鸟，总为它们的快乐感动；看到天际结成"人"字、一路南飞的北雁，总为它们的互助相持感动；看到喂饲着乳鸽的母鸽，总为它们的亲情感动；看到微雨里比翼双飞的燕子，总为它们的情爱感动。这些长着翅膀的飞禽，处处都显露了天真的情感，更不要说在地上体躯庞大、头脑发达的走兽了。

甚至，在我们身边的植物，有时也表达着一种微妙的情感，或者更确切地说是机缘和生命力。只要我们仔细观察那些在阳光雨露中快乐展开叶子的植物，感觉高大树木的精神和呼吸，体会那正含苞待开的花朵，还有在原野里随风摇动的小草，都可以让人真心地感到动容。

有时候，我又觉得怀疑，这些简单的植物可能并不真的有情，它的情是因为和人的思想联系着的；就像佛家所说的"从缘悟达"；禅宗里留下许多这样的见解，有的看到翠竹悟道，有的看到黄花悟道，有的看到夜里大风吹折松树悟道，有的看到牧牛吃草悟道，有的看到洞中大蛇吞食蛤蟆悟道，都是因无情物而观见了有情生。世尊释迦牟尼也因夜观明星悟道，留下"因星悟道，悟罢非星，不逐于物，不是无情"的精语。

我们对所有无情之物表达的情感也应该做如是观。吕洞宾有两句诗："一粒粟中藏世界，半升铛内煮山川"，原是把世界山川放在个人的有情观照里；就是性情所至，花草也为之含情脉脉的意思。正是有许多草木原是无心无情，若要能触动人的灵机则颇有余味。

我们可以意不在草木，但草木正可以寄意；我们不要叹草木无情，因草木正能反映真性。在有情者的眼中，蓝田能日暖，良玉可生烟；朔风可以动秋草，边马也有归心；蝉噪之中林愈静，鸟鸣声里山更幽；甚至感时的花会溅泪，恨别的鸟也惊心……何况是见一草一木于性情之中呢？

常春藤

在我家巷口有一间小的木板房屋,居住着一个卖牛肉面的老人。那间木板屋可能是一座违章建筑,由于年久失修,整座木屋往南方倾斜成一个夹角,木屋处在两座大楼之间,越发破败老旧,仿佛随时随地都要倾颓散成一片片木板。

任何人路过那座木屋,都不会有心情去正视一眼,除非看到老人推着面摊出来,才知道那里原来还有人居住。

但是在那断板残瓦南边斜角的地方,却默默地生长着一株常春藤,那是我见过最美的一株。许是长久长在阴凉潮湿肥沃的土地上,常春藤简直是毫无忌惮地怒放着,它的叶片长到像荷叶一般大小,全株是透明翡翠的绿,那种绿就像朝霞照耀着远远群山的颜色。

沿着木板壁的夹角,常春藤几乎把半面墙长满了,每一株绿色的枝条因为被夹壁压着,全往后仰视,好像往天空伸出了一排厚大的手掌;除了往墙上长,它还在地面四周延伸,盖满了整个地面,近看有点像还没有开花的荷花池了。

我的家里虽然种植了许多观叶植物,我却独独偏爱木板屋后面的那片常春藤。无事的黄昏,我在附近散步,总要转折到巷口去看那棵常春藤,有时看得发痴,隔不了几天去看,就发现它完全长成不同的姿势,每个姿势都美到极点。

有几次是清晨,叶片上的露珠未干,一颗颗滚圆的随风在叶上转来转去，我再仔细地看它的叶子，每一片叶都是完整饱满的，丝毫没有一丝残缺，而且没有一点尘迹；可能正因为它长在夹角，连灰尘都不能至，更不要说小猫小狗了。我爱极了长在巷口的常春藤，总想移植到家里来种一株，几次偶然遇到老人，却不敢开口。因为它正长在老人面南的一个窗口，倘若他也像我一样珍爱他的常春藤，恐怕不肯让人剪栽。

有一回正是黄昏，我蹲在那里，看到常春藤又抽出许多新芽，正在出神之际，老人推着摊车要出门做生意，木门咿呀一声，他对着我露出了善意的微笑，我趁机说："老伯，能不能送我几株您的常春藤？"

他笑着说："好呀，你明天来，我剪几株给你。"然后我看着他的背影背着夕阳向巷子外边走去。

老人如约地送了我常春藤，不是一两株，是一大把，全是他精心挑拣过，长在墙上最嫩的一些。我欣喜地把它们种在花盆里。

没想到第三天台风就来了，不但吹垮了老人的木板屋，也把一整株常春藤吹得没有踪影，只剩下一堆残株败叶。老人忙着整建家屋，把原来一片绿意的地方全清扫干净，木屋也扶了正。我觉得怅然，将老人送我的一把常春藤要还给他，他只要了一株，他说："这种草的耐力强，一株就能长成一片的。"

老人的常春藤只随便一插，也并不见他洒水除草，只接受阳光和雨露的滋润。我的常春藤细心地养在盆里，每天晨昏依时浇水，同样也在阳台上接受阳光和雨露。

然后我就看着两株常春藤在不同的地方生长,老人的常春藤愤怒地抽芽拔叶,我的是温柔地缓缓生长;他的芽越抽越长,叶子越长越大,我的则是芽越来越细,叶子越长越小。比来比去,总是不及。

那是去年夏天的事了。现在,老人的木板屋有一半已经被常春藤覆盖,甚至长到窗口;我的花盆里,常春藤已经好像长进宋朝的文人画里了,细细的垂覆枝叶。我们研究了半天,老人说:"你的草没有泥土,它的根没有地方去,怪不得长不大。呀!还有,恐怕它对这块烂泥地有了感情呢!"

非 洲 红

三年前,我在一个花店里看到一株植物,茎叶全是红色的,虽是盛夏,却溢着浓浓秋意。它被种植在一个深黑色滚着白边的磁盆里,看起来就像黑夜雪地里的红枫。卖花的小贩告诉我,那株红植物名字叫"非洲红",是引自非洲的观叶植物。我向来极爱枫树,对这小圆叶而颜色像枫叶的非洲红自也爱不忍释,就买来摆在书房窗口外的阳台,每日看它在风中摇曳。非洲红是很奇特的植物,放在室外的时候,它的枝叶全是血一般的红;而摆在室内就慢慢地转绿,有时就变得半红半绿,在黑盆子里煞是好看。

它叶子的寿命不长,隔一两月就全部落光,然后在茎的根头又一夜之间抽放出绿芽,一星期之间又是满头红叶了。使我真正感受到时光变异的快速,以及生机的运转。年深日久,它成为院子里我非常喜爱的一株植物。

去年我搬家的时候,因为种植的盆景太多,有一大部分都送人了。新家没有院子,我只带了几盆最喜欢的花草,大部分的花草都很强韧,可以用卡车运载,只有非洲红,它的枝叶十分脆嫩,我不放心搬家工人,因此用一个木箱子把它固定装运。

没想到一搬了家,诸事待办,过了一星期安定下来以后,我才想到非洲红的木箱;原来它被原封不动地放在阳台,打开以后,发现盆子里的泥土全部干裂了,叶子全部落光,连树枝都萎缩了。我的细心反而害了一株植物,使我伤心良久,妻子安慰我说:"植物的生机是很强韧的,我们再养养看,说不定能使它复活。"

我们便把非洲红放在阳光照射得到的地方,每日晨昏浇水,夜里我坐在阳台上喝茶的时候,就怜悯地望着它,并无力地祈祷它的复活。大约过了一星期左右,有一日清晨我发现,非洲红抽出碧玉一样的绿芽,含羞地默默地探触它周围的世界,我和妻子心里的高兴远胜过我们辛苦种植的郁金香开了花。

我不知道非洲红是不是真的来自非洲,如果是的话,经过千山万水的移植,经过花匠的栽培而被我购得,这其中确实有一种不可言说的缘分。而它经过苦旱的锻炼竟能从裂土里重生,它的生命是令人吃惊的。现在我的阳台上，非洲红长得比过去还要旺盛，每天张着红红的脸蛋享受阳光的润泽。

由非洲红，我想起中国北方的一个童话《红泉的故事》。它说在没有人烟的大山上，有一棵大枫树，每年枫叶红的秋天，它的根渗出来一股不息的红泉，只要人喝了红泉就全身温暖，脸色比桃花还要红。而那棵大枫树就站在山上，看那些女人喝它的红泉水，它就选其中最美的女人抢去做媳妇，等到雪花一落，那个女人也就变成枫树了。这当然是一个虚构的童话，可是中国人的心目中确实认为枫树也是有灵的。枫树既然有灵，与枫树相似的非洲红又何尝不是有灵的呢？

在中国的传统里，人们认为一切物类都有生命，有灵魂，有情感，能和人做朋友，甚至恋爱和成亲了。同样地，人对物类也有这样的感应。我有一位爱兰的朋友，他的兰花如果不幸死去，他会痛哭失声，如丧亲人。我的灵魂没有那样纯洁，但是看到一棵植物的生死会使人喜悦或颓唐，恐怕是一般人都有过的经验吧！

非洲红变成我最喜欢的一株盆景，我想除了缘分，就是它在垂死到最绝处的时候，还能在一盆小小的土里重生。

紫茉莉

我对那些按着时序在变换着姿势，或者是在时间的转移中定时开合,或者受到外力触动而立即反应的植物,总是持有好奇和喜悦的心情。

像种在园子里的向日葵或是乡间小道边的太阳花,是什么力量让它们随着太阳转动呢?难道只是对光线的一种敏感?

像平铺在水池的睡莲,白天它摆出了最优美的姿势,为何在夜晚偏偏睡成一个害羞的球状?而昙花正好和睡莲相反,它总是要等到夜深人静的时候,才张开笑颜,放出芬芳。夜来香、桂花、七里香,总是越黑夜之际越能品味它们的幽香。

还有含羞草和捕虫草,它们一受到摇动,就像一个含羞的姑娘默默地颔首。还有冬虫夏草,明明冬天是一只虫,夏天却又变成一株草。

在生物书里我们都能找到解释这些植物变异的一个经过实验的理由,这些理由对我却都是不足的。我相信在冥冥中,一定有一些精神层面是我们无法找到的,在精神层面中说不定这些植物都有一颗看不见的心。

能够改变姿势和容颜的植物,和我关系最密切的是紫茉莉花。

我童年的家后面有一大片未经人工垦殖的土地,经常开着美丽的花朵,有幸运草的黄色或红色小花,有银合欢黄或白的圆形花,有各种颜色的牵牛花,秋天一到,还开满了随风摇曳的芦苇花……就在这些各种形色的花朵中,到处都夹生着紫色的小茉莉花。

紫茉莉是乡间最平凡的野花,它们整片整片地丛生着,貌不惊人，在万绿中却别有一番姿色。在乡间，紫茉莉的名字是"煮饭花"，因为它在有露珠的早晨，或者白日中天的正午，或者是星满天空的黑夜都紧紧闭着；只有一段短短的时间开放，就是在黄昏夕阳将下的时候，农家结束了一天的劳作，炊烟袅袅升起的时候，才像突然舒解了满怀心事，快乐地开放出来。

每一个农家妇女都在这个时间下厨做饭，所以它被称为"煮饭花"。

这种一两年或多年生的草本植物，生命力非常强盛，繁殖力特强，如果在野地里种一株紫茉莉，隔一年，满地都是紫茉莉花了。它的花期也很长，从春天开始一直开到秋天，因此一株紫茉莉一年可以开多少花，是任何人都数不清的。

最可惜的是，它一天只在黄昏时候盛开，但这也是它最令人喜爱的地方。曾有植物学家称它是"农业社会的计时器"，当它开放之际，乡下的孩子都知道，夕阳将要下山，天边将会飞来满空的红霞。

我幼年的时候，时常和兄弟们在屋后的荒地上玩耍，当我们看到紫茉莉一开，就知道回家吃晚饭的时间到了。母亲让我们到外面玩耍，也时常叮咛："看到煮饭花盛开，就要回家了。"我们遵守着母亲的话，经常每天看紫茉莉开花才踩着夕阳下的小路回家，巧的是，我们回到家，天就黑了。

从小，我就有点痴，弄不懂紫茉莉为什么一定要选在黄昏开，有人常多次坐着看满地含苞待放的紫茉莉，看它如何慢慢地撑开花瓣，出来看夕阳的景色。问过母亲，她说："煮饭花是一个贪玩的孩子，玩到黑夜迷了路变成的，它要告诉你们这些野孩子，不要玩到天黑才回家。"

母亲的话很美，但是我不信，我总认为紫茉莉一定和人一样是喜欢好景的，在人世间又有什么比黄昏的景色更好呢？因此它选择了黄昏。

紫茉莉是找童年里很重要的一种花卉，因此我在花盆里种了一棵，它长得很好，可惜在都市里，它恐怕因为看不见田野上黄昏的好景，几乎整日都开放着，在我盆里的紫茉莉可能经过市井的无情洗礼，已经忘记了它祖先对黄昏彩霞的选择了。

我每天看到自己种植的紫茉莉，都悲哀地想着，不仅是都市的人们容易遗失自己的心，连植物的心也在不知不觉中迷失了。

一心一境

小时候我时常寄住在外祖母家,有许多表兄弟姐妹,每次相约饭后要一起去玩,吃饭时就不能安心,总是胡乱地扒到嘴里咽下,心里尽想着玩乐。

这时,外祖母就会用她的拐杖敲我们的头说:"你们吃那么快,要去赴死吗?"

这句话令我一时呆住了,然后她就会慢条斯理地说:"吃那么紧,怎么会知道一碗饭的滋味呀!"当时深记着外祖母的话,从此,吃饭便十分专心,总是好好吃了饭再出去玩。

从前不觉得这两句话有什么了不起的地方,长大以后,年岁日长愈感觉这两句寻常的话有至理在焉,这不正是禅宗祖师所说的"吃饭时吃饭,睡觉时睡觉"那种活在当下的精神吗?

"活在当下"看来是寻常言语,实际上是一种极为勇迈的精神,是把"过去"与"未来"做一截断,使心思处在一心一境的状态,一个人如果能每时每刻都处于一心一境,就没有什么困难能牵住他,也没有什么痛苦能动摇他了。

一心一境是疗治人生的波动、不安、痛苦、散乱最有效也最简易的方法,因为人的乐受与苦受虽是感觉真实,却是一种空相,若能安住于每一个当下，苦受就不那样苦，乐受也没有那么乐了。可惜的是，人往往是一心好几境（怀忧过去，恐慌未来），或一境生起好几种心（信念犹如江河，波动不止），久而久之，就被感受所欺瞒，不能超越了。

不能活在一心一境之中，那是由于世人往往重视结局，而不重视过程，很少人体验到一切的过程乃是与结局联结的。一个人如果不能在吃饭时品味米饭的香甜，又何以能深刻地品味人生呢？一个人若不能深入一碗饭，不知逢莱米、在来米，甚至糯米的不同，又如何能在生命的苦乐中有更深切的认识？

因此吃饭、睡觉、喝茶，看来是人生小事，却能由一心一境在平凡中见出不凡，也就能以实践的态度契入生活，而得到自在。

曾经有人问一位禅师说："什么是解脱痛苦最好的法门？"

禅师说："在痛苦时就承受痛苦，在该死的时候就坦然地死，这便是解脱痛苦最好的法门。"

痛苦或死亡是人人所不愿见到或遇到的，但若不能深刻品味痛苦，何尝能知道平安喜乐的真滋味？若不能对死亡有所领会，又如何能珍惜活着的时候呢？

又有一位禅师问门人说："寒热来时往何处去？"

门人说："向无寒暑处去！"

禅师说："冷时冻死你，热时热死你！"

这世界原来并没有一个无寒暑的地方可以逃避生之恸，因此最好的方法是水里来、火里去，不避于寒热，寒热自然就莫可奈何了！这也是一心一境。时人的苦恼就是寒冷的时候怀念暑天，到了真正热的时节，又觉得能冷一些就好了。晴天的时候想着雨景之美，雨季来临时，又抱怨没有好的天色，因此，生命的真味就被蹉跎了。

一心一境是活在每一个眼前的时节，是承担正在遭受的变化不定的人生，那就像拿着铁锤吃核桃，核桃应声而裂，人生的核桃或有乏味之时，或有外表美好、内部朽坏的，但在每一个下锤的时节都能怀抱美好的期待。

当然，人的生命历程如果能像苏东坡所说的："无事以当贵，早寝以当富，安步以当车，晚食以当肉。"那是最好的情况。可惜在现代社会里几乎没有无事、早寝、安步、晚食的人了。因此如何学习以"一心一境"的态度生活，就变得益发可贵。

苏东坡在《春渚纪闻》里还说："处贫贱易，处富贵难。安劳苦易，安闲散难。忍痛易，忍痒难。人能安闲散，耐富贵，忍痒，真有道之士也。"这是苏东坡的至理名言，但我的看法有些不同，我觉得要处贫贱、安劳苦、忍痛苦都是一样难的，唯有一心一境的人，能贫富、劳闲、痛痒，皆一体观之，这才是真正的"有道"。

活在每一个过程，这是真正的解脱，也是真正的自在，"吃饭时吃饭，睡觉时睡觉"的禅语也可以说："痛苦时痛苦，快乐时快乐。"这使我想起元晓大师说的话，他说："纵使尽一切努力，也无法阻止一朵花的凋谢。因此在花凋谢时好好欣赏它的凋谢吧！"

人生的最大意义不在奔赴某一目的，而是在承担每个过程。有一次在报纸上看到汽车广告说："从零加速到一百公里，只要六秒钟！"这广告使我想起外祖母的话："你驶那么紧，要去赴死呀！"

活在苦中，活在乐里；活在盛放，也活在凋零；活在烦恼，也活在智慧；活在不安，也活在止息。这是面对苦难的生命最好的方法。

轮回说帖

小时候，我曾被蜜蜂蜇过。

有一天，我独自在家屋后的树林戏耍，看到一个蜂窝，便走到附近去观察，不知道为什么激怒了蜂群，蜜蜂倾巢而出，我虽然飞也似的奔回家，身上已经被叮了十几个包。

被蜜蜂蜇到的感觉，就好像被滚烫的烟头烫到，一片火热。

母亲一面帮我敷药，一面安慰我："蜜蜂蜇你，是蜜蜂比较吃亏，不是你比较吃亏。"

"为什么？"

"因为蜜蜂蜇了你之后，它的蜇刺就会脱落，很快就会死了，不是比你还糟吗？何况给蜜蜂蜇过，以后就不怕叮咬了，不管是蚊子或蜜蜂蜇到，红疹很快就会消，身体也会更强健了。"

当时我半信半疑，后来观察到，果然蜜蜂蜇人之后就会死亡了。这使我大为迷惑，是多么奇特的设计呢！虎头蜂或黄蜂蜇人并不会自己死，毒蛇或蜘蛛咬人也是于己无伤，为什么蜜蜂蜇人就是自杀呢？

后来，我对动物生起极大的兴趣，例如毛虫变成蝴蝶，为什么是如此巨大的美丑变身呢？为什么蜘蛛并没有父母教它，自己会织出那么完美的网呢？为什么候鸟可以随季节飞翔千万里而不迷途呢？为什么鸽子到陌生的异地，可以安然返回家园？为什么同样是鱼，鲨鱼或食人鱼是那么凶暴呢？

这世界，几乎所有的事物，都有解不开的谜题，一直到有一天，我碰到了"轮回"，所有的事物才有合理的答案。

轮回真的是一种完美的思想，它打破了我们在时间与空间的限制，使我们对宇宙的迷思有了导航。

最最可贵的，是它打破了生与死的界限，使我们在生的忧伤与死的恐惧之中，能有安然的心。

有的人信轮回，有的人不信。

我觉得信的人比不信的人幸福，信的人会有长远心，并且有慈悲的可能。想想眼前的一切因缘都是相识而相约再来的人，就多么值得珍惜。再想想从前相爱而在时空远去的人，还会有相会的时刻，心里就会无恨了。再想想，凡是在宇宙间与我偶然错身而过的人，都可能是我的父母眷属，对那些陌生人也都有了体贴的心。

信轮回的人也会比不信的人积极。对轮回的真知，使我们对善恶不敢掉以轻心，也就不至于在恶中沉沦。对轮回的信心，使我们知道此刻的每一步每一个行为都影响了无限未来的幸福，也就不会胡作非为了。

但是，信轮回的人，比不信的人容易痴迷。由于花费许多时间与精力去妄图知道前世今生，往往会失去现实感，不知道今生的此时正是轮回之网的网眼。这种"重前世不重今生"正是信轮回者最大的盲点,也是修行者容易患的病根。

信轮回的人也比不信轮回的人容易依赖。凡是在今生遇到的挫折与苦难,不免自然地推给前世,放弃了奋斗与改革的责任。依赖虽可以暂时安身,但从长远看来,我们今生的挫折苦难,不正是前世依赖、不肯解决所带来的结果吗?

自从有人类以来,就有轮回与鬼神的迷惑,一代一代相传着轮回的故事、轮回的观点,却很少人触及轮回的根源。

轮回的根源是假设众生都是一粒种子,这种子含藏着极为巨大的能量,是累世累生的记忆库(田),一旦遇见了成熟的因缘,种子就会得到生长,等到因缘尽了,又成一粒新的种子,等待新的因缘。

促使种子发展的动机又是什么呢?

简而言之,就是情欲。

情欲正是轮回根源中的根源。

佛经里说,情欲不但是推动我们投生的动力,还是决定我们方向的力量。

九分智慧、一分情欲的人投胎到"天道"。

七分智慧、三分情欲的人投胎到"阿修罗道"。

五分智慧、五分情欲的人投胎到"人道"。

三分智慧、七分情欲的人投胎到"畜生道"。

一分智慧、九分情欲的人投胎到"鬼道"。

完全依靠情欲生活的人投胎到"地狱道"。

所以,六道轮回并不难解,人人依靠情欲而正生命,一个人所谓的修行,正是在提炼情欲的杂质,以智慧来掌握我们的身口意。情欲稀薄,智慧深广的人,不必到来生,在今生就会有很大的受用了。

别离可哀、生死可怖,这是生命里无可如何的事,但是如果对轮回有更深的认识,就会减少哀痛与恐怖。可惜想认识轮回的人不从根源思考,反而去求神问卜,求助于催眠术士,只是增加迷乱而已。

要认识轮回,就要认识我们的心、我们的情欲、我们的种子,只要这一切历历分明,轮回也就不能局限我们了。

看!窗前的乌花上正有一只蜜蜂在采蜜,在广大的时空中,蜜蜂们如何来与小小的乌花相会呢?这眼前的一切,不都是有着广大的轮回的秘藏吗?

净土吹来的风

不知道是怎么飞来的，也不知道是何时飞来的，阳台的砖缝长出了一棵西红柿树。在这无土无水的都市阳台，长出一棵西红柿树使我讶异，更令我惊奇的是，西红柿树竟在深秋长出了红艳艳的果实。

西红柿树的种子如果有选择，应该会选择那些土地肥沃的田园吧！它偶然落在阳台是完全不能选择的。

不能选择土地的不只是西红柿的种子，荒冢的马缨丹、溪畔的银合欢，杂生在山坡的菅芒、莲蕉，或紫丁香，它们也都是飘然地飞来、偶然地生成。

植物种子的飞翔是没有自力的，它们努力地生长，到成熟具足的时候，等待着风力或者鸟兽，带着它们起飞，去更远的地方。它们唯一要有的信念就是生长，即使落在最贫瘠的阳台，也结出成熟具足的果实。

落在何处，就以最美的状态在何处生长、开花、结果。

从一个大的视景看起来，人的心也渺小如植物的种子，我们当然有"往生"更好的土地的心愿，可是需要等待一种风，让我们与流云飞翔，在远地开花。

我时常在想,我们往生净土就是那样的,我们就以现在的样子去,不必刻意地梳妆打扮,我们只要使自己的种子成熟具足,并信任风就好了。

对净土法门不能深信的人,往往由于难以触摸、难以体验净土是真实的存在,可是这世界的事物何处是真实的存在呢?甚至连我们身边的文明与历史,只有我们肯相信才是真的。

你相信台北的信义区从前都是树林与稻田吗?

你相信台北火车站正对面以前是瓦房吗?

时间的实相并没有坐标,空间的实相也没有坐标,以我们为坐标,相信的,那才是真的。

我相信阿弥陀佛是真的。

无须等待临终,因为每天的夜晚都是临终,我的喜悦不分昼夜,我的信心又分什么临终呢?阿弥陀佛一定会好好安排我们的,我只懂得相信与持念,让喜悦的莲花开着。

铃木大拙写过一本《念佛人》,其中有一段深深撞击着我:

> 不是我念佛,
>
> 是佛来碰撞我的心,
>
> 南无阿弥陀佛。

我想象着一粒西红柿的种子,因为对风的信心,因为圆满成熟,所以在贫瘠之地也开花结果,这西红柿如果落在肥沃的土地,也如是开花结果。对净土法门有信心的人,不管是投生在红尘滚滚的人间或黄金铺地的净土,必也是那样一如一味,感恩于浮世的,必欢欣于净土。

我是学佛数年后才契入净土法门的,我也常常鼓励年轻人念佛,那是因为体会到人间已经如此繁杂,需要一个绝对纯粹简易的法门,让我们活着心安,死时安心。

佛陀的美丽新世界到处都有,那浮在莲花瓣的露水,一指即割开土地的新笋,为阳光转动头部的野花,万里飞翔不迷途的候鸟,无心出岫的云,清澈温柔的水……人间里,何处不是阿弥陀佛的声音与显现呢?

青青翠竹,皆是法身,南无阿弥陀佛。

郁郁黄花,无非般若,南无阿弥陀佛。

不论阳光,或是黑暗;不论人间,或者净土;只要有六字在心,就会光明无限。

让一般人摸索口袋,寻找更多的钞票、权势与名位吧!我们不必摸索,我们的怀中有最尊贵的阿弥陀佛。

我在贫瘠的土地依然生长、开花,是为了让种子成熟具足,等待来自净土的风,凌空一跃。

呀!南无阿弥陀佛。

常想一二

朋友买来纸笔砚台,请我题几个字让他挂在新居的客厅补壁。

这使我感到有些为难,因为我自知字写得不好看,何况已经有很多年没有写书法了。

朋友说:"怕什么?挂你的字我感到很光荣,我都不怕了,你怕什么?"

我便在朋友眼前,展纸、磨墨,写了四个字"常想一二"。

朋友说:"这是什么意思?"

我说:"意思是说我的字写得不好,你看到这幅字,请多多包涵,多想一二件我的好处,就原谅我了。"

看到我玩笑的态度,朋友说:"讲正经的,到底是什么意思?"

"俗话说'人生不如意事,十之八九',我们生命里不如意的事情占了绝大部分,因此,活着的本身是痛苦的。但是扣除了八九成的不如意,至少还有一二成如意的、快乐的、欣慰的事情,我们如果要过快乐人生,就要常常想那一二成好事,这样就会感到庆幸、懂得珍惜,不致被八九的不如意所打倒了。"

朋友听了,非常欢喜,抱着"常想一二"回家了。

几个月之后,他来探视我,又来向我求字,说是:"每天在办公室劳累受气,一回到家看见那幅'常想一二'就很开心,但是墙壁太大,字显得太小,你再写几个字吧!"

对于好朋友,我一向都是有求必应的,于是为"常想一二"写了下联"不思八九",上面又写了"如意"的横批,中间顺手画一幅写意的瓶花。

没想到又过几个月,我再婚的消息披露报端,引来许多离奇的传说与流言的困扰,朋友有一天打电话来,说他正坐在客厅里我写的字前面,他说:"想不出什么话来安慰你,念你自己写的字给你听:常想一二,不思八九,事事如意!"

接到朋友的电话使我很感动。我常觉得在别人的喜庆里锦上添花是容易的,在别人的苦难里雪中送炭却很困难,那种比例,大约也是"八九"与"一二"之比。不能雪中送炭的不是真朋友,当然更甭说那些落井下石的人了。

不过,一个人到了四十岁以后,在生活里大概都锻炼出"宠辱不惊"的本事,也不会在乎锦上添花、雪中送炭或落井下石了。那是由于我们早已经历生命的痛苦和挫折,也经验过许多情感的相逢与离散,慢慢地寻索出生命中积极的、快乐的、正向的观想。这种观想,正是"常想一二"的观想。

"常想一二"的观想,乃是在重重的乌云中寻觅一丝黎明的曙光;乃是在滚滚红尘里开启一些宁静的消息;乃是在濒临窒息时浮出水面，有一次深长的呼吸。

生命已经够苦了，如果我们把五十年的不如意事总和起来，一定会使我们举步维艰。生活与感情陷入苦境，有时是无可奈何的，但如果连思想和心情都陷入苦境，那就是自讨苦吃、苦上加苦了。

在波涛汹涌的海上航行，我早已学会了面对苦境的方法。我总是想：从前的万般折磨我都能苦中作乐，眼下的些许苦难自然能逆来顺受了。

我从小喜欢阅读大人物的传记和回忆录，慢慢归纳出一个公式：凡是大人物都是受苦受难的，他们的生命几乎就是"人生不如意事，十之八九"的真实证言；但他们在面对苦难时也都能保持正向的思考，能"常想一二"；最后，他们超越苦难，苦难便化成生命最肥沃的养料，是为了他们开启莲花而做准备的。

使我深受感动的不是他们的苦难，因为苦难到处都有；使我感动的是，他们面对苦难时的坚持、乐观与勇气。

原来，"如意"或"不如意"，并不是决定于人生的际遇，而是取决于思想的瞬间。

原来，决定生命品质的不是"八九"，而是"一二"。

原来，苦难对陷入其中的人是以数量计算，对超越的人却变成质量。数量会累积，质量会活化。

既然生命的苦乐都只是过程，我们何必放弃自我的思想去迎合每一个过程呢？

所以，静下心来想到从前的时候，要常常想那些美好的时光，追忆那些鎏金的岁月与花样的年华，以抚平我们内心的忧伤。

静下心来想到未来的时候，要常常思维未来的美丽梦想，在彼岸、在黄金铺地的国土，到处都有美丽的花朵与动人的乐章；在走向净土的路上，有诸菩萨与上善人相伴相扶持，以安慰我们在俗世的苦痛。

在不思维过去与未来的时候，就快乐地活在当下，让每一个当下有情有义、发光发热、如诗如歌！

我常常想：达摩祖师渡江的"一苇"，不是芦苇，不是小舟，也不是什么神通，而是一个思想的象征。象征在人生的险海波涛中若能"用美思维"、"以好静心"，纵使只有一苇，也能无畏地航行了。

以智慧香而自庄严

有时会在晚上去逛花市。

夜里九点以后,花贩会将店里的花整理一遍,把一些盛开着的,不会再有顾客挑选的花放在方形的大竹篮推到屋外,准备丢弃了。

多年以前,我没有多余的钱买花,就在晚上去挑选竹篮中的残花,那虽然是已被丢弃的,看起来却都还很美,尤其是它们正好开在高峰,显得格外辉煌。在竹篮里随意翻翻就会找到一大把,带回家插在花瓶里,自己看了也非常欢喜。

从竹篮里拾来的花,至少可以插一两天,甚至有开到四五天的。每当我把花一一插进瓶里,会兴起这样的遐想:花的生命原本短暂,它若有知,知道临谢前几天还被宝爱着,应该感叹不枉一生,能毫无遗憾地凋谢了。

花的盛放是那么美丽,但凋落时也有一种难言之美。在清冷的寒夜,我坐在案前,看到花瓣纷纷落下,无声地辞枝,以一种优雅的姿势飘散,安静地俯在桌边。那颤抖离枝的花瓣时而给我是一瓣耳朵的错觉,仿佛在倾听着远处土地的呼唤,闻着它熟悉的田园声息。那还留在枝上的花则是眼睛一样,努力张开,深情地看着人间,那深情的最后一瞥真是令人惆怅。

每一朵花都是安静地来到这个世界,又沉默着离开。若是我们倾听,在安静中仿佛有深思,而在沉默里也有美丽的雄辩。

许久没有晚上去花市了,最近去过一次,竟捡回几十朵花,那捡来的花与买回的花感觉不同,由于不花钱反而觉得每一朵都是无价的。尤其是将谢未谢时,更显得楚楚可怜,比起含苞时的精神抖擞也自有一番风姿。

说花是无价的,可能只有卖花的人反对。花虽是有形之物,却往往是无形的象征,莲之清净、梅之坚贞、兰之高贵、菊之孤傲、牡丹之富贵、百合之闲逸,乃至玫瑰里的爱情、康乃馨里的母爱都是高洁而不能以金钱衡量的。

花所以无价,是花有无求的品格。如果我们送人一颗钻石,里面的情感就不易纯粹,因为没有人会白送人钻石的;如果是送一朵玫瑰,它就很难掺进一丝杂质,由于它的纯粹,钻石在它面前就显得又俗又胖了。

花的威力真是不小,但花的因缘更令人怀想。我国民间有一种说法,说世上有三种行业是前世修来的,就是卖花、卖香、卖伞。因为卖花是纯善的行业,买花的人不是供养佛菩萨,就是与人结善缘,即使自己放置案前也能调养身心。卖香、卖伞也都是纯善的行业,如果不是前世的因缘,哪里有福分经营这么好的行业呢?

卖花既是因缘,爱花也是因缘,我常觉得爱花者不是后天的培养，而是天生的直觉。这种直觉来自良善的品格与温柔的性情，也来自对物质生活的淡泊；一个把物质追求看得很重的人，肯定是与花无缘的。

有一些俗人常把欣赏花看成是小道，其实不然。佛教两部最伟大的经典《妙法莲华经》、《大方广佛华严经》就是以花来命名的；而在三千大千世界里每一方佛的净土，无不是开满美丽的花、飘扬着花香，可见爱花不是小道。

佛经中曾经比喻过花香不是独立存在的，一朵花的香气和整枝花都有关系，用来说明一个人的完成是肉体、感觉、意识、自性、人格整体的实践，是不可分离的。一枝花如果有一部分败坏，那枝花就开不美；一个人也是一样，戒行不完满就无法散放出人格的芬芳。

爱花的人如何在花中学习开启智慧，比只是痴痴地爱花重要。在《大方广佛华严经》中有一位名叫优钵罗华的卖香长者，曾说过一段有智慧的话："如诸菩萨摩诃萨，远离一切诸恶习气，不染世欲永断烦恼众魔胄索。超诸有趣，以智慧香而自庄严，于诸世间皆无染着，具足成就无所着戒、净无着智、行无着境、于一切处悉无有着，其心平等，无着无依。"长者虽是从卖香而得到智慧，与花也是相通的，我们如果能自花中提炼智慧之香，用智慧之花来庄严心灵，还有什么能染着我们呢？

花的美是无常的，世间的一切何尝不是花般无常？若能体会无常也有常在，无常也就能激发我们的智慧，我曾试写过一首偈：

　　日日禅定镜，处处般若花。
　　时时清凉水，夜夜琉璃月。

　　这世间，"镜花水月"是最虚幻和短暂的，惟其如此，才使我们有最深刻的觉醒，激发我们追求真实和永恒的智慧。

　　当我们面对人间的一朵好花，心里有美、有香、有平静、有种种动人的质地，会使我们有更洁净的心灵来面对人生。

　　让我们看待自己如一枝花吧！香给这世界看，如果世界不能欣赏我们，我们也要沉静庄严地开放，倾听土地的呼唤，深情地注视人间。

澈如水晶

如果我们要看见这世界的美,
需要有一对水晶一样自然清澈的眼睛;
如果我们要体会宇宙更深邃的意义,
则需要一颗水晶一样清明、没有造作的心。

以夕阳落款

开车走麦帅二桥,要下桥的时候,突然看到西边天最远的地方,有一轮紫红色饱满而圆润的夕阳。

那夕阳美到出乎我的意料,紫红中有一种温柔震慑了我的心;饱满而圆润则有一种张力,温暖了我连日来被误解的灰黯。

我突然感到舍不得,舍不得夕阳沉落。

我没有如平时一样,下桥的第三个红绿灯左转,而是直直地向西边的太阳开去。

我一边踩着油门,一边在心里赞美这城市里少见的秋日的夕阳之美,同时也为夕阳沉落的速度感到可惊。

仿若拿着滚轮滚下最陡的斜坡,连轮轴都没看清,滚轮已落在山脚。夕阳亦是如此,刚刚在桥上时还高挂在大楼顶上的红色圆盘,一坠一坠,迅即落入路的尽头。

就在夕阳落入不见的一刹那,城市立即蒙上了一片灰色的黯影,我的心也像石头坠入湖心,石已不见,一波一波的涟漪却泛了起来。

我猛然地感受到两个可怕的想法:我每天都在同一个时间走同一条路到学校接孩子放学,为什么三个月来都没有看见美丽的夕阳？如果我曾看见夕阳，为什么三个月来完全没有感觉？

这两个想法使我忍不住悲哀。在前面的三个月，我就像一棵树，为了抵挡生命中突来的狂风暴雨，以免树下的几棵小树受伤，竟日在风雨中摇来摇去，根本没有时间抬头看看蔚蓝的天空，更不用说一天只是短暂露脸的夕阳了。

我为自己感到悲伤，但更悲伤的是，想到这城市里，即使生命中没有风雨，也很少人能真心欣赏这美丽的夕阳吧！

每到黄昏时开车去接孩子，会打开收音机以排遣塞车的无聊，才渐渐发现，黄昏时刻几乎所有的电台都是论说的节目。抒情的、感性的节目，在下午四点以后就全部沦亡了。

论说的节目几乎无可避免地有一个共同的调子，就是批评：永不停止的批评。

我常常会想：在黄昏的时候，一天的工作已经结束，心情应该处在一种欢喜与柔美的状态，沉浸于优美的音乐。然而却几乎所有的节目都在论说，永不停止地议论，是不是象征着整个城市在黄昏时，美好的感觉也都沦亡了呢？

想要换个电台、换一种感觉，转来转去却转不出忧伤的心。最后，只好又转回我最喜欢的台北爱乐，一边听着优美的古典音乐，一边想着：如果在黄昏时刻，禁止论说，只准听音乐喝茶、看夕阳沉思，将是对这个城市的人最严重的惩罚吧！

那美丽的紫红夕阳，使我想起水墨画左下角的落款的印章。

如果我们的每一天是一幅画，应该尽心地着墨，尽情地上彩，尽力地美丽动人，在落款钤印的时候，才不会感到遗憾。对一幅画而言，论说是容易的，抒情是困难的；涂鸦是容易的，留白是困难的；签名是容易的，盖章是困难的。

但是，这个城市还有人在画水墨吗？还有人在每天黄昏，用庄严的心情为一幅水墨落款吗？

看到夕阳完全沉落，我怅然地回转车子，有橘子黄的光晕还余韵犹存地照在车上，惨白的街灯则已点燃，逐渐在黑幕里明晰。

我为自己的今天盖下一个美丽的落款封印，并疼惜从前那些囿于世俗的、沦于形式的、僵于论说的、在无知与无意间流逝的时光。

生命的接榫

装潢房子的时候,我到林口卖古董家具的店买了一些清朝的门窗,请木工把窗花的部分拆下来,镶嵌在新家的门窗上。

为我们装潢的木匠已经是台北一流的师傅,任何细作的家具都难不倒他,但是当他看到那些清朝的古门窗时,也忍不住赞叹不已,言词中充满了敬仰与神往。

他说:"看到这些古代的门窗,作为一个木匠,就好像听见国歌或看见升旗,忍不住要立正敬礼呢!"

我问他说:"你觉得清朝的门窗美在哪里呢?"

"不论是构图、组合、接榫,都是一百分,无话可说。你看这四面门窗,没有用到一支钉子,古代也没有黏合胶,却可以接得如此完美,保留到现代,完全没有损害。"他说。

确实,这也是我每次看古董家具都会感动不已的原因。古代的工匠只用最简单的工具和最素朴的材料,却成就了最繁复的结构与最华美的形式,那样超凡的巧手越过了时间与空间,使我们在百年后仍为之叹息不已。

我忍不住问木匠师傅:"如果把这窗花交给你,做出一个一模一样的,不用钉子与胶水,你办得到吗?"

他沉吟了半晌，说："我可以做得一模一样，甚至做得更好，但是我不能做，也不愿意做。"

"为什么？"

木匠师傅道出了一个现代人普遍面临的问题。他说，如果他要以手工不借助任何机器，做出一个镶满窗花的窗子，至少要花一个半月的时间。以一天工资三千元来算，加上材料，一个窗至少要卖十五万元，可是买一个真正的古窗只要五六千元。何况，有谁在装潢时，愿意让工匠花一个半月，只做一扇窗呢？

"再说，古代的人盖房子、做门窗，都是为子孙来思考的，他们的眼光、用心，至少在百年以上。现代人很少在同一个房子住十年以上，何况是对待一扇窗呢？"木匠师傅说，"在时间上，我不能做；在用心上，我不愿意做。"

从前，我一直认为古人的手工好，才能做出那么好的明式清代家具。木匠师傅为我释疑，其实现代的工匠也可以做得一样好，只是没有古人的时空，也没有古人的心情吧！

木匠师傅花了几天的时间，就把窗花拆下全镶在墙壁和窗台上，墙壁后面装了壁灯，窗台后面则可以引进阳光。

不论白天或夜晚，只要阳光与灯光照过清朝的美丽窗花，屋内的光就迷离了起来。在迷离中，我总会想：古代的木匠是在什么情景下，做出这么美丽的窗呢？他们大多没有留下名姓。清朝我认识的工匠只有齐白石，在他的传记里读到过，从前的木匠到大户人家做装潢，往往一住就是两三年。如果是到寺庙，一住二三十年也是常有的事。他们花费青春、岁月与心力，选用最好的木材，用最细腻的方法，就是要做出最好的家具，并且传诸久远。

以中国的木作来说，最了不起的方法就是"接榫"——让木头与木头以阴阳、虚实、凹凸、伸缩来咬合，图案、结构、形式都已到了完美的境界，而且历经数百年也不朽坏松脱，这是多么精巧辉煌。

只要我们有一点人文艺术的素养，就会羡慕古代木匠的接榫哲学，了解到不用钉子与胶水而能密合，不只是木匠，也是生命里最完美的境界。

在我们年轻，刚刚会欣赏木作接榫的时代，谁不向往此生的爱情、婚姻、友情、人际关系都可以那样完美地接榫呢？

可惜的是，由于时空的错谬、因缘的落差、用心的不同，我们往往无法那么完美地接榫。后来不得不借助机器、铁锤、铁钉、黏胶，使那随时可能松脱的情缘勉强组合。直到有一天，啪啦一声，完全地碎裂。

如果我们在年轻的时候，也能像木匠一样追求完美，选取最好的木材，用最细腻的接榫，有千百年的用心，说不定我们也可以塑造出完美的、永不朽坏的情缘！

在迷离的清朝窗花下，我这样想着。

铁树的处女之花

在花园里的金橘果落完的时候,旁边的铁树开花了。

从前听乡下的长辈说过,铁树要十年才会开花,是非常稀有难得的。因此,铁树开花也是一种祥瑞之兆,凡看见的,都会沾染喜气。

我曾经多次看过铁树开花,每一次都感到难值难遇,常会感慨地想:人生能有多少十年?看铁树开花又能有几回呢?

印象最深的一次,是在中山纪念馆的花园,同时看到七棵铁树开花,每一朵花都有路灯的柱子般粗,高达四五尺,使人忍不住会大叹世间的神奇。

然而,纵使看见公园里的七棵铁树开花,也没有像自己院子里的一棵铁树开花,令我感觉欢喜。因为,这是我自己种的铁树,生平的第一次处女之花。我每天清晨浇水时,总会忍不住向铁树道喜,并深深分享它开花的喜悦。

铁树开花与其他的花大有不同。先是从刚硬的叶梗中心,长出一团如排球大小的柔软肉球,是细致的米色。那肉球随着时间增生拉长,一尺、两尺、三尺,最后长成一个四尺长的圆锥状花朵,大花中密密生着小花。

铁树开花的过程长达四个多月，过程缓慢而神奇，常令我误以为铁树的花永远不会凋谢。但我随即生起这样的念头：世上并没有永不凋谢的花！

铁树的花维持如此长久，或者可以称为"铁花"吧！

在院子里喝茶的时候，我常和妻子讨论着："一朵铁花不知道多久的时间才会完成它开放的过程？"

当铁花的顶部从圆形变成圆锥，终至成为锥尖，我们知道，铁树已完成处女之花，即将凋落了。果然，它最后的盛放维持了两星期，有一天黄昏，我们在院子里喝茶，突然听见一声咔嚓，转头一看，铁花啪啦落在地上。

我把铁花捡起，放在桌上，观看它最后凋零的样子。我想着：铁树难得开花，终有开花之期；铁花固然长久，也终有凋零之日呀！

这世界，每一朵花的兴谢虽有长短之分，却无断灭之别。每一朵花都是因缘所生，在因缘中灭去，是明明白白的，人力所不能为的。

世间最有势力的人、最刚强的植物、最难逢的事件，正如眼前之花，无法免去因缘的兴谢。

我想起唐朝高丽的元晓大师曾说："纵使尽一切努力，也无法阻止一朵花的凋谢。"花如是兴谢，情感如是兴谢，因缘如是兴谢，生命中的一切过程不也是这样子兴起与谢落的吗？与其为情感的兴谢、因缘的生灭而哭泣追悔，还不如把握当下，一往无悔地生活。

铁花开的时候，妻子还怀着身孕，孩子两个月大时，铁花才落下来。但故事还没有完结，在铁花凋落的底部，竟长出小小的黑红色种子；到儿子八个月大，铁树的种子才完全成熟，大小如拇指，坚硬似铁，数一数，共有八十三粒。

我把三粒"铁子"种在花园，期待来年能长出新的铁树。其余的八十粒种子和那一朵铁花则摆在架上，每天看见时，内心对铁树开花的光阴有一种缅怀和疼惜。

在我观看铁花兴谢的时光里，铁树也见证了我这一年来生命的变化，但铁树默默无语，只把全副心力用来开花结子。不像社会上一般世俗的人，对自己的情感用心太少，却对别人的情感用力太多。

我的疼惜是，我们虽全心追求美好的境界，生命中却总不免遗憾遗欢。我的缅怀是，时光虽不可挽回地逝去，但总会留下余情余韵。

铁花终究不能回到树上，我只有修剪芜蔓的枝叶，等待下一次的开花。

在孩子的笑语中，我也知道，生命只有不断地承担，在每一个片刻里，才会发生更好的体会。

开完了处女之花的铁树，下次开花是什么时候？一年、十年或百年？问铁树，它默默无语。但是我知道，金橘落果处，铁树开花时，万法随因缘，天地不自私。如果内心常保有开花的祝愿，在因缘成熟的时候，最刚硬的心，也会开花。

飞越沙漠的河

在雪山顶上有两条河,相约一起流向大海,在海里相会。

春天的时候,雪山的雪开始融化,两条河就从左右一起向海的方向出发了,就好像雪山伸出的两条手臂一样。

左河一边唱着歌,一边对着右河说:"我们来自相同的母亲,有着同样充沛的河水,一定可以同时流到大海!"

右河一边扭动身躯跳舞,一边快乐地说:"是呀!让我们一起快乐地到海里去玩吧!"

两条欢天喜地的河,平行地流向大海,它们唱歌跳舞地路过高山与河谷,穿越城市与乡村,有时化为瀑布俯冲,有时化为湖泊休息,有时则在卵石滩上跳跃,凡是它们抵达的地方,花都开了,草也绿了,人们都跑来汲取这雪山的春水,并且感受到河的清澈与欢喜。

河,偶尔也会在较靠近的平原谷地,互相呼唤:"嘿,流向大海真是快乐的事!"

但是,当河穿过所有的群山和平原之后,它们同时来到了沙漠。

非常奇怪而恐怖的事发生了,河的流速变得很缓慢,水流也变得非常小了，不管它们从母亲那里要来多少水，一冲进沙漠，就被无穷无尽地吸走了，感觉像是逐渐死去一般。

两条河在夜里忍不住呜咽地哭起来。

河的呜咽是非常惊人的，整个流域都为之震动，来自上游的春风，带着白云和小鸟来探问。

春风就问："你们为什么哭得这么凄厉？"

河说："我们相约到海上相见，但今天流到了沙漠，眼看没有会面之期了！"

天上的云说："你们这样是不可能流过沙漠的，不如像我一样飞，我们一起飞过沙漠，很快就到大海了。"

左河说："不可能的，会飞的河是前所未有的，我怎么可能飞？我一定会死在沙漠的。"

右河听了，眼睛随即变得清澈，说："好呀！好呀！可是我从来没有飞过，你能不能教我飞呢？"

云说："这很简单，你只要忘了你是一条河，化为春水，把手交给我，让我牵着你的手到天上，让春风吹着越过沙漠，到沙漠的另一边，我放掉你的手，你就回复成一条河了。"

右河听了高兴极了，就邀请左河一起到天上去，飞越沙漠。

左河说："不可能的！我宁可死在沙漠，也不要做这种不可能的蠢事。"

右河只好伤感地向兄弟道别，它慢慢地放松，化为水汽，放心地将手交托给云,云一把将河拉到了天上,春风带着云和河,飞向远方。

到了天上的河才吃惊地发现,如果在地上流,一条河是不可能流过沙漠的,沙漠的广大超过河的想象,不要说一座雪山的河水,就是十座雪山的河水也会在沙漠中干涸,否则沙漠早就变成森林或绿洲了。

河享受着天上飞行的滋味,飞过了广大的沙漠,云对河说:"这里下去不远就是海了,我和你一起下去吧!"

云和河化成一阵暴雨落在地上,形成一条新的大河,流到了大海。

传说,在沙漠边缘形成的河流,在流向大海的路上,呜咽的声音特别响亮,是因为想念它在沙漠中死去的兄弟,常常悲伤哭泣的缘故。

河会执着于在地面流动,与人对于习惯的执着,是没有两样的;当人舍下了习惯,飞过群山、飞越沙漠并不是不可能的。

舍下习惯,不是去压抑,而是超越一个高度、创造一个空间,就好像天空中的河看沙漠里的河,才能看见其无奈、无助与无望。

"超越一个高度、创造一个空间",我们生活里其实有许多经验。

就像现在,我回忆童年时代,才能看出其中的欢乐、悲伤以及意义,这使我充满了解,因为我不是身陷其中的孩子,我有了空间与高度。

就像现在,我回忆青年时代,才能看到其中的狂喜或巨恸,深思到爱的不足和缺憾,并懂得生命中真正有价值的部分,这使我充满了解,因为我有了高度,也有了空间。

这也使我非常确定,如果我一直保持一个更高的观照,更有空间的思维,我会更了解童年、青年,乃至现在正经历的一切。

我也将会更了解爱的真谛、美的实相、善的意义。

我深深地相信,一个人生活在世间,时间是短促的、空间是有限的,但人也可以在短暂有限的时空,发展心灵的高度,这种高度是透过诗歌、音乐、舞蹈、美术、宗教、思想、灵性……而提升和飞越的。

我不要吃饱喝足就算了!

我不要上班下班就算了!

我不要看看电视就算了!

我不要生老病死就算了!

世俗的、欲望的、物质的生活,就是世界上最大最可怕的沙漠!

所以每天我总会花时间静心、思维、读读书、写写文章,体会那些超越世俗和功利的境界。

木瓜树的选择

路过市场，偶然看到一棵木瓜树苗，长在水沟里，依靠水沟底部一点点烂泥生活。

这使我感到惊奇，一点点烂泥如何能让木瓜树苗长到腰部的高度呢？木瓜是浅根的植物，又怎么能在水沟里不被冲走呢？

我随即想到夏季即将来临，届时会有许多的台风与豪雨，木瓜树会被冲入河里，流到海上，就必死无疑了。

我看到木瓜树苗并不担心这些，它依靠烂泥和市场中排放的污水，依然长得翠绿而挺拔。

生起了恻隐之心，我想到了顶楼的花园里，还有一个空间，那是一个向阳的角落，又有着来自阳明山的有机土，如果把木瓜树苗移植到那里，一定会比长在水沟更好，木瓜树有知，也会欢喜吧！

向市场摊贩要了塑胶袋，把木瓜和烂泥一起放在袋里，回家种植，看到有茶花与杜鹃为伴的木瓜树，心里感到美好，并想到日后结实累累的情景。

万万想不到的是，木瓜树没有预期中生长得好，反而一天比一天垂头丧气，两个星期之后，终于完全地枯萎了。

把木瓜苗从花园拔除的时候，我的内心感到无比怅然，对于生长在农家的我，每一株植物的枯萎都会使我怅然，只是这木瓜树更不同，如果我不将它移植，它依然在市场边，挺拔而翠绿。

在夕阳照抚的院子，我喝着野生苦瓜泡的茶，看着满园繁盛的花木，心里不禁感到疑惑：为什么木瓜苗宁愿生于污泥里，也不愿存活在美丽的花园呢？是不是当污浊成为生命的习惯之后，美丽的阳光、松软的泥土、澄清的饮水，反而成为生命的负荷呢？

就像有几次，在繁华街市的暗巷里，我不小心遇到一些吸毒者，他们弓曲在阴暗的角落，全身的细胞都散发出颓废，用迷离而失去焦点的眼睛看着世界。

我总会有一种冲动，想跑过去拍拍他们的肩膀，告诉他们："这世界有灿烂的阳光，这世界有美丽的花园，这世界有值得追寻的爱，这世界有可以为之奋斗、为之奉献的事物。"

随即，我就看到自己的荒谬了，因为对一个吸毒者，污浊已成为生命的习惯，颓废已成为生活的姿态，几乎不可能改变。不要说是吸毒者，像在日本的大都市，有无数自弃于人生、宁可流浪街头的"浮浪者"，当他们完全地自弃时，生命就再也不可能挽回了。

"浮浪者"不是"吸毒者"，却具有相同的部分，吸毒者吸食有形的毒品，受毒品所宰制；浮浪者吸食无形的毒品，受颓废所宰制，他们放弃了心灵之路，正如一棵以血水污水维生的木瓜苗，忘记了这世界有美丽的花园。

恐惧堕落与恐惧提升虽然都是恐惧，却带来了不同的选择，恐惧堕落的人心里会有一个祝愿，希望自己有一天能抵达繁花盛开的花园，住在那花园里的人都有着阳光的品质，有很深刻的爱、很清明的心灵，懂得温柔而善于感动，欣赏一切美好的事物。

一粒木瓜的种子，偶然掉落在市场的水沟边，那是不可预测的因缘，可是从水沟到花园之路，如果有选择，就有美好的可能。

一个人，偶然投生尘世，也是不可预测的因缘，我们或者有不够好的身世，或者有贫穷的童年，或者有艰困的生活，或者陷落于情爱的折磨——像是在水沟烂泥中的木瓜树，但我们只要知道，这世界有美丽的花园，我们的心就会有很坚强很真切的愿望：我是为了抵达那善美的花园而投生此世。

万一，我们终其一生都无法抵达那终极的梦土，我们是不是可以一直保持对蓝天、阳光与繁花的仰望呢？

发芽的心情

有一年,我在武陵农场打工,为果农摘收水蜜桃与水梨。那时候是冬天了,清晨起来要换上厚厚的棉衣,因为山中的空气格外有一种清澈的冷,深深地呼吸时,凉沁的空气就涨满了整个胸肺。

我住在农人的仓库里,清晨挑起箩筐到果园子里去,薄雾正在果树间流动,等待太阳出来时往山边散去。在薄雾中,由于枝丫间的叶子稀疏,可以清楚地看见那些饱满圆熟的果实,从雾里浮凸出来,青鲜的还挂着夜之露水的果子,如同刚洗过一个干净的澡。

雾掠过果树,像一条广大的河流般,这时阳光正巧洒下满地的金线,果实的颜色露出来了,梨子透明一般,几乎能看见表皮内部的水分。成熟的水蜜桃有一种粉状的红,在绿色的背景中,那微微的红如鸡心石一样,流动着一棵树的血液。

我最喜欢清晨曦光初见的时刻。那时一天的劳动刚要开始,心里感觉到要开始劳动的喜悦,而且面对一片昨天采摘时还青涩的果子,经过夜的洗礼,竟已成熟了,可以深切地感觉到生命的跃动,知道每一株果树全有着使果子成长的力量。我小心地将水蜜桃采下,放在已铺满软纸的箩筐里,手里能感觉到它的重量,以及那充满甜水的内部质地。捧在手中的水蜜桃,虽已离开了它的树枝,却像一株果树的心。

采摘水蜜桃和梨子原不是粗重的工作，可是到了中午，全身大致已经汗湿，中午冬日的暖阳使人不得不脱去外面的棉衣。这样轻微的劳作为何会让人汗流浃背呢？有时我这样想着。后来找到的原因是：水蜜桃与水梨虽不粗重，但它们那样容易受伤，非得全神贯注不可。全神贯注也算是我们对大地生养的果实一种应有的尊重吧！

才一个月的时间，我们差不多把果园中的果实完全采尽了，工人们全散工转回山下，我却爱上那里的水上，经过果园主人的准许，答应让我在仓库里一直住到春天。能够在山上过冬是我意想不到的事，那时候我早已从学校毕业，正等待着服兵役的征集令，由于无事，心情差不多也放松下来了。我向附近的人借到一副钓具，空闲的时候就坐着噗噗的客运车，到雾社的碧湖去徜徉一天，偶尔能钓到几条小鱼，通常只是看饱了风景。

有时候我坐车到庐山去洗温泉，然后在温泉岩石上晒一个下午的太阳；有时候则到比较近的梨山，在小街上散步，看那些远从山下来赏冬景的游客。夜间一个人在仓库里，生起小小的煤炉，饮一壶烧酒，然后躺在床上，细细地听着窗外山风吹过林木的声音，才深深觉得自己是完全自由的人，是在自然与大地工作过、静心等候春天的人。

采摘过的果园并不因此就放了假，果园主人还是每天到园子里去，做一些整理剪枝除草的工作，尤其是剪枝。有一天到园子去帮忙整理，我看见的园中景象令我大大的吃惊。因为就在一个月前曾结满累累果实的果树，这时全像枯去了一般，不但没有了果实，连过去挂在枝尾端的叶子也都凋落净尽，只有一两株上，还留着一片焦黄的、在风中抖颤的、随时要落在地上的黄叶。

园子中的落叶几乎铺满，走在上面窸窣有声，每一步都把落叶踩裂，碎在泥地上。我并不是不知道冬天树叶会落尽的道理，但是对于生长在南部的孩子，树总是常绿的，看到一片枯树反而觉得有些反常。

我静静地立在园中，环目四顾，看那些我曾为它们的生命、为它们的果实而感动过的果树，如今充满了肃杀之气，不禁在心中轻轻地叹息起来。同样的阳光、同样的雾，却洒在不同的景象之上。

曾经雇用我的主人，不能明白我的感伤，走过来拍拍我的肩说："怎么了？站在这里发呆？"

"真没想到才几天的工夫，叶子全落尽了。"我说。

"当然了，今年不落尽叶子，明年就长不出新叶了。没有新叶，果子不知道要长在哪里呢！"园主人说。

然后他带领我在园中穿梭，手里拿着一把利剪，告诉我如何剪除那些已经没有生长力的树枝。他说那是一种割舍，因为长得太密的枝丫，明年固然能结出许多果子，但一棵树的力量是一定的，太多的树枝可能结出太多的果，但会使所有的果都长得不好，经过剪除，就能大致把握明年的果实。我虽然感觉到那对一棵树的完整有伤害，但一棵果树不就是为了结果吗？为了结出更好的果，母株总要有所牺牲。

我看到有的拇指粗细的枝丫被剪落，还流着白色的汁液，我说："如果不剪枝呢？"

园主人说："你看过山地里野生的番石榴吗？它的果子会一年比一年小，等到树枝长得太盛时，根本就不能结果了。"

我们在果园里忙碌地剪枝除草，全是为了明年的春天做着准备。春天，在冬日的冷风中感觉起来是十分遥远的日子，但是当拔草的时候，看到那些在冬天也顽强抽芽的小草，似乎春天就在那深深的土地里，随时等候着涌冒出来。

果然，让我们等到了春天。

其实说是春天还嫌早，因为气温仍然冰冷一如前日。我到园子去的时候，发现果树像约定好的一样，几乎都抽出绒毛一样的绿芽，那些绒绒的绿昨夜刚从母亲的枝干挣脱出来，初面人世；每一片都绿得像透明的绿水晶，抖颤地睁开了眼睛。我看到尤其是初剪枝的地方，芽抽得特别早，也特别鲜明，仿佛是在补偿着母亲的阵痛。我在果树前深深地受到了感动，好像我也感觉了那抽芽的心情。那是一种春天的心情，只有在最深的土地中才能探知。

我无法抑制心中的兴奋与感动，每天第一件事就是跑去园子，看那些喧哗的芽一片片长成绿色的叶子，并且有的还长出嫩绿的枝丫，逐渐在野风中转成褐色。有时候，我一天去看过好几次，感觉黄昏的落日里，叶子长得比当日黎明要大得多。那是一种奇妙的观察，确实能知道春天的讯息。春天原来是无形的，可是借着树上的叶、草上的花，我们竟能真切地触摸到春天。冬天与春天不是天上的两颗星那样遥远，而是同一株树上的两片叶子，那样密结地跨着步。

我离开农场的时候，春阳和煦，人也能感觉到春天的肤触了。园子里的果树也差不多长出整树的叶子，但是有两株果树却没有发出新芽，枝丫枯干，一碰就断落，它们已经在冬天里枯死了。

果园的主人告诉我，每一年过了冬季，总有一些果树就那样死去了，有些当年还结过好果的树也不例外。他也想不出什么原因，只说："果树和人一样也有寿命的，短寿的可能未长果就夭折，有的活了五年，有的活了十几年，真是说不准的。奇怪的是，果树的死亡真没有什么征兆，有的明明果子长得好好的，却就那样的死去了……"

"真是奇怪，这些果树是同时播种，长在同一片土地上，受到相同的照顾，种类也都一样，为什么有的到了冬天以后就活不过来呢？"我问着。

我们都不能解开这个谜题，站在树前互相对望。夜里，我为这个问题而想得失眠了。果树在冬天落尽叶子，为何有的在春天不能复活呢？园子里的果树都还年轻，不应该这样就死去的！

"是不是有的果树不是不能复活，而是不肯活下去呢？就像有一些人失去了生的意志而自杀了？或者说在春天里发芽也要心情,那些强悍的树被剪枝,它们用发芽来补偿,而比较柔弱的树被剪枝,则伤心地失去了春天的期待与心情。树,是不是有心情的呢?"我这样反复地询问自己,知道难以找到答案,因为我只看到树的外观,不能了解树的心情。就像我从树身上知道了春的讯息,我却并不完全了解春天。

我想到,人世里的波折其实也和果树一样。有时候我们面临了冬天的肃杀,却还要被剪去枝,甚至流下了心里的汁液。有那些懦弱的,他就不能等到春天,只有永远保持春天的心情等待发芽的人才能勇敢地过冬,才能在流血之后还能繁叶满树,然后结出比剪枝前更好的果实。

多年以来,我心中时常浮现出那两株枯去的水蜜桃树,尤其是受到什么无情的波折与打击时,那两株原本无关紧要的树,它们的枯枝就像两座生铁的雕塑,从我的心中撑举出来,我就对自己说:"跨过去,春天不远了,我永远不要失去发芽的心情。"而我果然就不会被冬寒与剪枝击败。虽然有时静夜想想,也会黯然流下泪来,但那些泪在一个新的春天来临时,往往成为最好的肥料。

波罗蜜

开车载朋友路经天母东路,突然看见路边货车挂了一块大木板,上面写着"波罗蜜,很好吃"。

我问朋友说:"吃过波罗蜜吗?"

"没有。"

"去买一个来吃。"虽然我的车子已经开远,为了让朋友一尝波罗蜜的滋味,立即回转车子,绕了一圈,停在挂着波罗蜜牌子的货车旁。

卖波罗蜜的是一个年轻娇小的小姐,显得那些波罗蜜更为巨大。波罗蜜也确实是巨无霸的水果,只有大西瓜勉强可以与它比大。

"小姐,请帮我称一个波罗蜜。"我说。

她有点艰难地把波罗蜜放在秤上,说:"三千六百元。"

我听了,倒退三步,因为我原来预期一个波罗蜜顶多五六百元。想到去年我在高雄县六龟乡的不老温泉,挑了一个最大的波罗蜜才五百元,而且现挑现开,老板把肉挑出,把心包好才交给我们;没想到在台北挑了一个最小的,竟是七倍的价钱。

小姐看我面有惧色,于是说:"不然,你买一半吧,只要两千元左右。"

我摇摇头。

她说:"四分之一?大约只要一千元。"

我又摇摇头。

她说:"我还有剥好的,一盒三百五,三盒一千元。"

最后,我买了一盒剥好的波罗蜜,由于冻在冰柜,十分清凉,可惜只有十几粒,实在太贵了,不过,朋友总算也吃过波罗蜜了。

我对朋友说,波罗蜜会变成这么贵的水果真是始料未及,从前我们老家山上就种着一棵波罗蜜树,树形并不高大,只有一丈左右,但每年到夏天盛产,总会结出二三十颗果实,每颗都有二十几斤重。

当时在乡下,波罗蜜没有人要买,因此收成时顶烦恼的,总要捧去送给亲戚,有时亲戚嫌麻烦,甚至不肯要。

剖波罗蜜是一件大工程,因为果实的黏性很强,刀子常会黏在其中,每次父亲把波罗蜜剖开,衣裤总是汗湿了。

波罗蜜的肉取出,肉质金黄色,味道强烈,就像把蜂蜜浇在起司上,我觉得世界上再也没有一种水果比波罗蜜更甜了。

波罗蜜的种子大如橄榄,用粗海盐爆炒,味道香脆,胜过天津炒栗,是我们小孩子最喜欢吃的,抓一把藏在口袋里,一整天就很快乐了。

波罗蜜心,像椰子肉一样松软,通常我们都用来煮甜汤,夏夜的时候，坐在院子喝着热乎乎的甜汤，汗水流得畅快，真是人生一大享受。

曾经在南洋生活过的父亲，吃波罗蜜时，常会提起战时在南洋的艰苦生活，有时候把波罗蜜拿来当饭吃，那时总是嫌波罗蜜长得还不够大，现在则一个都嫌太大，十几个孩子吃不完。

嫌波罗蜜太大，是因为三十几年前还没有冰箱，切开的波罗蜜要当天吃完，否则隔夜就烂掉了。为了把一颗波罗蜜一次吃完，我们也把波罗蜜当饭吃，一直到现在，只要一想到波罗蜜，那强烈的特殊芳香，就立刻在心里涌现出来。

万万没有想到，从前送人都嫌麻烦的波罗蜜，现在竟是台北最昂贵的水果。我和朋友坐在车里，细细品尝那用小盒盛装的冰镇波罗蜜，真有一点世事难料之感。

朋友说："波罗蜜会这么贵，可能是近年佛教盛行的缘故，'波罗蜜'是多么好的名字，好像吃了就会开悟呢！"

"波罗蜜"确实是好名字，它原产于印度，李时珍在《本草纲目》中说："波罗蜜，梵语也，因此果味甘，故借名之。"波罗蜜在佛教的原意是"到彼岸"，拿来称呼一种水果，使人在吃的时候也容易沉入了新的境界，想到那遥远的彼岸是不是金黄色，而且充满着石蜜与醍醐一样的芳香呢？

在我童年的时候，每年波罗蜜成熟就已经立秋了，热带的雨季来临，每日午后，大雷雨像赴约似的，奔跑飘洒在南方的山林。我常靠着窗口,看那雨中的波罗蜜树,看着果实一天天长大,心里就会为土地与天空的力量感动。然后我会想,有一天我一定会穿过波罗蜜的圆叶,翻过背后的山,到一个繁华的地方去。

那繁华,是我的彼岸。

但是,此刻我生活在当时向往的繁华城市,立秋大雨中的小屋,靠在窗口的孩子却成了我现在的彼岸了。

观自在菩萨,行深般若波罗蜜多。

在智慧体验最深的地方,哪里才是此岸?哪里才是彼岸?在此岸与彼岸之间,船的航行是不是也有好的风景?在此岸与彼岸之间,是不是也有休憩之所在呢?

中年以前,我们的整个生命都是为了奔赴自定的"彼岸"而努力,爱情、名利、权位、成功都是岸上的风景;到了中年,所有的美景都化成虚妄的烟尘,俗世的波折成为一场无奈,我们开始为另一个"彼岸"奔忙,解脱、永生、自在、净土,直到我们观见了心中的消息,才恍然一悟,彼岸根本就是永无尽期,波罗蜜多永在终极之乡。

何处有真实的"彼岸"呢?在"此岸"中是否有"彼岸"的消息呢?

波罗蜜到底是最后的解脱,或者只是一个水果?能好好吃一个水果,是不是也能回味到净土的芬芳?

童年时被迫把波罗蜜当饭吃,是好的,因为"波罗蜜多";现在波罗蜜如此昂贵,把波罗蜜当珍珠来吃,也是好的,因为"波罗蜜甜"。

波罗蜜本无贵贱、是非、高下,一向就是那个样子的。

我们的心也是如此,童年向往繁华的心与中年渴望隐遁的心是同一颗心;少年彷徨时四散奔驰的心与中年静定时返观自在的心是同一颗心。

心的本色是相同的,只是在时光中浮动而已。

波罗蜜的本色也是相同的,但有时暗香浮动,有时照见五蕴皆空。

吃完波罗蜜,我开车绕过天母东路,开往阳明山的小路,沿路相思树与松林迎风招展,像极了我们童年的山林,脑海中突然浮现这样的句子:

　　五月松风,人间无价。

　　满目青山,波罗蜜多。

波罗蜜的香气于是随着松风,环绕了整个山林。

学 插 花

有一位朋友在学插花,是日本某一流派的花艺。

我对日本人的花艺一向没有好感,因为那被称为花艺的,正好是集匠气与矫作于一炉。因此,我对潇洒且大而化之的朋友竟去学日式插花觉得格外好奇。朋友告诉我,那看起来僵化的日式插花,其实只是一种格式,是性格与观点的锤炼,对于学得通达的人,不但仍有极大的创作空间,还能激发出人的潜力。

她说:"插花和禅一样,表面上有最严苛的形式,事实是在挖掘最大的自由。你不觉得,只有最严格的训练才有最自由的资格吗?"

朋友的话给我不小的启示,原来插花也是"绝地逢生"的事。凡是绝地逢生就如悬崖断壁上的兰花,或污泥秽地清放的莲花,或是漠漠黄沙里艳红的仙人掌花一般,既刺人眼目,又具禅的精神。什么事到了最高、最绝、最惊人,就被俗人看成是禅意了。

学插花的朋友,说起她学插花获益最大的一件事。

她说:"我刚学插花时,老师教怎么插,我们就怎么插,三个月以后我才发现,老师每次插的花不是一朵、三朵、五朵,就是七朵、九朵,几乎没有二四六八的。我心里起了疑情,双双对对不是很好吗？为什么插花都要单数呢？我很慎重地去问老师，那位日本老师说，一三五七九是单数，插出来的花叫做'生花'，就是有希望的花，由于不圆满，才显得有希望；双双对对的插花是'死花'，因为太满了。我听了好感动，留一些缺憾、有一点理想不能完成、永远留下一丝丝不足才是最美的呀！"

缺憾有时比圆满更美，真是不可思议。朋友的话使我想起为什么菩萨要留一丝有情在人间，而且一直在苦难的煎熬中游化。菩萨之所以比声闻缘觉更美、更动人，那是他们在乎，在乎一切的有情；由于这样的在乎，追求事事圆满倒不是菩萨的志向，菩萨的志向是恒常保持一个有希望的观点，生生不息。

澈 如 水 晶

从花莲回来，走苏花公路，到崇德隧道口附近，看到几个工人在排石板阶梯，他们专注的神情吸引了我，我便下车了。

一位工人用一种近乎悠闲的样子排石板梯，他完全不用水泥或仟何黏揉物，他只是把造型都不同的石板沿山坡调整，让石板密实在山坡上，并与下一个石板接合。

这看起来不甚费力的工作，事实上是孕含了极独运的匠心，以及全副的精神，工人必须要完全了解每一块大小不同的石板和每一寸不同斜度的山坡才做得到。

不远处，就是海了，一层青、一层蓝、一层靛的，完全没有污染的海。

"这石阶可以通到海边吗？"怕惊扰了他的工作，我小声地问工人。

他正一分一分地挪着手上的石块，约三十秒后，他头也没抬地说："往下走，转两次弯，就到海边了。"

我兴奋地沿石阶跳跃而下，心情欢愉像一个孩子，我发现阶梯的两旁开满牵牛花，比平常看到的还要硕大，是最美丽的浅紫色，色泽清丽，还带着今天清晨的露水。

到了海边，看到海岸的卵石美丽不输给牵牛花，粒粒皆美，独一无二。一艘渔船正顺着波浪在海岸不远处载沉载浮。

我蹲下来捡石头。

我向来都喜欢海边的卵石，因为这些石头从来没有隐藏，也不故意显露，它只是在海岸如实呈现它的美与风采。它不怕人笑，也不排斥别人的掌声。

这石头、这海洋、这路边的牵牛花、这专心排石阶的工人，都如是如实地在演出自己，既没有隐藏，也没有显露。这样一想，使我震惊起来：呀！呀！原来我们身边最美的事物，无不如实、明白、澈如水晶。

只可惜这水晶映现的沛然万象，凡俗的眼睛都把它当玻璃来看待。

如果我们要看见这世界的美，需要有一对水晶一样自然清澈的眼睛；如果我们要体会宇宙更深邃的意义，则需要一颗水晶一样清明、没有造作的心。

玉石收藏家

我去参观一位玉石收藏家的收藏,他一直说自己收藏的玉石多么名贵、多么珍宝,甚至说玉石是有生命、有磁场的,有的会降灾治病,有的会除灾免祸,说得那玉石像是神明一样。

他甚至说:"人的生命和玉石比起来是太渺小、太脆弱了,有许多人的命还不值一块石头。"

人的生命之渺小、之脆弱,这一点我是同意的,可是如果说石头的价值竟胜过人命,是我不能苟同的。

其实,那些被收藏的玉石仿佛有生命,那是由于人的情感和妄想的投射;我们有了感情,玉石才有了磁场,我们先有妄想,玉石才有感应。

失去了人的情感投射,最耀眼的白玉或钻石,与溪边的卵石又有什么两样呢?

我告辞玉石收藏家,从他放满玉石的走道走出来,我想到这个世界有这么多人爱玉石、爱瓷器、爱古董、爱美术品,不惜花费巨资,投注心力,但却很少人愿意去对人花费爱心、投入心血。

那是因为,爱没有生命、没有反应的东西,是最简单、最安全的。要去爱一个人,比爱玉石就显得复杂、危险、不安全。

这是世界上有这么多收藏家的原因，也是没有生命的玉石、古董、美术品比活人更值钱的原因。

　　可惜，我每次告诉种种收藏家这些道理，他们总不认为人的价值可以胜过一件玉石古物，所以这个世界还会继续混乱下去。

　　我们是不是愿意来收藏一些爱、一些友情、一些恩义、一些包容与宽恕？用锦盒珍藏，放在红木的架子里，时时拿出来摩拭，使其永保明亮与光芒，来证明人的品质与价值呢？

四　随

随　喜

在通化街入夜以后，常常有一位乞者，从阴暗的街巷中冒出来。

乞者的双腿齐根而断，他用厚厚包着棉布的手掌走路。他双手一撑，身子一顿就腾空而起，然后身体向一尺前的地方扑跌而去，用断腿处点地，挫了一下，双手再往前撑。

他一走路几乎是要惊动整条街的。

因为他在手腕的地方绑了一个小铝盆，那铝盆绑的位置太低了，他一"走路"，就打到地面咚咚作响，仿佛是在提醒过路的人，不要忘了把钱放在他的铝盆里面。

大部分人听到咚咚的铝盆声，俯身一望，看到时而浮起时而顿挫的身影，都会发出一声惊诧的叹息。但是，也是大部分的人，叹息一声，就抬头仿佛未曾看见什么地走过去了。只有极少极少的人，怀着一种悲悯的神情，给他很少的布施。

人们的冷漠和他的铝盆声一样令人惊诧！不过，如果我们再仔细看看通化夜市，就知道再悲惨的形影，人们已经见惯了。短短的通化街，就有好几个行动不便、肢体残缺的人在卖奖券：有一位点油灯弹月琴的老盲妇，一位头大如斗四肢萎缩瘫在木板上的孩子，一位软脚全身不停打摆的青年，一位口水像河流一般流淌的小女孩，还有好几位神志纷乱来回穿梭终夜胡言的人……这些景象，使人们因习惯了苦难而逐渐把慈悲盖在冷漠的一个角落。

那无腿的人是通化街里落难的乞者之一，不会引起特别的注意，因此他的铝盆常是空着的。他为了引起人们的注意，有时故意来回迅速地走动，一浮一顿，一顿一浮……有时候站在街边，听到那急促敲着地面的铝盆声，可以听见他心底有多么悲切的渴盼。

他恒常戴着一顶斗笠，灰黑的，有几茎草片翻卷了起来，我们站着往下看，永远看不见他脸上的表情，只能看到那有些破败的斗笠。

有一次，我带着孩子逛通化夜市，忍不住多放了一些钱在那游动的铝盆里，无腿者停了下来，孩子突然对我说："爸爸，这没有脚的伯伯笑了，在说谢谢！"这时我才发现孩子站着的身高正与无腿的人一般高，想是看见他的表情了。无腿者听见孩子的话，抬起头来看我，我才看清他的脸粗黑，整个被风霜淹渍，厚而僵硬，是长久没有使用过表情的那种。后来，他的眼睛和我的眼睛相遇，我看见了这一直在夜色中被淹没的眼睛，透射出一种温暖的光芒，仿佛在对我说话。

在那一刻，我几乎能体会到他的心情，这种心情使我有着悲痛与温柔交错的酸楚。然后他的铝盆又响了起来,向街的那头响过去,我的胸腔就随他顿挫顿浮的身影而摇晃起来。

我呆立在街边,想着,在某一个层次上,我们都是无脚的人,如果没有人与人之间的温暖与关爱,我们根本就没有力量走路,不管在任何时候任何地方,我们见到了令我们同情的人而行布施之时,我们等于在同情自己,同情我们生活在这苦痛的人间,同情一切不能离苦的众生。倘若我们的布施使众生得一丝喜悦温暖之情,这布施不论多少就有了动人的质地,因为众生之喜就是我们之喜,所以佛教里把布施、供养称为"随喜"。

这随喜,有一种非凡之美,它不是同情、不是悲悯,而是因众生喜而喜,就好像在连绵的阴雨之间让我们看见一道精灿的彩虹升起,不知道阴雨中有彩虹的人就不会有随喜的心情。因为我们知道有彩虹,所以我们布施时应怀着感恩,不应稍有轻慢。

我想起经典上那伟大充满了庄严的维摩诘居士,在一个动人的聚会里,有人供养他一些精美无比的璎珞,他把璎珞分成两份,一份供养难胜如来佛,一份布施给聚会里最卑下的乞者,然后他用一种威仪无匹的声音说:"若施主等心施一最下乞人,犹如如来福田之相,无所分别,等于大悲,不求果报,是则名曰具足法施。"

他甚至警策地说,那些在我们身旁一切来乞求的人,都是位不可思议解脱菩萨境界的菩萨来示现的,他们是来考验我们的悲心与菩提心,使我们从世俗的沦落中超拔出来。我们若因乞求而布施来植福德，我们自己也只是个乞求的人，我们若看乞者也是菩萨，布施而怀恩，就更能使我们走出迷失的津渡。

我们布施时应怀着最深的感恩，感恩我们是布施者，而不是乞求的人；感恩那些秽陋残疾的人，使我们警醒，认清这是不完满的世界，我们也只是一个不完满的人。

"一切菩萨所修无量难行苦行，志求无上正等菩提，广大功德，我皆随喜。如果虚空界尽、众生界尽、众生烦恼尽，我此随喜无有穷尽。"

我想，怀着同情、怀着悲悯，甚至怀着苦痛、怀着鄙夷来注视那些需要关爱的人，那不是随喜，唯有怀着感恩与菩提，使我们清和柔软，才是真随喜。

随　业

打开孩子的饼干盒子，在角落的地方看到一只蟑螂。

那蟑螂静静地伏在那里，一动也不动，我看着这只见到人不逃跑的蟑螂而感到惊诧的时候，突然看见蟑螂的前端裂了开来，探出一个纯白色的头与触须，接着，它用力挣扎着把身躯缓缓地蠕动出来，那么专心、那么努力，使我不敢惊动它，静静蹲下来观察它的举动。

这蟑螂显然是要从它破旧的躯壳中蜕变出来，它找到饼干盒的角落脱壳，一定认为这是绝对的安全之地，不想被我偶然发现，不知道它的心里有多么的心焦。可是再心焦也没有用，它仍然要按照一定的程序，先把头伸出，把脚小心地一只只拔出来，一共花了大约半小时的时间，蟑螂才完全从它的壳用力走出来，那最后一刻真是美，是石破天惊的，有一种纵跃的姿势。我几乎可以听见它喘息的声音，它也并不立刻逃走，只是用它的触须小心翼翼地探着新的空气、新的环境。

新出壳的蟑螂引起我的叹息，它是纯白的几近于没有一丝杂质，它的身体有白玉一样半透明的精纯的光泽。这日常引起我们厌恨的蟑螂，如果我们把所有对蟑螂既有的观感全部摒除，我们可以说那蟑螂有着非凡的惊人之美，就如同是草地上新蜕出来的翠绿的草蝉一样。

当我看到被它脱除的那污迹斑斑的旧壳，我觉得这初钻出的白色小蟑螂也是干净的，对人没有一丝害处。对于这纯美干净的蟑螂，我们几乎难以下手去伤害它的生命。

后来，我养了那蟑螂一小段时间，眼见它从纯白变成灰色，再变成灰黑色，那是转瞬间的事了。随着蟑螂的成长，它慢慢地从安静的探触而成为鬼头鬼脑的样子，不安地在饼干盒里骚爬，一见到人或见到光，它就不安焦急地想要逃离那个盒子。

最后，我把它放走了，放走的那一天，它迅速从桌底穿过，往垃圾桶的方向遁去了。

接下来好几天，我每次看到德国种的小蟑螂，总是禁不住地想，到底这里面，哪一只是我曾看过它美丽的面目、被我养过的那只纯白的蟑螂呢？我无法分辨，也无须去分辨，因为在满地乱爬的蟑螂里，它们的长相都一样，它们的习气都一样，它们的命运也是非常类似的。

它们总是生活在阴暗的角落，害怕光明的照耀。它们或在阴沟，或在垃圾堆里度过它们平凡而肮脏的一生。假如它们跑到人的家里，等待它们的是克蟑粉、毒药、杀虫剂，还有用它们的信息素做成来诱捕它们的蟑螂屋，以及随时踩下的巨脚，擎空打击的拖鞋，使它们在一击之下尸骨无存。

这样想来，生为蟑螂是非常可悲而值得同情的，它们是真正的"流浪生死，随业浮沉"，这每一只蟑螂是从哪里来投生的呢？它们短暂的生死之后，又到哪里去流浪呢？它们随业力的流转到什么时候才会终结呢？为什么没有一只蟑螂能维持它初生时纯白、干净的美丽呢？

这无非都是业。

无非是一个不可知的背负。

我们拼命保护那些濒临绝种的美丽动物，那些动物还是绝种了。我们拼命创造各种方法来消灭蟑螂，蟑螂却从来没有减少，反而增加。

这也是业，美丽的消失是业，丑陋的增加是业，我们如何才能从业里超拔出来呢？从蟑螂，我们也看出了某种人生。

随 顺

在和平西路与重庆南路交口的地方，每天都有卖玉兰花的人，不只在天气晴和的日子，他们出来卖玉兰花，有时是大风雨的日子，他们也来卖玉兰花。

卖玉兰花的人里，有两位中年妇女，一胖一瘦；有一位削瘦肤黑的男子，怀中抱着幼儿；有两个小小的女孩，一个十岁，一个八岁；偶尔，会有一位背有点弯的老先生和一位白发苍苍的老妇，也加入贩卖的阵容。

如果在一起卖的人多，他们就和谐地沿着罗斯福路、新生南路步行扩散，所以有时候沿着和平东西路走，会发现在复兴南路口、建国南路口、新生南路口、罗斯福路口、重庆南路口都是几张熟悉的脸孔。

卖花的不管是老人还是孩子，他们都非常和气，端着用湿布盖好以免玉兰枯萎的木盘子从面前走过，开车的人一摇手，他们绝不会有任何瞋怒之意；如果把车窗摇下，他们会赶忙站到车窗口，送进一缕香气来。在绿灯亮起的时候，他们就站在分界的安全岛上，耐心等候下一个红灯。

我自己就是大学教授、交通专家所诅咒的那些姑息着卖玉兰花的人，不管是在什么样的路口，遇到任何卖玉兰花的人，我总是忘了交通安全的教训，买几串玉兰花，买到后来，竟认识了罗斯福路、重庆南路口几位卖玉兰花的人。

买玉兰花时，我不是在买那些清新怡人的花香，而是买那生活里辛酸苦痛的气息。

每回看到卖花的人，站在烈日下默默拭汗，我就忆起我的童年时代为了几毛钱在烈日下卖支仔冰，在冷风里卖枣子糖的过去。在心里，我可以贴近他们心中的渴盼，虽然他们只是微笑着挨近车窗，但在心底，是多么希望，有人摇下车窗，买一串花。这关系着人间温情的一串花才卖十元，是多么便宜，但便宜的东西并不一定廉价，在开着冷气的车里坐着的人，能不能理解呢？

几个卖花的人告诉我，最常向他们买花的是出租车司机，大概是出租车司机最能理解辛劳奔波的生活是什么滋味，他们对街中卖花者遂有了最深刻的同情。其次是开小车子的人。最难卖的对象是开着豪华进口车，车窗是黑色的人，他们高贵的脸一看到玉兰花贩走近，就冷漠地别过头去。

有时候，人间的温暖和钱是没有关系的，我们在烈日焚烧的街头动了不忍之念，多花十元买一串花，有时在意义上胜过富者为了表演慈悲、微笑照相登上报纸的百万捐输。

不忍？

是的，我买玉兰花时就是不忍看人站在大太阳下讨生活，他们为了激起人的不忍，有时把婴儿也背了出来（有人批评他们把孩子背到街上讨取人的同情是不对的）。可是我这样想：当妈妈出来卖玉兰花时，孩子要交给保姆或用人吗？当我们为烈日曝晒而心疼那个孩子，难道他的母亲不痛心吗？

遇到有孩子的，我们多买一串玉兰花吧！不要问什么理由。

我是这样深信：站在街头的这一群沉默卖花的人，他们如果有更好的事做，是绝对不会到街上来卖花的。

设身处地地为苦恼的人着想，平等地对待他们，这就是"随顺"，我们顺着人的苦恼来满他们的愿，用更大的慈和的心情让他们不要在窗口空手离去，那不是说我们微薄的钱真能带给卖花的人什么利益，而是说我们因有这慈爱的随顺，使我们的心更澄澈、更柔软，洗涤了我们的污秽。

"一切众生而为树根，诸佛菩萨而为华果，以大悲水浇益众生，则能成就诸佛菩萨智慧华果。"

我买玉兰花的时候，感觉上，是买一瓣心香。

随　缘

有一位朋友，她养了一条土狗，狗的左后脚因被车子辗过，成了瘸子。

朋友是在街边看到这条小狗的，那时小狗又脏又臭，在垃圾堆里捡拾食物，朋友是个慈悲的人，就把它捡了回来，按照北方的习俗，名字越俗贱的孩子越容易养，朋友就把那条小狗正式命名为"小癞子"。

小癞子原是人见人恶的街狗，到朋友家以后就显露出它如金玉的一些美质。它原来是一条温柔、听话、干净、善解人意的小狗，只是因为生活在垃圾堆，它的美丽一直未被发现吧。它的外表除了有一点土，其实也是不错的，它的癞，到后来反而是惹人喜爱的一个特点，因为它不像平凡的狗乱纵乱跳，倒像一个温驯的孩子，总是优雅地跟随它美丽的女主人散步。

朋友对待小癞子也像对待孩子一般，爱护有加，由于她对一条癞狗的疼爱，在街间中的孩子都唤她："小癞子的妈妈。"

小癞子的妈妈爱狗，不仅孩子知道，连狗们也知道，她有时在外面散步，巷子里的狗都跑来跟随她，并且用力地摇尾巴，到后来竟成为一种极为特殊的景观。

小癞子慢慢长大，成为人见人爱的狗，天天都有孩子专程跑来带它去玩，天黑的时候再带回来。由于爱心，小癞子竟成为巷子里最得宠的狗，任何名种狗都不能和它相比。也因为它的得宠，有人以为它身价不凡，一天夜里，小癞子狗被抱走了，朋友和她的小女儿伤心得就像失去一个孩子。巷子里的孩子也怅然失去最好的玩伴。

两年以后，朋友在永和一家小面摊子上认到了小癞子，它又回复在垃圾堆的日子,守候在桌旁捡拾人们吃剩的肉骨。

小癞子立即认出它的旧主人,人狗相见,忍不住相对落泪,那小癞子流下的眼泪竟滴到地上。

朋友又把小癞子带回家,整条巷子因为小癞子的回家而充满了喜庆的气息,这两年间小癞子的遭遇是不问可知的,一定受过不少折磨,但它回家后又恢复了往日的神采。过不久,小癞子生了一窝小狗,生下的那天就全被预约,被巷子里甚至被远道来的孩子所领养。

做过母亲的小癞子比以前更乖巧而安静了,有一次我和朋友去买花,它静静跟在后面,不肯回家,朋友对它说了许多哄小孩一样的话,它才脉脉含情地转身离去。从那一次以后,我再也没有看过小癞子了,它是被偷走了呢,还是自己离家而去,或是被捕狗队的人所逮捕?没有人知道。

朋友当然非常伤心,却不知道在什么时间什么地点可以再与小癞子会面。朋友与小癞子的缘分又是怎么来的呢?是随着前世的因缘,或是开始在今生的会面?

一切都未可知。

但我的朋友坚信有一天能与小癞子再度相逢,她美丽的眼睛望着远方说:"人家都说随缘,我相信缘是随愿而生的,有愿就会有缘,没有愿望,就是有缘的人也会错身而过。"

麻雀的心

住乡下的时候,后山有一片相思林,黄昏或清晨,我喜欢去那里散步。

相思林中住了许多麻雀,总也是黄昏和清晨最热闹,一大群麻雀东蹦西跳、大呼小叫,好像一座拥挤热闹的市场,听到震耳的喧哗声,却没有一句听得清楚。

路过相思林时,我常浮起一个念头:这一群麻雀为什么不肯歇一歇呢?它们那样子无意义地蹦跳、无意义地呼喊喧哗,又是为什么呢?我的念头生起后就灭去了,没有特别去记挂,只是,每走过相思林,那念头就生起一次。

相思林的麻雀偶尔也会数只一群飞到窗前的庭院,跳来跳去,叫一叫,就呼啸过去了。

有一天,黄昏时从相思林散步回来,坐在窗前喝咖啡,突然看见六只麻雀飞来了。我知道那是一只母麻雀带着五只小麻雀。长时期对麻雀的观察,使我知道,那身形较瘦、颜色较黑的是母麻雀,而羽毛较浅、身材蓬松显得有些肥嘟嘟的是小麻雀。

它们先停在草地上,在那里讨论什么事情似的,这时我听到母麻雀与小麻雀的声音竟不相同,大约低了两度,略为沙哑。

然后，我看见母麻雀一跃而起，向不远的开满菅芒花的芒草地飞去，非常准确地停在一株芒草上。黄昏的秋风很强猛，使芒草摇来摇去，加上母麻雀的体重，晃得更厉害了，母麻雀唧唧地叫，小麻雀则吱吱喳喳笑成一团，显然是为母亲欢呼，只差没有鼓掌，有两只跳得快翻筋斗了。

母麻雀又唧唧地叫，接着五只小麻雀一拥而上，各自跳到不同的芒草叶上，一时之间，芒草丛中东倒西歪，小麻雀们没站好，都落到地上，母亲急切地叫了一阵，显然是给它们加油打气，小麻雀蹦蹦跳跳地回到原先的草地上，哗然而起，再飞去芒草丛里，站在秋风猛烈的芒草叶尖。

这样经过了好几次，五只小麻雀总算学会了站在芒草叶尖随风摇动的本事。母麻雀宽慰地叫了几声，带大家飞回草地，再嘻嘻哈哈唱跳一阵，突然欢呼一声，往相思林的方向飞去。

看麻雀飞远，我才发现端在手中的咖啡早已凉了，在刚刚那令人惊奇的一幕里，我似乎听懂了麻雀的语言——不，或者不是语言，应该说我听懂了麻雀的心。

原来，麻雀们每天不能安歇地跳跃、叫个不停并不是没有意义的，只是我们从人的角度听来，不明其意罢了。

这样的发现使我忍不住动容，知悉如果我们有更体贴的心，就能更进入万物的内在，如果我们的心有如镜子明澈，我们就能照见众生平等、皆有佛性、遍及法界的真实了。

温柔之道

一位柔道教练自杀了。

他选择自杀的方式,是以自己柔道道袍上的腰带自缢的。

这个消息使我感到震惊,因为一个柔道四段、被公认非常了不起的国家级教练,竟然如此不堪一击,轻易地了结了生命。我们或者可以说,柔道教练不是被武术击倒,而是被意志与心灵击倒了。

柔道教练的自杀,使我想起相传的柔道的起源。在明朝末年,我国的武术家陈元赟避乱日本,住在江户的国正寺,有矶贝次郎等三个日本人跟随他学习中国拳术。

有一年的冬天清晨,陈元赟推开寺门,才发现前夜下了大雪。在雪封的大地上,他看见高大的松枝因承受不了雪的压力而断落,但地上看似柔弱的小草却在雪中摇曳。

陈元赟看了大有启发,于是参合日本古代的武艺改革了拳技,创造出"以柔克刚"、"顺势而为"、"四两拨千金"的武术,称为"柔术"。后来逐渐风靡,被称之为"柔道"。

因此,柔道不是普通的武艺,而可以说是一种"温柔之道",是从学习小草的柔弱谦卑开始的。惟其柔弱,才能在雪封的大地中不致折断;惟其谦卑,才能在风雪过后,再度抬头。

小草是不怕践踏和折磨的，甚至野火也烧之不尽，只要有春风，就会再生。但刚强的松枝就不是这样，只要受人踩踏，就会应声断裂。

一个柔道教练为了小事而自尽，是令人遗憾和惋惜的。在遗憾与惋惜中也令人深思：认识心灵的温柔之道，是不是比作为武术的"柔道"更重要呢？在人生之道上，做柔弱的小草是不是比做刚烈的松枝更需要勇气呢？面对人生困境的道场，是不是比柔道的竞技场更为困难呢？

如果我们也面对了别人相同的误解，为了证明自己的清白，是要学习松枝在雪中断落，还是学习小草，等待雪霁清明的时节呢？

一个柔道教练自杀了，更让我们看清了心灵温柔之必要、柔弱之必要、柔忍之必要。生命的柔道应该从这里学起。

《列子·汤问》中说的"性婉而从物，不竞不争；柔心而弱骨，不骄不忌"，确是很高的境界。武艺的柔道是有限的，只有全生命进入温柔之道才是无限的呀！

鳝鱼骨的滋味

在北京,刚刚飘起小雪的日子,听说更北的地方还有一波寒流将至。北京人对北方来的沙尘暴感到厌烦,对于寒流则是早有准备。

围炉吃火锅,是对寒流最好的准备了。在水汽蒸腾的火锅店,人人面红耳赤,有的还冒着大汗,吐出的烟气则在玻璃落地窗上结成浓浓的雾,外面的景物一时隐去,只剩下明灭的车灯疾驰照射。

我喜欢雾气迷离的火锅店的感觉,尤其是没有太多现代装潢的火锅店,依稀使人回到素朴而单纯的年代,没有那么多的商业,没有那么多的庸俗,没有那么多的繁琐与刻板。

有的,只是一片活气。

北京的朋友知道我喜欢吃火锅,特地带我去一家城西的老店,红灯笼、黄木板,每一桌上都有一座热腾腾的铜锅。锅子的烟囱高耸,烟囱的盖子大开,烧滚的锅子热汽滚滚,弥漫在整个屋子。

朋友点了一个大号的酸菜白肉锅,加了几盘羊肉,一些牛肉卷饼,然后把菜单推到我的面前,叫我点一些菜。

我点了几个菜,特别点了爆炒黄鳝和韭黄炒鳝。

跑堂的过来,看了菜单,好意地探询:"先生,您点了两道鳝鱼呢!"

"对了,我喜欢吃鳝鱼!"

北京厨子炒的鳝鱼果然美味,香、脆、鲜美,骨头也剔得干净,没有一点渣子。

"老师怎么爱吃鳝鱼的呢?"北京的朋友问。

我沉思了一下,就在水汽淋漓的火锅店里,简单地说起一段往事。

小时候,我家前的"亭仔脚"(就是屋檐下),摆了一个鳝鱼摊子,专卖炒鳝鱼和鳝鱼面。摊子黄昏才开张,正是我放学返家的时间,远远地就会看到爆炒鳝鱼的大烟,嗅觉似乎与视觉同时抵达,香味猛然蹿进我的鼻子,把我勾到摊子前面,我便低着头绕过巷子,回到家里。

为什么要低着头呢?

因为炒鳝鱼的价钱很贵,我们根本吃不起。不要说炒鳝鱼,连鳝鱼面也吃不起,我们家兄弟姊妹就有十八个,一人吃一碗面,恐怕是一星期的饭钱了。

这还不打紧,妈妈经常向卖鳝鱼的妇人央求拜托,杀了鳝鱼剩下的骨头,一定要留给我们,妈妈深信鳝鱼的骨头充满钙质,还有各种维他命,对我们这些正在成长的孩子,大有帮助。

每天晚上,妈妈总会从鳝鱼摊提回一大袋的骨头,洗也不洗地丢到大锅熬煮。

"为什么洗也不洗?"

因为,妈妈说鳝鱼骨头上还带着鲜血,那是最为滋补的,洗净多么可惜!

熬过两三个小时,鳝鱼骨头几乎在锅中化去,汤水成咖啡色,水面上浮着油花,这时,妈妈会撒一把葱花,关火。

鳝骨汤熬成时,夜已经深了。

妈妈把我们叫到灶间,一人一碗汤,再配上她在另一家面包店要来的面包皮,在锅里炙热了,变成香味扑鼻的饼干。我们细细地咀嚼面包皮,配着清甜香浓的鱼骨汤,深深感觉到生活的幸福。虽然吃不起鳝鱼与面包,但是鳝鱼与面包是有钱就吃得到,鳝鱼骨和面包皮却是只有深爱我们的妈妈才做得出来。

只要卖鳝鱼的来摆摊,我们一定会喝鳝鱼骨汤,奇特的是,我从来没有喝腻过,而且一直觉得这是人间至极的美味。

妈妈担心我们会吃腻,有时会在汤里加点竹笋,或下点蛋花;有时会用豆腐红烧,或与萝卜同卤……虽然用的都是普通的食材,却充满了美味的魔术。

最神奇的,算是炸鳝鱼骨了。

鳝鱼骨本来是歪曲扭动的,下了油锅时突然被拉直了,一条一条就像薯条一样,起锅时撒一些胡椒、盐,香、酥、脆,真是美味极了。

我吃了好几年的鳝鱼骨头，一直到我去外地念书，偶尔回到乡下，喝到妈妈亲手熬的汤，总是觉得美味如昔，心中更是充满了感动，妈妈把深情与爱熬入了那平凡的汤，使我们身强体健，在普遍营养不良的乡下孩子中，我们总是气色红润，精神饱满。

"也许是小时候吃不到鳝鱼，长大之后，只要到馆子吃饭，看到有卖鳝鱼，总会点两道来吃，一边吃就会一边怀念起那一段艰苦的岁月。"我对北京的朋友说。

大家听得入神，纷纷夹起鳝鱼，细细咀嚼，当然，有故事加味，鳝鱼也变得别有滋味了。

吃完火锅，在飘着小雪的北京街头漫步，想到我们的生命正是这些看似微贱的东西，累积出一些无价的意义，使我们感到丰盈。谁能告诉我鳝鱼骨头一斤多少钱？面包皮一袋多少钱？市场里捡来的青菜一斤多少钱？

只要有爱，就是无价的。

我想到，也是飘着细雪的寒夜，我在日本旅行，搭巴士从大阪到东京，在中途的休息站，有小摊在卖"炸鳗鱼骨"。

原来，日本人爱吃鳗鱼饭，剔出来的鳗鱼骨弃之可惜，有人收集鳗鱼骨油炸出售，竟成许多人爱吃的美食，甚至在日本有很多连锁店。

我买了一包，坐上巴士，继续往东京的旅途。车子高速前进，我品尝这包五百元日币的鳗鱼骨，大为吃惊，与我的妈妈炸的鳝鱼骨，滋味一模一样，香、酥、脆。

巴士高速前进，公路边的灯火如流，思及岁月也是如流，生命里也有许多忧伤的寒夜，我强烈地想念妈妈，想念妈妈如何勤俭持家照护我们长大，想念鳝鱼骨的滋味。

妈妈早已离世，在异国的雪夜中，我想到再也喝不到清炖的鳝鱼骨汤，再也不能，一口一口，细细体会妈妈的深情。

想着想着，我的眼泪一滴一滴地落下，像窗外的雪花。

柔 软 心

经常有人问我:"学佛的人最重要的是要做什么?可不可以用最简单的话让大家了解佛教?"其实,这个问题佛陀在很早以前就已经说过,他说:"诸恶莫作,众善奉行,自净其意,是诸佛教。"这四句话将佛教的要义做了最简单、最明白的描述。我把大乘佛教的精神也化为简单的三句话,就是:"自净其意,利他和乐,慈悲智慧。"我的答案并没有脱离佛陀的原意,只更强调佛教入世精神。在这三句话中,最重要的慈悲和智慧,也就是佛经常常讲的般若和菩提。因为只有真正慈悲的人才可以众善奉行,利他和乐;也只有真正智慧的人,才可以诸恶莫作,自净其意。

我们生活在这世界上的人,所以还不能断除一切恶事,是由于还没有真实的智慧;我们之所以还没彻底实现一切善行,是由于还没有得到真实的慈悲。因此,我们可以说,佛教最重要的宝贝就是慈悲和智慧,尤其是在大乘的教化里,离开了慈悲和智慧,大乘佛教就一无所有。从前我写过的文章里,几乎每篇都在谈慈悲和智慧。有一个读者曾告诉我,他算过我的一本书里,光是慈悲和智慧这四个字就出现了一百多次,他觉得我有点唠叨,老是在谈论同样的问题,我告诉他:"这不是唠叨,这叫做老婆心切。""老婆心切"是禅宗里的一句话，就好像你每天回到家里，太太、妈妈、祖母所讲的话一样，也许她们十年来所讲的话都一成不变，可是的确是重要的东西。

真实的慈悲弥足珍贵

我记得从小开始，每次我要出门时，妈妈一定会说："小心点！"后来，我开车了，出门她一定不忘说："开车要小心点！"我也每次都说："知道了。"今年过年，我回家探望妈妈，我在高中任教的哥哥说：他每天要到学校上课时，妈妈都会叮咛他："开车要小心点。"后来，他们两人就变得很有默契，每次他临出门，说完："妈，我要去上课了。"不到一秒钟，母子两人就会不约而同地说："开车要小心点。"

我还有一个弟弟在报社当记者，他每天要去上班时，妈妈也会嘱咐他："开车要小心！"这就是"老婆心切"，同样的一句话为什么要一再重复，一再提醒？因为这是很重要的事情。

我们看大乘的佛经，每一部都告诉我们要有慈悲心，要有智慧，要戒定慧，要闻思修等等，为什么要一再重复呢？就是"老婆心切"。禅宗常常讲到"婆心"，也就是"老婆心切"的简称。一个人学佛有点心得时，就会变成老太婆一样的心情，看到别人都讲同样的话，就像妈妈一样，每天都要说："开车要小心点。"

回过头来说，"慈悲智慧"这四个字真的非常重要，如果慈悲和智慧无法开启的话，学佛就有点白学了。当我讲到这四个字时，常想起妈妈叮咛的神情，也想到在这个世界上，最重要的东西莫过于生命，如果我们开车时，不小心丧了命，那就什么事也不用再谈了。同样地，如果一个佛教徒失去了悲和智，那么也就别谈什么佛法了。因为失去了悲和智，就如同一个人失去生命，没有了下一步。

最近一两年，我经常感到很惶恐，那就是我在讲慈悲和智慧时，无法真实呈现它的面貌，所以自己在讲的时候感觉空空荡荡，别人听来也觉得不能落实，好像是老生常谈。听久了失去新鲜，慈悲和智慧就失去它的意义，就像妈妈告诉你，"出门要小心"，你听了也就算了，开起车来照样横冲直撞，有时候撞得头破血流，才知道原来妈妈讲的话是从生命的体验得到的。慈悲和智慧也是如此，虽然听来平常，确实至关重要。

记得六七年前，我还在报社服务，那时候年轻，喜欢耍帅，就买了一部雷诺橘红色滚金边的跑车，当时那部跑车在台湾可说是独一无二。我每天开着快车到处乱跑。有一天，到乡下吃尾牙，带着酒意开车要回台北，由于酒醉又车速太快，很不幸撞倒路边两棵行道树，自己也撞得头破血流，下了车，我看到倒下的树上面挂了一个牌子："此处车祸多，驾驶请小心。"当时，我心底非常懊恼，也想到从前开车经过此地常常看到这个牌子，却没有特别感觉，等到撞车后才知道，原来这个牌子非常重要。

所以，当我们面临生命的困境、挫折、打击时，才知道智慧和慈悲的重要。也只有在学佛有点心得，并且在生命里受到很多愚蠢的折磨和刚强的教训，才知道它不是空话，而是非常真实。然而，对于一个刚开始起步学习佛道的人来说，慈悲和智慧确实非常难理解，为什么呢？其中有两个原因，第一，因为慈悲和智慧在外表难以检查；第二，慈悲和智慧在内心难以验证。

为什么外表难以检查呢？举个例子，宋朝诗人苏东坡是一个虔诚的佛教徒，他有一个爱妾受到他的感化，也成为佛教徒，这个妾非常喜欢放生，也因此得到慈悲的名声。有一天，她又出外去放了很多生灵，累了一天回到家里，看到院子有一群蚂蚁正在吞食掉落在地上的糖，这个妾毫不犹豫地一脚将所有的蚂蚁全部踩死。苏东坡在一旁正好看见了，就对她说："你这样放生有什么用？你的心里根本没有生命和慈悲的观念。"他因此非常感叹，说："真实的慈悲是非常困难的，在外表上难以检查。"也就是说，从外表上很难看出一个人是否慈悲，假定一个人乐捐一百万元，是不是就表示他很慈悲呢？不一定的。对家产上亿的人而言，布施一百万元就如同我们捐一百块是一样的；如果一个人只有一百块，却布施了八十块，那么，他的慈悲比那些布施一百万元的富翁还是要高超，我们在生活中经常看到这种例子。

有一次，我在忠孝东路统领百货公司前，看到一个师父站在那里化缘，路过的人有的给他钱，有的没给，由于天气太热，这个师父站得满身大汗。我看到一个孩子手上拿着半杯汽水，他看到师父满头汗，便走到师父面前，将剩下的半杯汽水递给他，师父接过汽水后，并没有喝，继续托钵，那个孩子扯着他说："师父啊，你喝呀，你喝呀！"结果师父非常尴尬地一面托钵，一面喝着汽水。我看到这一幕很感动，因为这个孩子很慈悲，他的手里只有半杯汽水，在炎热的天气下，仍将汽水布施给师父，这便是真实的慈悲。

我们经常看到港片里有许多打打杀杀的英雄，这种影片里有一种公式化的角色，就是黑社会的头子，他们在表面上都是大慈善家，经常布施，得到慈悲的名声，可是，暗地里，却都在贩卖毒品、杀人放火、无所不为。这使我们知道一个小儿真实的慈悲比起虚伪的外表下看起来很大的慈悲，还要珍贵很多。

慈悲不仅在外表上难以检查，连自己内心的慈悲都难以检验。譬如有时候我们检讨自己当天做了哪些好事时，可能想到当天买了一串玉兰花，卖玉兰花的妇人回家可以买一杯汽水给她儿子喝，或者是在街上给乞丐十块钱，供养师父一百块，想来自己好像蛮慈悲，其实，这些行为并不全然是慈悲，有的只是一种习惯，或者同情、施舍。这样的慈悲还比不上你在路上顺手捡起一根香蕉皮，以防有人滑倒；也不如你搬开一块大石头，以免别人跌倒。

作为一个佛弟子，我们每天都要自问："我是不是够慈悲？"而像我自己也没有肯定的答案，但是我们可以确定的一点是：如果有一个人天天说："我已经够慈悲了，我真的很慈悲。"那么他的慈悲一定不够。我们应该常常问："我是不是够慈悲？"答案是："不够，我还要更慈悲一点。"

真正的智慧是无法看出来的

所谓智慧也和慈悲一样，在外表和内心都难以检查。智慧在"佛教"中称为般若，就是微妙、玄妙、奥妙的智慧，也可以说是三昧或伟大的空性。佛经里有一句话很有意思，叫："迦叶三昧，迦叶不知；阿难三昧，阿难不知。"迦叶尊者证得三昧时，他自己并不以为是最高境界；阿难尊者证得三昧时，也不以为自己证得了三昧。

佛教里曾经讲过一个故事，从前有个修行人叫阿难，他的修行非常精进，有一天他从中国北方到南方的普陀山去朝观世音菩萨，走到半路遇到另外两个也要去朝圣的师父，三个人就结伴往普陀山的路上走，走到半路不慎误入沙漠，三个人又渴、又饿、又累，其中一个人对另外一个人说："听说在某座山有个修行者叫阿难，修行很好，只要专心向他祈请，就可以有饭吃，我们现在坐下来开始专心念他的名字。"两人专心地一直念，果然涌现饭和水，就开始吃。阿难在旁边看了很奇怪，就问："为什么你们有饭吃，有水喝？"他们说："我们祈求一位伟大的修行者得到的饭。"阿难问:"这位伟大的修行者住在哪座山?"他们说住在某某山。阿难一听,那不是我住的山吗?就问他们:"那位修行者叫什么名字?"他们说:"叫阿难。"阿难一听,那不是我吗?为什么他们念我的名字有饭吃,我自己却没有?其他两人便劝阿难念自己的名字,他就坐下来专心念自己的名字,果然有水可喝,有饭菜可吃。

读到这个故事真令人感动,阿难已经修行很好了,可是他从来都不觉得自己很好,还向自己祈求。我们在庙里常看到观世音菩萨的塑像,有的塑像脖子上述戴着念珠,或者手上拿着念珠。有一次,苏东坡和佛印和尚走到一座庙里,看到观世音菩萨手里拿着一串念珠,他就问佛印和尚说:"观世音已经是菩萨了,手上为何还拿着念珠?"佛印回答说:"她在念菩萨。"苏东坡又问:"她在念哪一个菩萨?"佛印说:"她在念观世音菩萨。"苏东坡不解地问:"她自己是观世音菩萨,为什么还要念自己的名字?"佛印说:"求人不如求己呀!"这个故事也告诉我们般若、空性、三昧这些东西都非常难以检验。

禅宗里有一个很重要的东西,就是师父的印可,譬如说一个人已经悟道了,却不知道自己是否真的悟道,这时候就要去行脚,参访善知识,有时为了参访一个好老师,有时为了寻找一个得到的印可。为什么要印可,因为只有别人才能清楚看到你的般若、空性、三昧。所以大家不必怀疑自己是否有智慧、空性、三昧,不必经常想这些问题,因为这些答案不是思索可以得到的,只要努力修行就够了。

智慧不仅是内在难以检验，从外表上，我们也看不出这个世界上谁最有智慧。常常有人跑来告诉我："林清玄，从你的书看来，你实在是一个有智慧的人。"我听了很惭愧，回家后想到几个问题：第一，我的智慧还不够，不然别人怎么会那样轻易看出我的智慧，如果智慧很高的话，别人就看不出来。像南泉普愿禅师有一次到一个村庄去访问，走到村庄入口时，村长带了很多居民出来迎接，普愿禅师深感奇怪说："我要到哪里，从来不曾告诉过别人，你们怎么知道我要来，还出来迎接？"村长说："因为昨晚土地公托梦给我，说你今天要来我们村庄，所以我特地出来迎接。"普愿禅师听了长叹一声："唉，我的修行还不够，要不然怎么会被鬼神看见！"所以，当别人赞叹我们有智慧时，不要太高兴，别人能够轻易看出我们的智慧，表示我们的修行还不够。

我想到的第二个问题是：赞叹我有智慧的人一定比我还有智慧，不然怎能看出我的智慧？前几天，台中有一位姓许的居士听到我演讲的录音带非常感动，一天早上，他六点就起床，发愿当天一定要见到我，于是从台中坐车上了台北，那时我住在桥仔头乡下，他找不到我，就跑到九歌出版社去问，出版社的人也不知道我在哪里，他便又跑到《福报》去问，后来《福报》的人告诉他我在乡下，他跟我通过电话后，便开着车到乡下来看我。他为什么要来看我呢？因为他从我的文章中感觉出我很穷困，他热情地对我说:"林清玄,你有什么需要就打电话给我,你需不需要房子、汽车?"我说:"不需要。"他说:"我刚才在外面看到你的汽车很旧了,我买一部新的给你。"我听了很感动,可是我觉得有旧车开也不错。为什么他觉得我需要这些东西?因为他很有钱,所以看出了我的穷困;若是一个人比我穷困,就会看出我很有钱。同样的道理,如果有一个人告诉你:"你怎么那样有智慧?"正表示他比你有智慧,不然怎可评断你呢?

第三个问题是:这个世界上很多人都很有智慧,可是他们却没有说出来让别人知道,不像我们有一点点的领悟和开启就想告诉别人,所以,当别人赞叹我们时,要怀着惭愧的心。

我想到的第四个问题是:我要学习阿难和尚的精神,不要让别人看出自己有何特殊,这才是真正的智慧,因为真正的智慧是一种空性,无法看出来的。

回想一下,我们经常讲慈悲和智慧,可是二者却很难检验,不仅凡夫如此,即使修行很高的师父,也很难检验自己的慈悲和智慧。我举一个例子,从前在西藏有一个高僧,大家都公认他的修行很好,这个高僧也是庙里的住持。有一天,他听到有一位大施主要到庙里来布施,心里非常高兴,想着大施主一来,一定会捐很多钱,他便可以将残破不堪的庙重建一番。为了给这位大施主良好的印象,他率领着庙里的师父刻意将环境打扫整洁。当打扫工作快结束时,这位高僧突然想起自己的动机,顿时非常惭愧,便抓起几把扫好的灰往庙里撒过去,然后走出了庙。

这个故事非常有启发性,即使像这样一位大家公认的高僧,也是到快打扫完时,才检验到自己的空性受到污染,何况是凡夫?所以,我常常在思考一个问题,就是对于一个修行或者学佛的人而言,有什么简单的方法可以用来验证自己的慈悲和智慧?同时要如何在自我反省中,开发智慧和慈悲?我自己认为有一个很简单的原则,那也就是我今天所要讲的题目:"柔软心"。

广大的心可以改变世界

一个人的心如果不够柔软,就无法检验自己的慈悲和智慧,反之,则可以检验内在和外在的东西。谈到柔软,大家的脑海里立刻会浮现很多事物,诸如莲花和剑兰的花瓣、天上的云、地上的草。柔软的东西会随着外面世界的舞动而动。若是刚强的话,便无法感受外面的风吹草动。

禅宗有一个故事:有一次,六祖慧能听到两个和尚在辩论,这两个和尚看到寺庙里的旗子在动,一个说:"那是风动。"另一个说:"那是幡动。"慧能说:"不是风动,也不是幡动,而是仁者心动。"当他讲这句话时,正巧被一位在台上讲经的师父听到,立刻下台来请他上台去讲经。为什么不是风动,也不是幡动,而是仁者心动?因为风和幡都很柔软,但是有一个东西比这两样东西还柔软,那就是各位的心。心若是非常柔的话,就可以简单地检视风和旗子的动;若是刚强的话,风动就是风动,旗动就是旗动,感受不出风向。所以心的柔软是很重要的,它可以用来检验慈悲的风和智慧的旗。

接下来的问题是:如何使心柔软,或开启柔软心?我自己归纳出几点开启柔软心的方法,第一从心的广大来开启。经典或佛菩萨的说法告诉我们:"心可以包容十方三世。"

三世是无始劫以来的过去世、现在世和未来世。也就是说,广大的时空观点可以开启一个人的柔软心。最广大的时空观点是什么呢?我们知道当今的科学家已经研究出五度空间,分别是深度、广度、袤度、时间的空间、心的空间。如果一个人能够将这五度空间全部开启,就能有柔软的观点来看待这个世界。

一切的事物都可以用五度空间的观点来看,譬如天空又深、又广、又袤、又长久,并且可以和我们的心互动;大地和人也是一样。可是为什么有的人只有两度或三度空间,只能看到深、广和短暂的时间,无法开展时空的广度?

这个世界上有很多众生也无法知道五度空间,譬如蚂蚁只知道前进后退、左右两个空间,它无法抬头看天上,也无法离开地平线,所以它眼睛里只有两度空间。还有一种生长在稻梗里的虫叫蚬虫,这种虫只有一度空间,因为它在一辈子里从来没有离开过稻梗。像我很同情百货公司里的电梯服务员,虽然电梯在移动,可是她们整天都在电梯里,所以空间并没有改变。

因此,扩展心的广度对于心的柔软是有帮助的,而这一点是可以锻炼的。譬如当我们遇到事情时,若能退后一步,就能看到比较大的空间;如果我们往前看,便只能看到小空间。同时,要常常在静处看,在人潮中,若自己的心是安静的,便能做很好的观照;另外,还要从远处看。我常常说两句话:"捕鱼的渔夫是看不见海的,追鹿的猎师是看不见山的。"一个人要去捕鱼时,想的是鱼、捕的是鱼,没有心情抬起头来欣赏海上的风光。同样,猎人每天在心里追杀鹿,心里装不下整座山,为什么?因为他们往往从小处、近处、动处来看,便无法柔软广大地来看这个世界。我们在生活中常常碰到一个问题,某些人被情侣抛弃后,会心存"我要死给他看,好让他痛苦一辈子",然后就真的去自杀了——有的人从高楼跳下来,摔断了两条腿没有死;有的喝了农药,胃肠都烂掉了,仍被救活了。这样做不但没让对方痛苦,自己反而痛苦一辈子,因为他们都从小处、近处看,被外境所转动。我常常劝这样的人说:"这样做不会使对方痛苦一辈子,因为你的痛苦是控制在你的手里;而别人的痛苦是由别人所主宰的,很可能你死了,他一个星期就复原,或者很高兴摆脱一个包袱,那么,你的死便完全没有意义。"由于我们的心不够广大,所以看不到事实,若能退后一步来看,也许会想:"幸好被这种人抛弃,以后我就能嫁娶更好的对象。"如此一想,天地便豁然开朗,心也变得柔软起来,可以包容伤害。

另外一个使心广大的方法是：对业、因缘、因果有一个好的看待。对于佛教徒而言，最严重的问题便是业无法超越，以及因缘、因果无法改变。我自己有时候在夜晚想到这个世界的业、因缘、因果，想得都会流泪，当我们看到这个世界上所有的人都在受苦、忧伤、挣扎、受困于业报时，会使我们不由得流下眼泪，佛教里说这种战栗为"身毛皆竖"。为什么呢？因为业是无法改变的。《地藏经》告诉我们："骨肉至亲，不能代受。"它是说地狱里每个人都很苦，即使在那里碰到爸爸妈妈，虽然有心承担他们的业，却不能如愿。《地藏经》又说："骨肉至亲，无肯代受。"读到这里真令人感慨，如果"骨肉至亲，不能代受。""骨肉至亲，无肯代受。"那么，我这么努力修行、清净自我，又有何用？这样一来，便使我们陷入业、因缘的困境，业和因缘的困境不仅是我们自我的也是众生共同的困境。每当我陷入悲观时，就会不由自主地观照禅宗的公案。因为经典里告诉我们："骨肉至亲，无肯代受。"可是禅宗里却提到有一个徒弟说："我有业的束缚，该怎么办？"师父说："你把业拿出来给我看看。"结果徒弟拿不出来，也就豁然开朗。禅告诉我们，在自性的光明里，业是了不可得的，人人都有光明的自性，人人的业也都可以了不可得。就这样一念之间，便可以让我们扫掉业和因缘的困境。

然而，这里面却又充满了矛盾，这种矛盾有时候是很难解的，经典把业讲得那么严肃，不能解脱："众生举止动念无不是业，无不是罪。"而禅宗却说不管有多少业，"慧日一出，黑业立尽"。到底哪一个才是对的呢？

于是，我们便会思考起一个问题，那便是每个人的一生都很渺小，宛如一粒沙子，佛陀也说过一个人就像恒河边的一粒沙子那般渺小。从业的观点来看，每一粒沙子都是独立存在，和别的沙子毫无关系，所以，沙子只有自我清净的能力，无法去清洗旁边的沙子，也就是说，我们虽然很想度化爸爸妈妈、哥哥姐姐，可是我们没有能力去清洗他们，除非他们清洗自己。即使是最邻近的那一粒沙子，要清洗它都是不可能的，这就是业和因缘的观点，也是"骨肉至亲，不能代受"的观点。从这种观点，很可能发展出一种观念，那就是当我们打开报纸或电视，看到一个人将另一个人全身捅得像蜂窝时，有些佛教徒就会说："这都是业啊！是他前辈子欠他，才会被杀掉。"每当我听到这种说法，忍不住会"身毛皆竖"，真的都是业吗？如果我们的观点只局限于业，因缘都只能累积，不能转化，那么就会产生一个很严重的问题，也就是使我们失去对被伤害者的悲悯，以及失去对伤害者的斥责。如此一来，我们不但会失去悲悯心，同时也会失去对恶质东西的反抗、失去了良知和正义感。

在一个有柔软心的人看来，世界上所存在的每一件恶事，不应该由当事人来承担，而是整个社会要相对地来承担负责，只有如此，真实的正义才可以抬头，全体的道德才有落脚的地方，人间净土才有实践的可能。

学佛的人每天念"南无阿弥陀佛"，希望能到西方净土去投生。其实，西方净土的人并非完全清净才去往生，如果说，西方净土要完全清净的人才能去往生，那我们就很难到极乐世界去，因为我们都不是完全清净的人。应该是一个众生背负着他的罪业投生到清净的环境里，他就自然清净起来。所以，不论什么样的众生，到了西方净土，都可以纯净起来。因此，这个世界上一切众生的痛苦，不可以因从前所造罪业而活该当受。修行的人不应该有一丝一毫"活该"的念头，如此才能使自己的心广大而柔软起来。显然，这个世界上每一个人都在受业报的纠缠，但是不应该人人都是活该的，我们虽然无法解开众生的业、因缘、因果，但是在观察事物时，不应该只看到一粒沙，而要看到整条河流，我想佛陀最伟大的地方是：他看到整条恒河，而不只是恒河边的一粒沙，这也是菩萨道安顿的基础。

为什么有菩萨道，而菩萨道还可以安顿？就是因为菩萨在看罪业、因缘、因果时，不只看到一粒沙，而是看到整条河岸的沙。看到了整条河岸的沙，虽然会使自己觉得渺小，却不是完全无助的。而且很显然，一粒沙是生命中无可改变的困局，然而，当我们看到生命的苦楚时，不应该只看到一粒沙，而是看到整条河岸。佛陀看到人会生、老、病、死，他不只是看到一个人而产生悲悯，他看到的是每一个人都会生、老、病、死、爱别离、怨憎会……也就是所有众生所面临的共同困境。如此的想法，就使我们有了广大的观点，也使我们有了一个非常柔软的心来包容这个世界，这种包容使我们骨肉至亲可以代受，还肯代受，不仅如此，即使是有缘无缘的一切众生，我们都愿意去承受他的罪业和苦楚，这样的修行才是广大、有意义的。透过良好的角度来观照业、因缘、因果，就可以使我们看到这个世界美好的一面、菩萨的悲心，以及世界之所以如此困顿、遗憾，无非要锻炼我们，使我们充满悲心和柔软。这么一来，我们也不会受到业和因缘的局限。

业、因缘、因果都是佛教里非常坚强的东西，而菩萨道的修行就是要告诉我们，一个人的心量如果足够广大的话，就可以改变这个世界、宇宙和人生，唯有这个观点成立，佛经里记载的菩萨才有落脚的地方。观世音菩萨可以改变我们的业，文殊师利菩萨可以改变我们的智慧，地藏王菩萨可以承担我们的罪业，这些在经典里都记载得很清楚。从这个观点来看，我们便突破业和因缘的困境，进入菩萨的柔软心。

经常培养心的慈悲

第二个锻炼柔软心的方法便是从心的慈悲做起。今年过年，我从台北要回去故乡高雄旗山，我在小港机场下机，搭了一部计程车,这个计程车司机非常热心,开到半路对我说:"我带你去看歌星王默君和龙眼被撞死的现场,好不好?"没待我回答,他就说:"已经到了。"他指着马路旁一块空地说:"这里就是她们撞死的地方。"这个司机是车祸的目击者,他告诉我王默君的凄惨死状以及现场的情形,听他一讲,我的眼泪就流下来,像这么善良、美丽、前途有为、长得一副菩萨相的少女,为什么会遭遇到这样的恶报呢?想到生命的无常,真令人痛心。

接着我们开上高速公路,这个计程车司机又热心地说:"你要不要去看昨天有两个警察在高速公路上被匪徒枪杀的现场?"他还特别停靠在路旁说:"就是在这里,子弹从警察的脖子穿过去,死得很惨。"上车后,司机一面开一面说:"那个被打死的警察是你们旗山人呢!"我回家后,听我哥哥说起,那个警察不但是旗山人,还跟我们住在同一条街上,我的亲朋好友当中,很多人都认识这个警察,大家告诉我那个警察多么乖巧,而且才新婚几个月,最悲惨的是他的太太已经有了身孕。听到这种事情,我们只能流泪。

如果我们看到这样的事件都说它是业、业报、因果,又怎么当菩萨呢?菩萨是一种悲情,也就是悲悯之情。当我看到王默君身死的现场,过完年又在电视上看到她唱歌,不由得有一种深刻的感受,心想这么一个美丽、清纯、像菩萨的少女,她原本就是菩萨来示现。她给我们什么样的示现呢?第一是无常,我们不知道自己的下一秒钟在哪里。

所以佛陀常说："人命在呼吸之间，出息不还，即是后世。"这样的菩萨用最悲惨的状况来向我们示现无常，让看到她死的众生觉悟，赶快修行，免得有一天无常突然到来就来不及了。第二个示现是：菩萨不一定用什么面目在这个世界上出现，他不一定坐在前面让人拜，也不一定有很庄严的样子。所以，《维摩经》告诉我们："菩萨通达佛道，故行于非道。"也可以说："菩萨行于非道，故通达佛道。"菩萨用一种奇怪的、扭曲的、特别的现象来教化我们，告诉我们人生无常，觉悟就是这个样子，所以要努力精进地修行。从这个角度来看，我将这些善良的罹难者都视为菩萨的示现，而不把他看成只是业和因果的报应。就像那个警察的死，使我居住的小镇居民都感受到无常的可怕和可畏。

所以，作为一个修行人和佛的弟子，要常常培养心的慈悲，并用良好的态度来面对这个世界上所发生的悲苦事情。很多人告诉我："你们修行的人最无情，要丢下父母、妻儿，或者离开这个世界，自己去求解脱。"修行的人从外表看起来是无情的，其实这不是无情，而是至情。真实的至情是从愿力、智慧和慈悲所产生。能够这样想，我们又怎么知道王默君小姐从前不是一个菩萨呢？她也许发愿要来向众生示现无常，以及无常是苦。这样的想法对我们有非常大的启发，使我们产生真实的慈悲，一想到人生苦处就有酸楚的感觉，这种感觉使我们的心变得宁静，纵使有些凄凉，却是那样透明、清净、没有受到染浊。

用超越的观点来看待生命

第三个使我们的心柔软的方法就是从心的超越开始锻炼我们的柔软心。我常常说,一个学佛的人要有好的和高的观点来看待生活和生命。

我们经常会想到:"我是一个佛教徒,为何还有这么多折磨?""为什么这个世界上的人都比我幸福?"打开电视,在综艺节目中表演的歌手似乎都活在净土里,嘻嘻哈哈没有烦恼。当我们生病时,走在街上,看到每一个人都比自己健康。看中国小姐选美时,觉得每个人都比自己美丽。看到别人都比我们有钱,有智慧……为什么我们有这种看法?因为我们还停留在众生、凡夫的观点里,也由于观点不够高,使我们看不到表面以后的东西。如果我们的观点够高,我们就会看到凡是投生到这个世界的人都是有缺憾的,为什么?因为这个世界叫做娑婆世界,译成白话就是有缺憾的世界、堪忍的世界、苦的世界。因此,每个人的缺憾虽然面目不一,可是所受到的苦楚都一样,我们看到有钱人有有钱的烦恼,穷困人有穷困的烦恼,美丽的人有美丽的烦恼,丑陋的人有丑陋的烦恼,这些烦恼在现象上虽然不同,在本质上却很相似。譬如一个有钱人赚到一百万的快乐和一个乞丐乞得一百块的快乐可能是一样的。同样地,像我们这样的平凡人,有时候去吃个三十块钱的自助餐都吃得津津有味,而有钱人可能要花两万或三万去吃一桌酒席才会津津有味,我们所感受的好吃是相同的,只是现象不同罢了。而我们所感受的痛苦也是一样,只是现象不同而已,在本质上都是有缺憾的。当我们认识了这个观点,就能超越比较的观点,我们不必去和别人比较谁幸福,因为每个人幸福的现象都不同。只要我们稍微把心往上超越,就能进入比较绝对或智慧的观点,这种观点可以使我们比较没有遗憾,比较柔软、坦然地走向这个世界。

当我们的心超越起来的时候,就是建立善缘和慧根的时候。善缘和慧根是同样的东西,一个有智慧的人自然就会有善缘,所到之地都会碰到善知识,会平安喜悦,智慧得到开启。为什么会这样呢?这是因为你的心有微微的超越,自然有了微微的觉悟;有了微微觉悟的累积,便可以得到善缘和慧根。当我们觉得自己有很好的智慧的开发,有很多众生和我们结缘时,我们的心就柔软了,所以,要常常将心超越一点。

时时保持敏感待悟的心

开启柔软心的第四个方法是从心的敏感来开启。经典里记载释迦牟尼佛的前生,有一世叫孑,孑是一个非常孝顺的孩子,经典用了六个字来描写他的慈悲,叫做"践地惟恐地痛"。走在地上都害怕地会痛，这种心是多么的敏感和柔软，连地都怕它痛，当然就不会伤害众生，这时候，便可以处在敏感的状态来看待这个世界。虽然我们无法做到"践地惟恐地痛"，但是在踩地时若能想到这句话，将使我们的心变得比较敏感。

禅宗里有一种检验人格和修行的方法，叫做"残心"，残心就是我们在对待失败和痛苦时，有什么样的态度和观点，并由此检验出一个人的人格、修行、境界。举个简单的例子，我们在春天走到乡间去，看到繁花遍野，感觉春天是那么美丽、令人欢喜。秋天时，满山红叶，树叶凋零，令人感觉肃杀。但是我们感觉到秋的美丽和春天是一样的，有时候甚至觉得秋冬的美丽不亚于春天，这就是残心。因为我们的心是美丽的、敏感的，因此可以感觉到春夏秋冬及一切苦楚的美丽，也能感受到悲伤、受挫的美丽。在我们被压迫到最不堪时，有什么残心？是否同样敏感地对待这个世界？当我们的爱人要离开自己时，是否能想到："他离开我是多么的美丽，因为他找到更好的对象。"当别人打我们、骂我们时，我们是否有这种残心："这个人是菩萨的化现，他用特别的方法来让我修忍辱。"当父母把我们抚养长大，逐渐老去时，我们有没有报答他们的残心？我们有没有用感恩的心来对待孩子、朋友及这个世界，以及一切失败所给予的启发和觉悟？

残心可以使我们非常的敏感、柔软，要培养敏感有一个简单的方法，就是时时保持反观，当我们的脾气要发作时，要反观自己的动机,是否因为自己的心不够柔软,所以别人骂我一句、踩我一脚、看我一眼,我就发作?这些问题不在于别人的过错,而是因为自己的心不够柔软。除了时时保持反观的精神外,还要经常保有一颗光明而待悟的心。

最好的开悟时机就是挫败的时候,禅宗有一个很好的启示,就是"棒喝",将人打到最谷底的地方,让我们开悟。我们在生活中,经常有很多棒喝的时机,譬如老板、客户、同事的责备,这时,要把他们当做禅师,让自己开悟。

当然,开启柔软心的方法还有很多,我只是简单地归纳出这四种方法,就是用广大的观点、慈悲的心地、超越的观点、敏感待悟的心来开启我们的柔软心,这样我们就能忍辱柔和、身心自在。但是广大、慈悲、超越、敏感并不表示离开众生或高高在上,因为不管我们是一个多么伟大的修行者,我们都还是众生的一部分。

柔软心是人间净土的希望

我住在乡下,经常心存感恩,因为基本上我是一个容易害羞的人,我很怕在路上或百货公司被人认出来,我很希望自然又自在地活在众生里面。而我住在乡下,从来没有人觉得我有何特别之处:我去工厂参观,被误为工人;去买水果,也被认为是水果摊老板;我经常带着孩子到河边捡石头,有些钓客便取笑我:"憨猴才捡石头。"有时候,我会到庙里去拜佛,拜完之后就起来走走,看看庙的建筑,有一次,一个欧巴桑把我叫过去说:"少年仔,过来一下。"我走了过去,她严肃地说:"你这么少年,一天到晚在外面乱逛,不要四处玩,回家要多念阿弥陀佛。"我听了好感动,那天为这个欧巴桑多念了好几次"阿弥陀佛"。

佛教有一副伟大的对联:"欲为诸佛龙象,先做众生马牛。"意思是我们要做佛门的龙象,就要先做众生的牛和马,才能使菩萨行得到落实。所以,一个人要超越广大、慈悲、敏感,并非要远离众生,而是要真实地进入众生里面,让他们不知道我们是一个修行者,如此才能随顺众生。一个有柔软心的人从来不苛求众生,因为众生如果可以被苛求、有智慧、能觉悟,现在早已经是一个菩萨了,不会还是一个众生。我们应该用这样的观点来看众生,并且用这种观点时时反观自己,因为我还有缺憾,所以现在还在这个世界上,我要努力使自己很快完善缺憾、使自己圆满,并且忍辱柔和、身心自在俱足。

柔软心是佛教里智慧、觉悟、菩提、慈悲、愿力的总集成。一个人如果有柔软心,修行就没有问题,所谓的"阿耨多罗三藐三菩提心"就是菩提心,所谓证得"阿耨多罗三藐三菩提"就是证得一个光明、柔软、无二、没有分别的佛性。

一个人如果能够柔软,在求佛道的过程就不容易被折断。像观世音菩萨手里拿的杨枝、河边的柳条、地上的青草都不容易被折断,为什么?因为它柔软。但是这种柔软并非拒绝风雨才不会被打断,而是它不畏风雨;它不但不怕风雨,还可将风雨转化成养料、智慧、慈悲,更加努力地生长。

我们看到渔网都很柔软,不过却很强韧,才能网住每一条鱼;如果我们的心能像渔网那么柔软和强韧,就可以抓住生命里的每一个悟,不会错过开悟的时机。

其实每一个人开悟的时机都一样,之所以不能开悟,无非因为不能抓住那个悟。如何才能抓住呢?就是柔软。我们晓得"滴水穿石",如果我们能像水那般柔软,虽然渺小,也可穿越重重障碍,得到佛法的真实意。

一个人有柔软心,这个世界就多了一丝希望,也更能多一丝接近净土。经典告诉我们:"娑婆世界是释迦牟尼佛的净土,也就是释迦牟尼的极乐世界。"遗憾的是,我们却把佛陀的净土搞成现在这个样子,所以,我们一定要努力地发愿、实践,使自己柔软,使这个世界清净,让我们生存的这个世界有一天可以成为真正的净土,成为他方国土众生所渴求要往生的净土。

希望我们大家一起来努力、锻炼自己的柔软心,使这个世界清净,才不会辱没我们的释迦牟尼佛。

无关风月

日复一日的转化、升华和提醒
是如此的漫长无尽,
那是永远不可能有解答,
永远不可能有结局的……
人要从无情变成有情固然不易,
要由有情修得无情或者不动情的境界,
原也是这般的难呀!

箩　筐

午后三点，天的远方摇过来一阵轰隆隆的雷声。

有经验的农人都知道，这是一片欲雨的天空，再过一刻钟，西北雨就会以倾盆之势笼罩住这四面都是山的小镇；有经验的燕子也知道，它们纷纷从电线上剪着尾羽，飞进了筑在人家屋檐下的土巢。

但是站在空旷土地上的我们——我的父亲、哥哥、亲戚，以及许多流过血汗、炙过阳光、淋过风雨的乡人，听着远远的雷声呆立着，并没有要进去躲西北雨的样子。我们的心比天空还沉闷，大家都沉默着，因为我们的心也是将雨的天空，而且这场心雨显得比西北雨还要悲壮、还要连天而下。

我们无言围立着的地方是"溪底仔"的一座香蕉场，两部庞大的"怪手"正在慌忙地运作着，张开它们的铁爪一把把抓起我们辛勤种植出来的香蕉，扔到停在旁边的货车上。

这些平时扒着溪里的沙石，来为我们建立一个更好家园的怪手，此时被农会雇来把我们种出来的香蕉践踏，这些完全没有人要的香蕉将被投进溪里丢弃，或者堆置在田里当肥料，因为香蕉是易腐的水果，农会怕腐败的香蕉污染了这座干净的蕉场。

在香蕉场堆得满满的香蕉即使天色已经晦暗，还散放着翡翠一样的光泽。往昔丰收的季节里，这种光泽曾是带给我们欢乐的颜色，比雨后的彩虹还要灿亮，如今刺眼得让人心酸。

怪手规律的呱呱响声，和越来越近的雷声相应和着。

我看到在香蕉集货场的另一边，堆着一些破旧的棉被，和农民弃置在棉被旁的箩筐。棉被原来是用来垫娇贵的香蕉以免受损，箩筐是农民用来收成的，本来塞满收成的笑声。

棉被和箩筐都溅满了深褐色的汁液，一层叠着一层，经过了岁月，那些蕉汁像一再凝结而干涸的血迹，是经过耕耘、种植、灌溉、收成而留下来的辛苦见证，现在全一无用处地躺着，静静等待着世纪末的景象。

蕉场前面的不远处，有几个小孩子用竹子撑开一个旧箩筐，箩筐里撒了一把米，孩子们躲在一角拉着绳子，等待着大雨前急着觅食的麻雀。

一只麻雀咻咻两声从屋顶上飞翔而下，在蕉场边跳跃着，慢慢地，它发现了白米，一步一步跳进箩筐里；孩子们把绳子一拉，箩筐砰然盖住，惊慌的麻雀打着双翼，却一点也找不到出路，悲哀地号叫出声。孩子们欢呼着自墙边出来，七八只手争着去捉那只小小的雀子，一个大孩子用原来绑竹子的那根线系住麻雀的腿，然后将它放飞。

麻雀以为得到了自由，振力地飞翔，到屋顶高的时候才知道被缚住了脚,颓然跌落在地上。它不灰心,再飞起,又跌落,直到完全没有力气,蹲在褐黄色的土地上,绝望地喘着气,还忧戚地长嘶,仿佛在向某一处不知的远方呼唤着什么。

这捕麻雀的游戏,是我幼年经常玩的,如今在心情沉落的此刻,心中不禁一阵哀戚。

我想着小小的麻雀走进箩筐的景况,只是为了啄食几粒白米,未料竟落进一个不可超拔的生命陷阱里去,农人何尝不是这样呢?他们白日里辛勤地工作,夜里还要去巡田水,有时也只是为了求取三餐的温饱,没想到勤奋打拼地工作,竟也走入了命运的箩筐。

箩筐是劳作的人们一件再平凡不过的用具,它是收成时一串快乐的歌声。在收成的时节,看着人人挑着空空的箩筐走过黎明的田路,当太阳斜向山边,他们弯腰吃力地挑着饱满的箩筐,走过晚霞投照的田埂,确是一种无法言宣的美,是出自生活与劳作的美,比一切美术音乐还美。

我每看到农人收成,挑着箩筐唱简单的歌回家,就冥冥想起托尔斯泰的艺术论,任何伟大的作品都是蘸着血汗写成的。如果说大地是一张摊开的稿纸,农民正是蘸着血泪在上面写着伟大的诗篇;播种的时候是逗点,耕耘的时候是顿号,收成的箩筐正像在诗篇的最后圈上一个饱满的句点。人间再也没有比这篇诗章更令人动容的作品了。

遗憾的是,农民写作歌颂大地的诗章时,不免有感叹号,不免有问号，有时还有通向不可知的分号！我看过狂风下不能出海的渔民，望着箩筐出神；看过海水倒灌淹没盐田，在家里踢着箩筐出气的盐民；看过大旱时的龟裂土地，农民挑着空的箩筐叹息。那样单纯的情切意乱，比诗人捻断数根须犹不能下笔还要忧心百倍；这时的农民正是契诃夫笔下没有主题的人，失去土地的依恃，再好的农人都变成浅薄的、渺小的、悲惨的、滑稽的、没有明天的小人物，他不再是个大地诗人了！

由于天候的不能收成和没有收成固是伤心的事，倘若收成过剩而必须抛弃自己的心血，更是最大的打击。这一次我的乡人因为收成过多，不得不把几千万公斤的香蕉毁弃，每个人的心都被抓出了几道血痕。在过去的岁月里，他们只知道"一分耕耘，一分收获"的天理，从来没有听过"收成过剩"这个东西，怪不得几位白了胡子的乡人要感叹起来：真是没有天理呀！

当我听到故乡的香蕉因为无法销售，便搭着黎明的火车转回故乡，火车空嘓空嘓空嘓地奔过田野，天空稀稀疏疏地落着小雨。戴斗笠的农人正弯腰整理农田，有的农田里正在犁田，农夫将犁绳套在牛肩上，自己在后面推犁，犁翻出来的烂泥像春花在土地上盛开。偶尔也看到刚整理好的田地，长出青翠的芽苗，那些芽很细小，只露出一丝丝芽尖，在雨中摇呀摇的，那点绿鲜明地告诉我们，在这一片灰色的大地上，有一种生机埋在最深沉的泥土里。台湾的农人是世界上最勤快的农人，他们总是耕者如斯，不舍昼夜，而我们的平原也是世界上最肥沃的土地，永远有新的绿芽从土里争冒出来。

看着急速往后退去的农田，我想起父亲戴着斗笠在蕉田里工作的姿影。他在土地里种作五十年，是他和土地联合生养了我们，和土地已经种下极为根深的情感，他日常的喜怒哀乐全是跟随土地的喜怒哀乐。有时收成不好，他最受伤的，不是物质的，而是情感的。在我们所拥有的一小片耕地上，每一尺都有父亲的足迹，每一寸都有父亲的血汗。

而今年收成这么好，还要接受收成过剩的打击，对于父亲，不知道是伤心到何等的事！

我到家的时候，父亲挑着香蕉去蕉场了，我坐在庭前等候他高大的身影，看到父亲挑着两个晃动的空箩筐自远方走来，他旁边走着的是我毕业于大学的哥哥，他下了很大决心才回到故乡帮忙父亲的农业。由于哥哥的挺拔，我发现父亲这几年背竟是有些弯了。

长长的夕阳投在他挑的箩筐上，拉出更长的影子。

记得幼年时代的清晨，柔和的曦光总会肆无忌惮地伸出大手，推进我家的大门、院子，一直伸到厅场的神案上，使案上长供的四果一面明一面暗，好像活的一般，大片大片的阳光真是醉人而温暖。就在那熙和的日光中，早晨的微风启动了大地，我最爱站在窗口，看父亲穿着沾满香蕉汁的衣服，戴着顶尖上几片竹篾已经掀起的旧斗笠，挑着一摇一晃的一对箩筐，穿过庭前去田里工作；父亲高大的身影在阳光照耀下格外雄伟健壮，有时除了箩筐，他还荷着锄头、提着扫刀，每一项工具都显得厚实有力。那时我总是倚在窗口上想着：能做个农夫是多么快乐的事呀！

稍稍长大以后，父亲时常带我们到蕉园去种作，他用箩筐挑着我们，哥哥坐在前面，我坐在后边，我们在箩筐里有时玩杀刀，有时用竹筒做成的气枪互相打苦苓子，使得箩筐摇来晃去，父亲也不生气；真闹得他心烦，他就抓紧箩筐上的扁担，在原地快速地打转，转得我们人仰马翻才停止，然后就听到他爽朗宏亮的笑声串串响起。

童年蕉园的记忆，是我快乐的最初。香蕉树用它宽大的叶子覆盖累累的果实，那景象就像父母抱着幼子要去进香一样，同样涵含了对生命的虔诚。农人灌溉时流滴到地上的汗水，收割时挑着箩筐嘿嗬嘿嗬的吆喝声，到香蕉场验关时的笑谈声，总是交织成一幅有颜色有声音的画面。

在我们蕉园尽头处有一道河堤，堤前就是日夜奔湍不息的旗尾溪了。那条溪供应了我们土地的灌溉，我和哥哥时常在溪里摸蛤、捉虾、钓鱼、玩水，在我童年的认知里，不知道为什么就为大地的丰饶而感恩着土地。在地上，它让我们在辛苦的犁播后有喜悦的收成；在水中，它生发着永远也不会匮乏的丰收讯息。

我们玩累了，就爬上堤防回望那一片广大的蕉园，由于蕉叶长得太繁茂了，我们看不见在里面工作的人们，他们劳动的声音却像从地心深处传扬出来，交响着旗尾溪的流水潺潺，那首大地交响的诗歌，往往让我听得出神。

一直到父亲用箩筐装不下我们去走蕉园的路，我和哥哥才离开我们眷恋的故乡到外地求学，父亲送我们到外地读书时说的一段话到今天还响在我的心里："读书人穷没有关系，可以穷得有骨气，农人不能穷，一穷就双膝落地了。"

以后的十几年，我遇到任何磨难，就想起父亲的话，还有他挑着箩筐意气风发到蕉园耕作的背影，岁月愈长，父亲的箩筐也魔法似的一日比一日鲜明。

此刻我看父亲远远地走来了，挑着空空的箩筐，他见到我的欣喜中也不免有一些黯然，他把箩筐随便地堆在庭前，一言不发，我忍不住问他："情形有改善没有？"

父亲涨红了脸："伊娘咧！他们说农人不应该扩大耕种面积，说我们没有和青果社签好约，说早就应该发展香蕉的加工厂，我们哪里知道那么多？"父亲把蕉汁斑斑的上衣脱下挂在庭前，那上衣还一滴滴地落着他的汗水，父亲虽知道今年香蕉收成无望，今天在蕉田里还是艰苦地做了工的。

哥哥轻声地对我说："明天他们要把香蕉丢掉，你应该去看看。"父亲听到了，对着将落未落的太阳，我看到他眼里闪着微明的泪光。

我们一家人围着，吃了一顿沉默而无味的晚餐，只有母亲轻声地说了一句："免气得这样，明年很快就到了，我们改种别的。"阳光在我们吃完晚餐时整个沉到山里，黑暗的大地只有一片虫鸣唧唧。这往日农家凉爽快乐的夏夜，儿子从远方归来，却只闻到一种苍凉和寂寞的气味，星星也躲得很远了。

两部怪手很快地就堆满一辆载货的卡车。

西北雨果然毫不留情地倾泻下来，把站在四周的人群全淋得湿透，每个人都纹丝不动地让大雨淋着，看香蕉被堆上车，好像一场气氛凝重的告别式。我感觉那大大的雨点落着，一直落到心中升起微微的凉意。我想，再好的舞者也有乱而忘形的时刻，再好的歌者也有仿佛失曲的时候，而再好的大地诗人——农民，却也有不能成句的时候。是谁把这写好的诗打成一地的烂泥呢？是雨吗？

货车在大雨中，把我们的香蕉载走了，载去丢弃了，只留两道轮迹，在雨里对话。

捕麻雀的小孩，全部躲在香蕉场里避雨，那只一刻钟前还活蹦乱跳的麻雀，死了。

最小的孩子为麻雀的死哇哇哭起来，最大的孩子安慰着他："没关系，回家哥哥烤给你吃。"

我们一直站到香蕉全被清出场外，呼啸而过的西北雨也停了，才要离开，小孩子们已经蹦跳着出去，最小的孩子也忘记死去麻雀的一点点哀伤，高兴地笑了，他们走过箩筐，恶作剧地一脚踢翻，让它仰天躺着；现在他们不抓麻雀了，因为知道雨后，会飞出来满天的蜻蜓。

我独独看着那个翻仰在烂泥里的箩筐,它是我们今年收成的一个句点。

燕子轻快地翱翔,蜻蜓满天飞。

云在天空赶集似的跑着。

麻雀一群,在屋檐咻咻交谈。

我们的心是将雨、或者已经雨过的天空。

红心番薯

看我吃完两个红心番薯，父亲才放心地起身离去，走的时候还落寞地说：为什么不找个有土地的房子呢？

这次父亲北来，是因为家里的红心番薯收成，特地背了一袋给我，还挑选几个格外好的，希望我种在庭前的院子里。他万万没有想到，我早已从郊外的平房搬到城中的大厦，根本是容不下绿色的地方，甚至长不出一株狗尾草，不要说番薯了。

到车站接了父亲回到家里，我无法形容父亲的表情有多么近乎无望。他在屋内转了三圈，才放下提着的麻袋，愤愤地说："伊娘咧！你竟住在无土的所在！"一个人住在脚踏不到泥土的地方，父亲竟不能忍受，也是我看到他的表情才知道的。然后他的愤愤转成喃喃："你住在这种上不着天下不落地的所在，我带来的番薯要种在哪里？要种在哪里？"

父亲对番薯的感情，也是这两年我才深切知道的。

那是有一次我站在旧家前，看着河堤延伸过来的苇芒花，在微凉秋风中摇动着，那些遍地蔓生的苇芒长得有一人高，我看到较近的苇芒摇动得特别厉害，凝神注视，才突然看到父亲走在那一片苇芒里，我大吃一惊。原来父亲的头发和秋天灰白的苇芒花是同一个颜色，他在遍生苇芒的野地里走了几百米，我竟未能看见。

那时我站在家前的番薯田里，父亲来到我的面前，微笑地问："在看番薯吗？你看长得像羊头一样大了哩！"说着，他蹲下来很细心地拨开泥土，捧出一个精壮圆实的番薯来，以一种赞叹的神情注视着番薯。我带着未能在苇芒花中看见父亲身影的愧疚心情，与他面对面蹲着。父亲突然像儿童天真欢愉地叹了一口气，很自得地说："你看，恐怕没有人番薯种得比我好了。"然后他小心翼翼把那个番薯埋回土中，动作像在收藏一件艺术品，神情庄重而带着收获的欢愉。

父亲的神情使我想起幼年有关番薯的一些记忆。有一次我和几位内地的小孩子吵架，他们一直骂着："番薯呀！番薯呀！"我们就回骂："老芋呀！老芋呀！"

对这两个名词我是疑惑的，回家询问了父亲。那天他喝了几杯老酒，神情至为愉快，他打开一张老旧的地图，指着台湾的那一部分说："台湾的样子真是像极了红心的番薯，你们是这番薯的子弟呀！"而无知的我便指着北方广大的内地说："那，这大陆的形状就是一个大的芋头了，所以内地人是芋仔的子弟？"父亲大笑起来，抚着我的头说："憨团仔，我们也是内地来的，只是来得比较早而已。"

然后他用一支红笔，从我们遥远的北方故乡有力地画下来，牵连到我们所居的台湾南部。那是第一次在十烛光的灯泡下，我认识到，芋头与番薯原来是极其相似的植物，并不是我们想象中那么判然有别的。也第一次知道，原来在东北会落雪的故乡，也遍生着红心的番薯！

我更早的记忆，是从我会吃饭开始的。家里每次收成番薯，总是保留一部分填置在木板的眠床底下。我们的每餐饭中一定煮了三分之一的番薯，早晨的稀饭里也放了番薯签，有时吃腻了，我就抱怨起来。

听完我的抱怨，父亲就激动地说起他少年的往事。他们那时为了躲警报，常常在防空壕里一窝就是一整天。 所以祖母每每把番薯煮好放着，一旦警报声响，父亲的九个兄弟姊妹就每人抱两三个番薯直奔防空壕，一边啃番薯，一边听飞机和炮弹在四处交响。他的结论常常是："那时候有番薯吃，已经是天大的幸福了。"他一说完这个故事，我们只好默然地把番薯扒到嘴里去。

父亲的番薯训诫寻常并不是都如此严肃，偶尔也会说起战前在日本人的小学堂中放屁的事。由于吃多了番薯，屁有时是忍耐不住的，当时吃番薯又是一般家庭所不能免，父亲形容说："因此一进了教室往往是战云密布，不时传来屁声。"而他说放屁是会传染的，常常一呼百诺，万众皆响。有一回屁放得太厉害，全班被日本老师罚跪在窗前。即使跪着，屁声仍然不断。父亲玩笑地说："经过跪的姿势，屁声好像更响了。"他说这些的时候，我们通常就吃番薯吃得比较甘心，放起屁来也不以为忤了。

然后是一阵战乱，父亲到南洋打了几年仗，在丛林之中，时常从睡梦中把他唤醒，时常让他在思乡时候落泪的，不是别的珍宝，只是普普通通的红心番薯。它烤炙过的香味，穿过数年的烽火，在万金家书也不能抵达的南洋，温暖了一位年轻战士的心，并呼唤他平安地回到家乡。他有时想到番薯的香味，一张像极番薯形状的台湾地图就清楚地浮现，思绪接着往南方移动，再来的图像便是温暖的家园，还有宽广无边结满黄金稻穗的大平原……

战后返回家乡，父亲的第一件事便是在家前家后种满了番薯，日后遂成为我们家的传统。屋前种的是白瓢番薯，粗大壮实，可以长到十斤以上一个；屋后一小片园地是红心番薯，一串一串的果实，细小而甜美。白瓢番薯是为了预防战争逃难而准备的，红心番薯则是父亲南洋梦里的乡思。

每年父亲从南洋归来的纪念日，夜里的一餐我们通常不吃饭，只吃红心番薯，听着父亲诉说战争的种种，那是我农夫父亲的忧患意识。他总是记得饥饿的年代番薯是可以饱腹的，如今回想起来，一家人围着小灯食薯，那种景况我在梵高的名画《吃土豆的人》中几乎看见，在沉默中，是庄严而肃穆的。

在这个近百年来中国最富裕的此时此地，父亲的忧患想来恍若一个神话。大部分人永远不知有枪声，只有极少数经过战争的人，在他们的心底有一段番薯的岁月，那岁月里永远有枪声时起时落。

由于有那样的童年，日后我在各地旅行的时候，便格外留心番薯的踪迹。我发现在我们所居的这张番薯形状的地图上，从最北角到最南端，从山坡上干瘠的石头地到河岸边肥沃的沙埔，番薯都能够坚强地、不经由任何肥料与农药而向四方生长，并结出丰硕的果实。

有一次，我在澎湖人迹罕至的无人岛上，看到人所耕种的植物都被野草吞灭了，只有遍生的番薯还和野草争着方寸，在无情的海风烈日下开出一片淡红的晨曦颜色的花，而且在最深的土里，各自紧紧握着拳头。那时我知道在人所种植的作物之中，番薯是最强悍的。

这样想着，幼年家前家后的番薯花突然在脑中闪现，番薯花的形状和颜色都像牵牛花，唯一不同的是，牵牛花不论在篱笆上，在阴湿的沟边，都是抬头挺胸，仿佛要探知人世的风景；番薯花则通常是卑微地依着土地，好像在嗅着泥土的芳香。 在夕阳将落之际，牵牛花开始萎落，而那时的番薯花却开得正美，淡红夕云一样的色泽，染满了整片土地。

现在连台北最干净的菜场也卖有番薯叶子，价钱还颇不便宜。有谁想到这在乡间是最卑贱的菜，是逃难的时候才吃的？

在我居住的地方，巷口本来有一位卖糖番薯的老人，一个滚圆的大铁锅，挂满了糖渍过的番薯，开锅的时候，一缕扑鼻的香味由四面扬散出来，那些番薯是去皮的，长得很细小，却总像记录着什么心底的珍藏。有时候我向老人买一个番薯，散步回来时吃着，那蜜一样的滋味进了腹中，却有一点酸苦，因为老人的脸总使我想起在烽烟奔走过的风霜。

老人是离乱中幸存的老兵，家乡在山东偏远的小县。有一回我们为了地瓜问题争辩起来，老人坚持台湾的红心番薯如何也比不上他家乡的红瓢地瓜，他的理由是："台湾多雨水，地瓜哪有俺家乡的甜？俺家乡的地瓜真是甜得像蜜！"老人说话的神情好像当时他已回到家乡，站在地瓜田里。看着他的神情，我想起父亲和他的南洋，他在烽火中的梦，我乃真正知道，番薯虽然卑微，它却连结着乡愁的土地，永远在乡思的天地里吐露新芽。

父亲送我的红心番薯过了许久，有些要发芽的样子，我突然想起在巷口卖糖番薯的老人，便提去巷口送他，没想到老人改行卖牛肉面了。我说："你为什么不卖地瓜呢？"老人愕然地说："唉！这年头，人连米饭都不肯吃了，谁来买俺的地瓜呢？"我无奈地提着番薯回家。这些无知的番薯，为何经过三十年，心还是红的，不肯改一点颜色？

老人和父亲生长在不同背景的同一个年代，他们在颠沛流离的大时代里，只是渺小而微不足道的人，可能只有那破了皮的红心番薯才能记录他们心里的颜色。那颜色如清晨的番薯花，在晨曦掩映的云彩中，曾经欣欣地茂盛过，曾经以卑微的球根累累互相拥抱、互相温暖，他们之所以能卑微地活过人世的烽火，是因为在心底的深处有着故乡的骄傲。

站在阳台上，我看到父亲去年给我的红心番薯，我任意种在花盆中，放在阳台的花架上，如今，它的绿叶已经长到磨石子地上，甚至有的伸出阳台的栏杆，仿佛在找寻什么。每一丛红心番薯的小叶下都长出根的触须，在石地板久了，有点萎缩而干枯了。那小小的红心番薯竟是在找寻它熟悉的土地吧！因为土地，我想起父亲在田中耕种的背影，那背影的远处，是他从芦苇丛中远远走来，到很近的地方，花白的发，冒出了苇芒。为什么番薯的心还红着，父亲的发竟白了？

在我十岁那年，父亲首次带我到都市来，我们行经一片被拆除公寓的工地，工地堆满了砖块和沙石。父亲在堆置的砖块缝中，一眼就辨认出几片番薯叶子，我们循着叶子的茎络，终于找到一株几乎被完全掩埋的根。父亲说："你看看这番薯，根上只要有土，它就可以长出来。"然后他没有再说什么，执起我的手，走路去饭店参加堂哥隆重的婚礼。如今我细想起来，那一株被埋在建筑工地的番薯，是有着逃难的身世，由于它的脚在泥土上，苦难也无法掩埋它，比起这些种在花盆中的番薯，它有着另外的命运和不同的幸福，就像我们远离了百年的战乱，住在看起来隐秘而安全的大楼里，却有了失去泥土的悲哀——伊娘咧！你竟住在无土的所在！

星空夜静，我站在阳台上仔细端详盆中的红心番薯，发现它吸收了夜的露水，细瘦的叶片，片片冒出了水珠，每一片叶都沉默地小心地呼吸着。那时，我几乎听到了一个有泥土的大时代，上一代人的狂歌与低吟都埋在那小小的花盆，只有静夜的敏感才能听见。

迷 路 的 云

一群云朵自海面那头飞起,缓缓从他头上飘过。他凝神注视,看那些云飞往山的凹口。

他感觉着海上风的流向,判断那群云必会穿过凹口,飞向另一海面夕阳悬挂的位置。

于是,像平常一样,他斜躺在维多利亚山的山腰,等待着云的流动;偶尔也侧过头看努力升上山的铁轨缆车,叽叽喳喳地向山顶上开去。每次如此坐看缆车他总是感动着,这是一座多么美丽而有声息的山,沿着山势盖满色泽高雅的别墅,站在高处看,整个香港九龙海岸全入眼底,可以看到海浪翻滚而起的浪花,远远地,那浪花有点像记忆里河岸的蒲公英,随风一四散,就找不到踪迹。

记不得什么时候开始爱这样看云,下班以后,他常信步走到维多利亚山车站买了票,孤单地坐在右侧窗口的最后一个位置,随车升高。缆车道上山势多变,不知道下一刻会有什么样的视野。有时视野平朗了,以为下一站可以看得更远,下一站却被一株大树挡住了,有时又遇到一座数十层高的大厦横挡视线,由于那样多变的趣味,他才觉得自己幽邈的存在,并且感到存在的那种腾空的快感。

他很少坐到山顶,因为不习惯山顶上那座名叫"太平阁"的大楼里吵闹的人声。通常在山腰就下了车，找一处僻静的所在，能抬眼望山，能放眼看海，还能看云看天空，看他居住了二十年的海岛，和小星星一样罗列在港九周边的小岛。

好天气的日子，可以远望到海边豪华的私人游艇靠岸，在港九渡轮的噗噗声中，仿佛能听到游艇上的人声与笑语。在近处，有时候英国富豪在宽大翠绿的庭院里大宴宾客，红粉与鬓影有如一谷蝴蝶在花园中飞舞，黑发的中国仆人端着鸡尾酒，穿黑色西服打黑色蝴蝶领结，忙碌穿梭找人送酒，在满谷有颜色的蝴蝶中，如黑夜的一只蛾，奔波地找着有灯的所在。

如果天阴，风吹得猛，他就抬头专注地看奔跑如海潮的云朵，一任思绪飞奔：云是夕阳与风的翅膀，云是闪着花蜜的白蛱蝶；云是秋天里白茶花的颜色；云是岁月里褪了颜色的衣袖；云是惆怅淡淡的影子；云是愈走愈遥远的橹声；云是……云有时候甚至是天空里写满的朵朵挽歌！

少年时候他就爱看云，那时候他家住在台湾新竹，冬天的风城，风速是很烈的，云比别的地方来得飞快，仿佛是赶着去赴远地的约会。放学的时候，他常捧着书坐在碧色的校园，看云看得痴了。那时他随父亲经过一长串逃难的岁月，惊魂甫定，连看云都会忧心起来，觉得年幼的自己是一朵平和的白云，由于强风的吹袭，径自与别的云推挤求生，匆匆忙忙地跑着路，却又不知为何要那样奔跑。

更小的时候,他的家乡在杭州,但杭州几乎没有给他留下什么印象,只记得离开的前一天,母亲忙着为父亲缝着衣服的暗袋,以便装进一些金银细软,他坐在旁边,看母亲缝衣,本就沉默的母亲不知为何落了泪。他觉得无聊,就独自跑到院子,呆呆看天空的云,记得那一日的云是黄黄的琥珀色,有些老,也有点冰凉。

是因为云的印象吧!他读完大学便急急想出国,他是家族留下的唯一男子!父亲本来不同意他的远行,后来也同意了,那时留学好像是青年的必经之路。

出国前夕,父亲在灯下对他说:"你出国也好,可以顺便打听你母亲的消息。"然后父子俩红着眼互相对望,一句话也说不出口。

他看到父亲高大微偻的背影转出房门,自己支着双颊,感觉到泪珠滚烫迸出,流到下巴的时候却是凉了,冷冷地落在玻璃桌板上,四散流开。那一刻他才体会到父亲同意他出国的心情,原来还是惦记着留在杭州的母亲。父亲已不止一次忧伤地对他重复,离乡时曾向母亲允诺:"我把那边安顿了就来接你。"他仿佛可以看见青年的父亲从船舱中,含泪注视着家乡在窗口里越小越远。他想,倚在窗口看浪的父亲,目光定是一朵一朵撞碎的浪花。那离开母亲的心情应是出国前夕与他面对时相同的情绪吧。

初到美国那几年,他确实想尽办法打听母亲的消息,但印象并不明晰的故乡如同迷蒙的大海,完全得不到一点回音。他的学校在美国北部,每年冬季冰雪封冻,由于等待母亲的音讯,他觉得天气格外冷冽。他拿到学位那年夏天,在毕业典礼上看到各地赶来的同学家长,突然想起在新竹的父亲和在杭州的母亲,在晴碧的天空下,同学为他拍照时,险险冷得落下泪来,不知道为什么就绝望了与母亲重逢的念头。

也就在那一年,父亲遽然去世,他千里奔丧竟未能见到父亲的最后一面,只从父亲的遗物里找到一帧母亲年轻时代的相片。那时的母亲长相秀美,挽梳着乌云光泽的发髻,穿一袭几乎及地的旗袍,有一种旧中国的美。他原想把那帧照片放进父亲的坟里,最后还是将它收进自己的行囊,作为对母亲的一种纪念。

他寻找母亲的念头,因那帧相片又复活了。

美国经济不景气的那几年,他像一朵流浪的云一再被风追赶着转换工作,并且经过了一次失败而苍凉的婚姻,母亲的黑白旧照便成为他生命里唯一的慰藉。他的美国妻子离开他时说的话:"你从小没有母亲,根本不知道怎么和女人相处;你们这一代的中国人,一直过着荒谬的生活,根本不知道怎样去过一个人最基本的生活。"这话常随着母亲的照片在黑夜的孤单里鞭笞着他。

他决定来香港,实在是一个偶然的选择,公司在香港正好有缺,加上他对寻找母亲还有着梦一样的向往,最重要的原因是:如果他也算是有故乡的人,在香港,两个故乡离他都很近了。

"文革"以后,通过朋友寻找,联络到他老家的亲戚,才知道母亲早在五年前就去世了。朋友带出来的母亲遗物里，有一帧他从未见过的、父亲青年时代着黑色西装的照片。考究的西装、自信的笑容，与他后来记忆中的父亲有着相当遥远的距离，那帧父亲的照片，和他像一个人的两个影子，是那般相似，父亲曾经有过那样飞扬的姿容，是他从未料到的。

他看着父亲青年时代有神采的照片，有如隔着迷蒙的毛玻璃，看着自己被翻版的脸，他不仅影印了父亲的形貌，也继承了父亲一生在岁月之风里流浪的悲哀。那种悲哀，拍照时犹青年的父亲是料不到的，也是他在中年以前还不能感受到的。

他决定到母亲的坟前祭拜。

火车越近杭州，他越是有一种逃开的冲动，因为他不知道在母亲的坟前，自己是不是承受得住。看着窗外飞去的景物，是那样的陌生，灰色的人群也是影子一样，看不真切。下了杭州车站，月台上因随地吐痰而凝结成的斑痕，使他几乎找不到落脚的地方。这就是日夜梦着的自己的故乡吗？他靠在月台的柱子上冷得发抖，而那时正是杭州燠热的夏天正午。

他终于没有找到母亲的坟墓，因为"文革"时大多数人都是草草落葬，连个墓碑都没有，他只有跪在最可能埋葬母亲的坟地附近，再也按捺不住，仰天哭号起来，深深地感觉到作为人的无所归依的寂寞与凄凉，想到妻子丢下他时所说的话，这一代的中国人，不但没有机会过一个人最基本的生活，甚至连墓碑上的一个名字都找不到。

他没有立即离开故乡，甚至还依照旅游指南，去了西湖，去了岳王庙，去了灵隐寺、六和塔和雁荡山。那些在他记忆里不曾存在的地方，他却肯定在他最年小的最初，父母亲曾牵手带他走过。

印象最深的是他到飞来峰看石刻，有一尊肥胖的笑得十分开心的弥勒佛，是刻于后周广顺年间的佛像，斜躺在巨大的石壁里，挺着肚皮笑了一千多年。那里有一副对联"泉自冷时冷起，峰从飞处飞来"，传说飞来峰原是天竺灵鹫山的小岭，不知何时从印度飞来杭州。他面对笑着的弥勒佛，痛苦地想起了父母亲的后半生。一座山峰都可以飞来飞去，人间的飘泊就格外地渺小起来。在那尊佛像前，他独自坐了一个下午，直到看不见天上的白云，斜阳在峰背隐去，才起身下山，在山阶间重重地跌了一跤，那一跤这些年都在他的腰间隐隐作痛，每想到一家人的离散沉埋，腰痛就从那跌落的一处迅速窜满他的全身。

香港平和的生活并没有使他的伤痕在时间里平息，他有时含泪听九龙开往广州最后一班火车的声音，有时鼻酸地想起他成长起来的新竹，两个故乡，使他知道香港是个无根之地，和他的身世一样找不到落脚的地方。他每天在地下电车里看着拥挤着涌向出口奔走的行人，好像自己就埋在五百万的人潮中，流着流着流着，不知道要流往何处——那个感觉还是看云，天空是潭，云是无向的舟，应风而动，有的朝左流动，有的向右奔跑，有的则在原来的地方画着圆弧。

即使坐在港九渡轮上,他也习惯站在船头,吹着海面上的冷风,因为在平稳的渡轮上如果不保持清醒,有可能成为一座不能确定的浮舟。明明港九是这么近的距离,但父亲携他离乡时不也是坐着轮船的吗?港九的人已习惯了从这个渡口到那个渡口,但他经过乱离,总隐隐有一种恐惧,怕那渡轮突然在一个不知名的地方靠岸。

"香港仔"也是他爱去的地方,那里疲惫生活着的人使他感受到无比的真实,一长列重叠靠岸的白帆船,也总不知要航往何处。有一回,他坐着海洋公园的空中缆车,俯望海面远处的白帆船,白帆张扬如翅,竟使他有一种悲哀的幻觉,港九正像一艘靠在岸上、可以乘坐五百万人的帆船,随时要启航,而航向未定。

海洋公园里有几只表演的海豚是台湾澎湖来的,每次他坐在高高的看台欣赏海豚表演,就回到他年轻时代在澎湖服役的情形。他驻防的海边,时常有大量的海豚游过,这些海豚一直是渔民财富的来源。他第一次从营房休假外出到海边散步,就遇到海岸上一长列横躺的海豚,那时潮水刚退,海豚尚未死亡,背后脖颈上的气孔一张一闭,吞吐着生命最后的泡沫。他感到海豚无比的美丽,它们有着光滑晶莹的皮肤,背部是蔚蓝色,像无风时的海洋;腹部几近纯白,如同海上溅起的浪花;有的怀了孕的海豚,腹部是晚霞一般含着粉红琥珀的颜色。

渔民告诉他，海豚是胆小、聪明、善良的动物，渔民用锣鼓在海上围打，追赶它们进入预置好的海湾，等到潮水退出海湾，它们便曝晒在滩上，等待着死亡。有那运气好的海豚，被外国海洋公园挑选去训练表演，大部分的海豚则在海边喘气，然后被宰割，贱价卖去市场。

　　他听完渔民的话，看着海边一百多条美丽的海豚，默默做着生命最后的呼吸，忍不住蹲在海滩上将脸埋进双手，感觉到自己的泪，濡湿了绿色的军服，也落到海豚等待死亡的岸上。不只为海豚而哭，想到他正是海豚晚霞一般腹里的生命，一生出来就已经注定了开始的命运。

　　这些年来，父母相继过世，妻子离他远去，他不只一次想到死亡，最后救他的不是别的，正是他当军官时蹲在海边看海豚的那一幕，让他觉得活着虽然艰难，但到底是可珍惜的。他逐渐体会到母亲目送他们离乡前夕的心情，在中国人的心灵深处，别离地活着甚至还胜过团聚地等待死亡的噩运。那些聪明有着思想的海豚何尝不是这样，希望自己的后代回到广阔的海洋呢？

　　他坐在海洋公园的看台上，每回都想起在海岸喘气的海豚，几乎看不见表演，几次都是海豚高高跃起时，被众人的掌声惊醒，身上全是冷汗。看台上笑着的香港人所看的是那些外国公园挑剩的海豚，在小小的海水表演池里接受着求生的训练，逐渐忘记那些在海岸喘息的同类，也逐渐失去它们曾经拥有的广大的海洋。

澎湖的云是他见过最美的云，在高高的晴空上，云不像别的地方松散飘浮，每一朵都紧紧凝结如一个握紧的拳头，而且它们几近纯白，没有一丝杂质。

香港的云也是美的，但美在松散零乱，没有一个重心，它们像海洋公园的海豚，因长期豢养而肥胖了。也许是海风的关系，香港云朵飞行的方向也不确定，常常右边的云横着来，而左边的云却直着走了。

毕竟他还是躺在维多利亚山看云，刚才他所注视的那一群云朵，正在通过山的凹处，一朵一朵有秩序地飞进去，不知道为什么跟在最后的一朵竟离开云群有些远了，等到所有的云都通过山凹，那一朵却完全偏开了航向，往岔路绕着山头，也许是黄昏海面起风的关系吧，那云越离越远，向不知名的所在奔去。

这是他看云极少有的现象，那最后的一朵云为何独独不肯顺着前云飞行的方向，它是在抗争什么的吧，或者它根本就仅仅是迷路的一朵云。顺风的云像是写好的一首流浪的歌曲，而迷路的那朵就像滑得太高或落得太低的一个音符，把整首稳定优美的旋律，带进一种深深孤独的错误里。

夜色逐渐涌起，如茧一般地包围着那朵云，慢慢地，慢慢地，将云的白吞噬了，直到完全看不见了。他忧郁地觉得自己正是那朵云，因为迷路，连最后的抗争都被淹没了。

坐铁轨缆车下山时，港九遥远辉煌的灯火已经亮起，在向他招手。由于车速,冷风从窗外掼着他的脸,他一抬头,看见一轮苍白的月亮,剪贴在墨黑的天空,在风里是那样的不真实。回过头,在最后一排靠右的车窗玻璃,他看见自己冰凉的流泪的侧影。

无 关 风 月

有一年冬天天气最冷的时候，我住在高雄县的佛光山上，我是去度假，不是去朝圣，每天过着与平常一样的生活，睡得很迟。

一天，我睡觉的时候忘了关窗，半夜突然下起雨刮起风，风雨打进窗来把我从沉睡中惊醒。在温热的南部，冬夜里下雨是很稀少的事，我披衣坐起，将窗户关上，竟再也不能入眠。点了灯，屋上清光一脉，桌上白纸一张，在风雨之中，暗夜中的灯光像花瓣里的清露，晶莹而温暖，我面对着那一张本来应该记录我生活的白纸，竟一个字都无法下笔。

我坐在榻榻米上，静听从远方吹来的风声，直到清晨微明的晨光照映入窗，室内的小灯逐渐灰黯下来。这时候，寺庙的晨钟当地一声破空而来，当——当——当，沉厚幽长的钟声遂一声接一声地震响了长空，我才深刻地知觉到这平时扰我清梦的钟声是如此纯明，好像人已站在极高的峰顶，那钟声却又用力拉拔，要把人超度到无限的青空之中，那是空中之音，清澈玲珑，不可凑泊；那是相中之色，羚羊挂角，无迹可循。

我推窗而立，寻觅钟声的来处，不觅犹可，一觅又使我大大地吃了一惊，只见几不可数的和尚和尼姑，都穿着整齐的铁灰色袈袈,分成两排长列,鱼贯地朝钟声走去,天上还下着小雨,他们好像无视于这尘世的风雨,一一走进了钟声的包围之中。

和尚尼姑们都挺直腰杆,微俯着头,我站在高处,看不见任何一个表情,却看到他们剃得精光的头颅在风雨迷茫中闪闪生亮;一刹那,微微的晨光好像便普照了大地。那一长串钟声这时美得惊心,仿佛是自我的心底深处发出来,然后和尚尼姑诵晨经的声音从诵经堂沉厚地扬散出来,那声音不高不低不卑不亢,使大地在苏醒中一下子祥和起来,微风吹遍,我听不清经文,却也不免闭目享受那安宁的动人的诵经声。

那真是一次伟大的经验,听晨钟,想晨经,在风雨如晦的一间小小的客房中。

对于和尚尼姑,我一向怀有崇仰的心情,这起源于我深切地知道他们原都是人世间最有情的人,而他们物外的心情是由于在人世的涛浪中醒悟到情的苦难、情的酸楚、情的无知、情的怨憎,以及情所带给人无边的恼恨与不可解,于是他们避居到远远离开人情的深山海湄,成为心体两忘的隐遁者。

可是,情到底是无涯无际的广辽,他们也不免有午夜梦回的时刻、有寂寞难耐的时刻,这时便需要转化、需要升华、需要提醒,暮鼓晨钟在午夜梦回之后的清晨,在彩霞满天、引人遐思的黄昏提醒他们,要从情的轮回中跃动出来,从无边的苦中惊觉到清净的心灵。诵经则使他们对情的牵系转化到心灵的单一之中,从一遍又一遍单调平和的声音里不断告诫、洗炼自己从人世里超脱出来。而他们的升华，乃是自人世里的小情小爱转化成为世人的大同情和大博爱。

到最后，他们只有给予，没有收受，掏肝掏肺地去爱一些从未谋面的、在人世里浮沉的人，如果真有天意、真有佛心，也许我们都曾在他们的礼赞中得到一些平和的慰安吧！

然而，日复一日的转化、升华和提醒是如此的漫长无尽，那是永远不可能有解答，永远不可能有结局的。虽然只是钟声、经声，以及人间的同情，但都不是很容易的事。

我想到人，人要从无情变成有情固然不易，要由有情修得无情或者不动情的境界，原也是这般的难呀！

苦难终会过去的，和尚与尼姑们诵完经，鱼贯地走回他们的屋子，有一位知客僧来敲我的门，要我去用早膳。这时我发现，风雨停了，阳光正在山头一边孤独的角落露出脸来。

布袋莲

七年前我租住在木栅一间仓库改成的小木屋，木屋虽矮虽破，我却因风景无比优美而觉得饶有情趣。

每日清晨我开窗向远望去，首先看到的是种植在窗边的累累木瓜树，再往前是一棵高大的榕树，榕树下有一片栽植了蔬菜的田园和花圃，菜园与花圃围绕起来的是一个大约有半亩地的小湖，湖中不论春夏秋冬，总有房东喂养的鸭鹅在其中游嬉。

我每日在好风好景的窗口写作，疲倦了只要抬头望一望窗外，总觉得胸中顿时一片清朗。

我最喜欢的是小湖一角长满了青翠的布袋莲。布袋莲据说是一种生殖力强的低贱水生植物，有水的地方随便一丢，它就长出来了，而且长得繁茂强健。布袋莲的造型真是美，它的根部是一个圆形的球茎，绿的颜色中有许多层次，它的叶子也奇特，圆弧形地卷起，好像小孩仰着头望天空吹着小喇叭。

有时候，我会捞上几朵布袋莲放在我的书桌上，它没有土地，失去了水，往往还能绿很长一段时间，而且它的枯萎也不像一般植物，它是由绿转黄，然后慢慢干去，格外惹人怜爱。

后来，我住处附近搬来一位邻居，他养了几只羊，他的羊不知为什么喜欢吃榕树的叶子，每天他都要折下一大把榕树叶去养羊。到最后，他干脆把羊绑在榕树下，爬在树上摘叶子，才短短的几个星期，榕树叶全部被摘光了，剩下光秃秃的树枝，在野风中摇摆褪色的秃枝。

我憎恨那个放羊的中年汉子。

榕树叶吃完了，他说他的羊也爱吃布袋莲。

他特别做了一支长竹竿来捞取小湖中的布袋莲，一捞就是一大把，一大片的布袋莲没有多久就全被一群羊吃得一叶不剩。我虽几次制止他而发生争执，但是由于榕树和布袋莲都是野生，没有人种它们，它们长久以来就生长在那里，汉子一句话便把我问得哑口无言："是你种的吗？"

汉子的养羊技术并不好，他的羊不久就患病了，不久，他也搬离了那里，可是我却过了一个光秃秃的秋天，每次开窗就是一次心酸。

冬天到了，我常独自一个人在小湖边散步，看不见一朵布袋莲，也常抚摸那些被无情折断的榕树枝，连在湖中的鸭鹅也没有往日玩得那么起劲。我常在夜里寒风的窗声中，远望在清冷月色下已经死去的布袋莲，辛酸得想落眼泪，我想，布袋莲和榕树都在这个小湖永远地消失了。

熬过冬天，我开始在春天忙碌起来，很怕开窗，自己躲在小屋里整理未完成的稿件。

有一日，旧友来访，提议到湖边散散步。我惊讶地发现榕树不知道什么时候萌发了细小的新芽，那新芽不是一叶两叶，而是千叶万叶，凡是曾经被折断的伤口边都冒出四五叶小小的芽，使那棵几乎枯去的榕树好像披上一件缀满绿色珍珠的外套。布袋莲更奇妙了，那原有的一角都已经扑满，还向两边延伸出去，虽然每一朵都只有一寸长，更因为低矮，使它们看起来更加缠绵，深绿还没有长成，是一片翠得透明的绿色。

我对朋友说起那群羊的故事，我们竟为了布袋莲和榕树的更生，快乐得在湖边拥抱起来，为了庆祝生的胜利，当夜我们就着窗外的春光，痛饮得醉了。

那时节，我只知道为榕树和布袋莲的新生而高兴，因为那一段日子活得太幸福了，完全不知道它有什么意义。

经过几年的沧桑创痛，我觉得情感和岁月都是磨人的，常把自己想成是一棵榕树，或是一片布袋莲，情感和岁月正牧着一群恶羊，一口一口地啃吃着我们原本翠绿活泼的心灵，有的人在这些啃吃中枯死了，有的人失败了，枯死和失败原是必有的事，问题是，东风是不是再来，是不是能自破裂的伤口边长出更多的新芽。

当然，伤口的旧痕是不可能完全复合的，被吃掉的布袋莲也不可能更生，不能复合不表示不能痊愈，不能更生不表示不能新生，任何情感和岁月的挫败，总有可以排解的办法吧！

我翻开七年前的日记，那一天酒醉后，我歪歪斜斜地写了两句话：

> 要为重活的高兴，
> 不要为死去的忧伤。

片片催零落

从小，我就是个沉默但好奇的孩子，有什么好玩的事总是瞒着父母奔跑去看，譬如听说哪里捕到一条五脚的乌龟，我是冒着被人踩扁的危险，也要钻到人丛中见识见识；有时候听到什么地方卖膏药的人会"杀人种瓜"的法术，我马上就背起书包，课也不上了，跑去一探究竟。爸爸妈妈常常找不到我，因为他们找我去买酱油的时候，说不定我正躲在公园的树上看情侣们的亲密行为。

我的这种个性，使我仿佛比同年纪的同学来得早熟一些。我小时候朋友不多，有的只是一起捣鸟巢、抓泥鳅、放风筝的那一伙，还有一起去赶布袋戏、歌仔戏、捡戏尾仔的那一票，谈不上有几个知心的朋友。我总觉得自己思想比他们高深一些，见识比他们广博一些。

小学四年级的时候，我们家附近一位大户人家要捡骨换坟，几天前我就在大人们的口中暗记下日期和地点。时间到的那一天，我背起书包装出若无其事地去上学，走到一半我就把书包埋在香蕉园中，折往坟场的方向去看热闹。

在我们乡下，捡骨是一件不小的事，要先请风水师来看风水，选定黄道吉日，做一场浩浩荡荡的法事，然后挖坟、开棺、捡骨，最后才重新觅地安葬。我到坟场的时候，已经聚集了很多严肃着面孔的大人，为了怕被发现，我就躲在山上的高处静静观看。

那时候棺材已经被挖出来了，正正摆在坟坑旁边画线的位子里，我看着那一个红漆已经剥落得差不多的棺木，原来在喃喃私语的大人们一下子安静下来，等待道士做完法事的开棺典礼，终于，道士在地上喷出了最后一口水，开棺的时刻到了。

咿呀一声，棺木的盖子被两个大汉用力掀开了，哗，山下传来一声喊叫到一半突然刹住的惊呼声，我张眼一看，大吃一惊，原来那被掘出来的老婆婆的容颜竟还像活着一般，她灰白的头发梳理得整整齐齐，灰白的脸容有一层缩皱的皮，身上穿的是暗蓝色的袍子，滚着细细的红边，颜色还鲜艳得如同新缝一般。所有的人停止了一切声息，我则是真的被吓呆了。那时清晨的瑞光大道，正满铺在坟地里，现出一个诡异精灵的世界。

　　正在我出神的当儿，听到有人呼喝我的名字，猛一回头，突然看到我四年级的级任老师站在背后的山下喊我，他一定是在同学的告密下来逮捕我了。我几乎是反射地跳了起来，往前奔逃而去。边跑我还边回头看那一位棺中的老妇，眼前的景象更是骇异，老妇的头发和面皮都褪落了，只剩下一颗光秃秃的头颅；她的衣裳也碎成一片一片围绕在棺里的四周，仅剩摆得端端正正的一副白骨；我揉揉眼睛再看，还是那个景象。从我回头看到老师，再转头看老妇之间不到一分钟的时间，竟是天旋地转，人天各异。

　　回家后，我病了两个星期，不省人事，脑中一片空白，只是老妇瞬间的变化不断地浮出来。最后还是我的级任老师来探望我，解释了半天的氧化作用，我的心情才平静，病情也开始有了起色。可是，这件事却使我对"不朽"的看法留下一个深刻的疑点，长得越大，那疑点竟如泼墨一般，一天比一天涨大。

　　后来我读到了佛家有所谓"白骨观"的说法，人的皮囊真是脆弱无比，阳光一射，野风一吹，马上就化去了，只留下一堆白骨。有时翠竹尽是真如，有时黄花绝非般若，到终了，什么都不是了。寒山有诗说："万境俱泯迹，方见本来人。"恐怕，白骨才是本来的人吧。

人既是这样脆弱，一片片地凋落着，从人而来的情爱，苦痛，怨憎，喜乐，嗔怒，是多么的无告呢？当我们觅寻的时候，是茫茫大千，尽十万世界觅一人为伴不得；当我们不觅的时候，则又是草漫漫的、花香香的、阳光软软的，到处都有好风漫上来。

这实在是个千古的谜题，风月不可解，古柏不可解，连三更初夜历历孤明的寒星也不可解。

我最喜爱的一则佛经的故事说不定可解：

> 梵志拿了两株花要供佛。
>
> 佛曰："放下。"
>
> 梵志放下两手中的花。
>
> 佛更曰："放下。"
>
> 梵志说："两手皆空，更放下什么？"
>
> 佛曰："你应当放下外六尘，内六根，中六识，一时拾却。到了没有可以拾的境界，也就是你免去生死之别的境界。"

佛山无影水

住在树林镇的朋友来看我,提来三桶水,每桶三十公升。

看到朋友满头大汗地提水进来,在这么燠热的天气,使我不忍。

"这么远,提水来干什么呢?"

朋友说:"上次来你家喝茶,发现你只有好茶,没有好水,找了一些好水来配你的好茶。"

朋友所提来的"好水"是生产在三峡镇佛山里自然涌出的矿泉,水质非常甘美,而且整座佛山未被污染,是台湾少见的纯净水源。

我们当场就用"佛山的水"泡茶,果然茶汤的颜色和茶味就完全不同了,好水使茶的好滋味加倍地发散出来,这使我想起陆羽为什么要走遍天下,来为茶水分等级了。

朋友说:"真不好意思,没有什么贵重的东西送给林先生,竟送了这么粗贱的水。"

我说:"快别这么说,我们台湾人说'诚意吃水会甜',何况水是无价之宝,我觉得受之有愧呢!"

由于有好茶、好水、好朋友,那个午后给我们留下了美好的回忆。

不仅如此,这几个树林镇的朋友,每隔一段时间就给我载几桶水来,使我的"佛山水"不虞匮乏。

有一天,朋友说:"林先生,愿不愿意到佛山去走走呢?"

"当然愿意。"长期地喝着佛山的水,对佛山不仅生起因缘之感,也充满了向往。

我们终于远离尘嚣,越走越深,越走越高,走到一个人迹稀少的山顶,车子绕了一圈,佛山顶上美丽的佛山精舍就展现在眼前了。

佛山精舍的住持出来迎接我们,门口有一些排队汲水的人,他们都是风闻佛山的水质甘美,从各地赶来提水,有的甚至整卡车载回山下。

佛山因为涌泉不断,因此不管提多少水都是免费的。

住持说:"借着佛山水与众生结个云水因缘吧!"

佛山精舍缘山而建,全用石头砌成,屋前的平台正对着西方落日,山谷纵连,美景殊胜,我说:"如果每天坐在这个平台做净土十六观是最好不过了。"

当我们坐望落日、浑然忘我的时候,住持采来了山后自种的李子,红色的李子中好像包着整个佛山的水汽,多汁而饱满。

住持说:"佛山以李子和水闻名,另外三样东西也很稀有难得,一个是萝卜,一个是竹笋,一个是嫩姜,全是脆甜多汁,常有人误以为吃到梨子。"

我说:"这三样不如就叫'佛山三梨'吧!"

大家听了开心，就起哄，请我为佛山的水取个名字，我灵机一动，说："不如就叫'佛山无影水'吧！"

大家齐说："妙极了！妙极了！但这个名字是什么意思？"

我说，黄飞鸿的"佛山无影脚"天下知名，希望"佛山无影水"也能广为天下人所知。

其次，最好的水应该是"无影无迹"、毫无杂质，佛山的水当之无愧。

其三，佛山既是佛教道场，希望众生自由自在、解脱无碍，无影则无执着，但愿众生喝了这一"佛山无影水"都能打破执着、超越障碍！

住持留我们在佛山一宿，因我们有要事必须下山，只能留下晚餐，吃到了"佛山无影水"灌溉而种出来的竹笋、高丽菜苗、地瓜叶，样样都有说不出的美味。

我们在西方落日的照映中道别佛山，远远望去，佛山就像佛首一样，庄严、宏伟、有光辉。

满车的"佛山无影水"在颠簸摇动中，发出窸窸沙沙的声音，我想到在台湾到处都有这样的好山好水，只可惜很少人愿意珍惜。这样想的时候，夕阳正从西山沉落，万山寂寂，只有晚蝉拉着一声急过一声的长音，仿佛在唱：在这个饱受污染的岛，佛山水是弥足珍贵的。

生命的酸甜苦辣

朋友请我吃饭,餐桌有一道菜是生炒苦瓜,一道是糖醋豆腐,一道是辣椒炒干丝。我看了桌上的菜不禁莞尔,说:"今天酸甜苦辣都到齐了。"朋友仔细看看桌上的菜,不禁拍案大笑。

这便我想到,即使是植物,也各有各的特性:甘蔗是头尾皆甜,柠檬则里外是酸,苦瓜是连根都苦,辣椒则中边全辣,它们这种特性,经过长时间的藏放也不失去,即使将它碎为微尘粉末,其性也不改。还有一些做药材的植物,不管制成汤、膏、丸、散,或经长久的熬煮,特质也不散灭。

我们生活中的心酸、甜蜜、苦痛、辛辣种种滋味,不亦如植物的特性吗?一旦我们品尝过了,似乎就永不失去。在我们的生命情境中,有很多时候,是酸甜苦辣同时放在一桌的,一个人不可能永远挑甜的吃,偶尔吃点苦的、辣的、酸的,有助于我们品味人生。

在酸甜苦辣的生命经验更深刻之处,有没有更真实的本质呢?

若说柠檬以酸为本性,辣椒以辣为本性,甘蔗以甜为本性,苦瓜以苦为本性,那么人的本性又是什么呢?

我们常说"这个人本性不良",或"那个人本性善良",可是,我们常看到素性不良的人改邪归正,又常见到公认本性良善的人却堕落了。这种本性似乎是"可转"、"能改变"的，因此我们语言上所说的"本性"，事实上只是一种"熏习"，是习气的长期熏染而表现在外的，并不是最深刻的自我。

习气，是一种莫名其妙的偏执，正如嗜吃辣椒与柠檬的人，说不出是什么原因。但人生的一切烦恼正是由这种偏执而产生，偏执是可矫正的，矫正的方法就是中道，例如柠檬虽是至酸之物，若与甘蔗汁中和，就变得非常的可口。去除习气只有利用中和的方法，人最大的习气不外乎是贪、瞋、痴，贪应该以"戒"来中和，瞋应该以"定"来中和，痴应该以"慧"来中和。一个人时时能中和自己的习气，就能坦然地面对生活，不至于被习气所左右。

我国有一个有名的民间传说，相传汉朝有一位姓孟的女子，幼读儒书，长大学佛，普遍得到乡里的敬爱，年老以后被称为"孟婆"。她死后成为幽冥之神，建了一座"醖忘台"，在阴阳之界投胎必经之路。孟婆取甘、苦、酸、辛、咸五味做成一种似酒非酒的汤，称为"孟婆汤"，投胎的人喝了这种汤就完全忘记前世，然后走入今生甘苦酸辛咸的旅程。

传说每一个魂魄入胎之前，各种滋味都要尝一点才能投胎，这是为什么人人都要在一生遍尝五味的缘由。传说又说，有的人甜汤喝多了，日子就过得好些；有的人苦汁喝得多，这一生就惨兮兮。

"孟婆汤"的传说非常有趣，启示我们：既然投生为人，就不可能全是甜头，生命里是有各种滋味的。

甘、苦、酸、辛、咸既是人生的五味，我们就难以只拣甜的来吃，别的滋味也多少会尝一些，如果是不可避免的，就欢喜地吃吧！

想想看，人生如果是一桌宴席，上桌的菜若都是蛋糕、甜汤，也是非常可怕的呀！

黄 昏 菩 提

我喜欢黄昏的时候在红砖道上散步,因为不管什么天气,黄昏的光总让人感到特别安静,能较深刻省思自己与城市共同的心灵。但那种安静只是心情的,只要心情一离开或者木棉或者杜鹃或者菩提树,一回头,人声车声哗然醒来,那时候就能感受到城市某些令人忧心的品质。

这种品质使我们在吵闹的车流里,有一种难以言喻的寂寞;在奔逐的人群与闪亮的霓虹灯里,我们更深地体会了孤独;在美丽的玻璃帷幕明亮的反光中,看清了这个大城冷漠的质地。

居住在这个大城,我时常思索着怎样来注视这个城,怎样找到它的美,或者风情,或者温柔,或者什么都可以。

有一天我散步累了,坐在建国南路口,就看见这样的场景,疾驰的摩托车撞上左转的货车,因挤压而碎裂的铁与玻璃,和着人体撕伤的血泊,正好喷溅在我最喜欢的一小片金盏花的花圃上。然后刺耳的警笛与救护车,尖叫与围拢的人群,堵塞与叫骂的司机……好像一团碎铁屑,因磁铁辗过而改变了方向,纷乱骚动着。

对街那头并未受到影响,公车牌下等候的人正与公车司机大声叫骂。一个气喘吁吁的女人正跑步追赶着即将开动的公车。小学生的纠察队正对不肯停的计程车吐口水。穿西装的绅士正焦躁地把烟蒂猛然踩扁在脚下。

这许多急促的喘着气的画面，几乎难以相信是发生在一个可以非常美丽的黄昏。

惊疑、焦虑、匆忙、混乱的人，虽然具有都市人的性格，生活在都市，却永远见不到都市之美。

更糟的是无知。

有一次在化巾，举办着花卉大餐，人与人互相压挤践踏，只是为了抢食刚剥下的玫瑰花瓣，或者涂着沙拉酱的兰花。抢得最厉害的，是一种放着新鲜花瓣的红茶，我看到那粉红色的花瓣放进热气蒸腾的茶水，瞬间就萎缩了，然后沉落到杯底，我想，那抢着喝这杯茶的人不正是那一瓣花瓣吗？花市正是滚烫的茶水，它使花的美丽沉落，使人的美丽萎缩。

我从人缝穿出，看到五尺外的安全岛上，澎湖品种的天人菊独自开放着，以一种卓绝的不可藐视的风姿，这种风姿自然是食花的人群所不可知的。天人菊名声比不上玫瑰，滋味可能也比不上，但它悠闲不为人知的风情，却使它的美丽有了不受摧折的生命。

悠闲不为人知的风情，是这个都市最难能的风情。有一次参加一个紧张的会议，会议上正纷纭地揣测着消费者的性别、年龄、习惯与爱好：什么样的商品是十五到二十五岁的人所要的？什么样的资讯最适合这个城市的青年？什么样的颜色最能激起购买欲？什么样的抽奖与赠送最能使消费者盲目？而用什么形式推出，才是我们的卖点和消费者情不自禁的买点？

后来，会议陷入了长长的沉默，灼热的烟雾弥漫在空调不敷应用的会议室里。

我绕过狭长的会议桌，走到长长的只有一面窗的走廊透气，从十四层的高楼俯视，看到阳光正以优美的波长，投射在春天的菩提树上，反射出一种娇嫩的生命之骚动，我便临时决定不再参加会议，下了楼，轻轻踩在红砖路上，听着欢跃欲歌的树叶长大的声音，细微几至不可听见。回头，正看到高楼会议室的灯光亮起，大家继续做着灵魂烧灼的游戏，那种燃烧使人处在半疯的状态，而结论却是必然的：没有人敢确定现代的消费者需要什么。

我也不敢确定，但我可以确定的是，现代人更需要诚恳的、关心的沟通，有情的、安定的讯息。就像如果我是春天这一排被局限在安全岛的菩提树，任何有情与温暖的注视，都将使我怀着感恩的心情。

生活在这样的都市里，我们都是菩提树，拥有的土地虽少，勉力抬头仍可看见广大的天空；我们虽有常在会议桌上被讨论的共相，可是我们每天每刻的美丽变化却不为人知。"一棵树需要什么呢？"园艺专家在电视上说，"阳光、空气和水，还有一点点关心。"

活在都市的人也是一样的吧！除了食物与工作，只是渴求着明彻的阳光,新鲜的空气,不被污染的水,以及一点点有良知的关心。

"会议的结果怎么样?"第二天我问一起开会的人。

"销售会议永远不会有正确的结论,因为没有人真正了解十五到二十五岁现代都市人的共同想法。"

如果有人说:我是你们真正需要的!

那人不一定真正知道我们的需要。

有一次在仁爱小学的操场政见台上,连续听到五个人说:"我是你们真正需要的。"那样高亢的呼声带着喝彩与掌声如烟火在空中散放。我走出来,看见安和路上黑夜的榕树,感觉是那样的沉默、那样的矮小,忍不住问它说:"你真正的需要是什么呢?"

我们其实是像那沉默的榕树一样渺小,最需要的是自在地活着,走路时不必担心亡命的来车,呼吸时能品到空气的香甜,搭公车时不失去人的尊严,在深夜的黑巷中散步也能和陌生人微笑招呼,时常听到这个社会的良知正在觉醒,也就够了。

我更关心的不是我们需要什么,而是青年究竟需要什么。十五到二十岁的,难道没有一个清楚的理想,让我们在思索推论里知悉吗?

我们关心的都市新人种,他们耳朵罩着随身听,过大的衬衫放在裤外,即使好天他们也罩一件长到小腿的黑色神秘风衣。少女们则全身燃烧着颜色一样,黄绿色的发,红蓝色的衣服,黑白的鞋子，当他们打着拍子从我面前走过，就使我想起童话里跟随王子去解救公主的人物。

新人种的女孩，就像敦化南路圆环的花圃上，突然长出一株不可辨认的春花，它没有名字，色彩怪异，却开在时代的风里。男孩们则是忠孝东路刚刚修剪过的路树，又冒出了不规则的枝丫，轻轻地反抗着剪刀。

最流行的杂志上说，那彩色的太阳眼镜是"燃烧的气息"，那长短不一染成红色的头发是"不可忽视的风格之美"，那一只红一只绿的布鞋是"青春的两只眼睛"，那过于巨大不合身的衣服是"把世界的伤口包扎起来"，而那些新品种的都市人则被说成是"青春与时代的领航者"。

这些领航的大孩子，他们走在五线谱的音符上，走在调色盘的颜料上，走在电影院的看板上，走在虚空的玫瑰花瓣上，他们连走路的姿势，都与我年轻的时代不同了。

我的青年时代，曾经跪下来嗅闻泥土的芳香，因为那芳香而落泪；曾经热烈争辩国族该走的方向，因为那方向而忧心难眠；曾经用生命的热血与抱负写下慷慨悲壮的诗歌，因为那诗歌燃烧起火把互相传递。曾经，曾经都已是昨日，而昨日是西风中凋零的碧树。

"你说你们那一代忧国忧民，有理想有抱负，我请问你，你们到底做了什么了不起的大事？"一位西门町的少年这样问我。我们到底做了什么了不起的大事？拿这个问题问飘过的风，得不到任何回答；问路过的树，没有一棵摇曳；问满天的星，天空里有墨黑的答案。这是多么可惊的问题，我们这些自谓有理想有抱负忧国忧民的中年，只成为黄昏时稳重散步的都市人；那些不知道有明天而在街头热舞的少年，则是半跑半跳的都市人——这中间有什么差别呢？

有一次，我在延吉街花市，从一位年老的花贩口里找到一些答案，他说："有些种子要做肥料，有些种子要做泥土，有一些种子是天生就要开美丽的花。"

农人用犁耙翻开土地，覆盖了地上生长多年的草，草很快地成为土地的一部分。然后，农人在地上撒一把新品种的玫瑰花种子，那种子发芽抽茎，开出最美的璀璨之花。可是没有一朵玫瑰花知道，它身上流着小草的忧伤之血；也没有一朵玫瑰记得，它的开放是小草舍身的结晶。

我们这一代没有做过什么大事，我们没有任何功勋给青年颂歌，就像一株卑微的小草一样，曾经在风中生长，在地底怀着热血，在大水来时挺立，在干旱的冬季等待春天，在黑暗的野地里仰望明亮的天星，像一株卑微的小草一样，这算什么功勋呢？土地上任何一株小草不都是这样活着的吗？

所以，我们不必苛责少年，他们是天生就来开美丽的花，我们半生所追求的不也就是那样吗？无忧地快乐地活着。我们的现代是他们的古典，他们的朋克何尝不是明天的古典呢？且让我们维持一种平静的心情，就欣赏这些天生的花吧！

光是站在旁边欣赏，好像也缺少一些东西。有一次散步时看到工人正在仁爱路种树，他们先把树种在水泥盆子里，再把盆子埋入土中，为什么不直接种到土地里呢？我疑惑着。

工人说："用盆子是为了限制树的发展，免得树根太深，破坏了道路、水管和地下电缆；也免得树长得太高，破坏了电线和景观。"

原来，这是都市路树的真相，也是都市青年的真相。

我们是风沙的中年，不能给温室的少年指出道路，就像草原的树没有资格告诉路树，应该如何往下扎根、往上生长。路树虽然被限制了根茎，但它们有自己的风姿。

那样的心情，正如同有一个晚秋的清晨，我发现路边的马缨丹结满了晶莹露珠，透明得没有一丝杂质的露珠停在深绿的叶脉上，那露水，令我深深感动，不只是感动那种美，还惊奇于都市的花草也能在清晨有这样清明的露。

那么，我们对都市风格、人民品质的忧心是不是过度了呢？

都市的树也是树，都市人仍然是人。

凡是树，就会努力生长；凡是人，就不会无端堕落。

凡是人，就有人的温暖；凡是树，就会有树的风姿。

树的风姿，最美的是敦化南北路上的枫香树吧！在路边的咖啡屋叫一杯上好的咖啡，从明亮的落地窗望出去，深深感到那些安全岛上的枫香树，风情一点也不比香榭里舍大道的典雅逊色，虽然空气是脏了一点，交通是乱了一点，喇叭与哨子是吵了一点，但枫香树是多么可贵，犹自那样青翠、那样宁谧、那样深情，甚至那样有一种不可言说的傲骨，不肯为日渐败坏的环境屈身。

尤其是黄昏时分，阳光的金粉一束束从树梢间穿过，落在满地的小草上，有时目光随阳光移动，还可以看到酢浆草新开的紫色小花，嫩黄色的小蛱蝶在花上飞舞，如果我们用画框框住，就是印象派中最美丽的光影了。可惜有很多人在都市生活了辈了，总是匆忙地走来走去，从来没有看过这种美。

枫香之美、都市人之品质、都市之每株路树，虽各有各的风情，其实都是渺小的。有一回我登上郊外的山，反观这黄昏的都城，发现它被四面的山手拉手环抱着，温柔的夕阳抚触着城市的每一个角落，天边朗朗升起万道金霞，这时，一棵棵树不见了，一个个人也不见了，只看到互相拥抱的楼宇、互相缠绵的道路。城市，在那一刻，成为坐着沉思的人，它的污染拥挤肮脏都不见了，只留下繁华落尽的一种清明壮大庄严之美。

回望我所居的城市，这座平常使我因烦厌而去寻找细部之美的城，当时竟陪我跨越尘沙，照见了一些真实的大块的面目。那一天我在山顶上坐到辉煌的灯火为城市戴着光环才下山，下山时还感觉到美正一分一分地升起。

我们如果能回到自我心灵真正的明净，就能拂拭蒙尘的外表，接近更美丽单纯的内里,面对自己是这样,面对一座城市时不也是这样吗?清晨时分,我们在路上遇到全然陌生的人,互相点头微笑,那时我们的心是多么清明温情呀!我们的明净可以洗清互相的冷漠与污染,同时也可以洗涤整个城市。

如果我们的心足够明净,还会发现太阳离我们很近,月亮离我们很近,星星与路灯都放着光明,簇拥我们前行。

就像有一天我在仁爱路的菩提树上,发现了一个小红蚂蚁的窝,它们缓缓在春天的菩提枝丫上蠕动,充满了生命清新的力量,正伸出触角迎接经过漫长阴雨之后都城的新春。

对我们来说,那乱车奔驰的路侧,是不适于生存,甚至不适宜站立的;可是对菩提树,它们努力站立,长出干净的新绿;对小红蚂蚁,它们自在生存,欣然迎接早春;我们都是一样,是默默不为人知、在都市的脉搏里流动的一丝清明之血。

从有蚂蚁窝的菩提树阴走到阳光浪漫的黄昏,我深深地震动了,觉得在乡村生活的人是生命的自然,而在都市里生活的人,更需要一些古典的心情、温柔的心情,一些经过污染还能沉静的智慧。这株黄昏的菩提树,树中的小蚂蚁,不是与我一起在通过污染、面对自己古典、温柔、沉静的心情吗?

黄昏时,那一轮金橙色的夕阳离我们极远极远,但我们一发出智慧的声音,它就会安静地挂在树梢上,俯身来听,然后我感觉,夕阳只是个纯真的孩子,它永远不受城市的污染,它的清明需要一些赞美。

每天我走完了黄昏的散步,将归家的时候,我就怀着感恩的心情摸摸夕阳的头发,说一些赞美与感激的话。

感恩这人世的缺憾,使我们警醒不至于堕落。

感恩这都市的污染,使我们有追求明净的智慧。

感恩那些看似无知的花树,使我们深刻地认清自我。

最大的感恩是,我们生而为有情的人,不是无情的东西,使我们能凭借情的温暖,走出或冷漠或混乱或肮脏或匆忙或无知的津渡,找到源源不绝的生命之泉。

听完感恩与赞美,夕阳就点点头,躲到群山之背面,只留下满天羞红的双颊。

飞鸽的早晨

哥哥在山上做了一个捕鸟的网,带他去看有没有鸟入网。

他们沿着散满鹅卵石的河床,那时正是月桃花开放的春天,一路上月桃花微微的乳香穿过粗野的山林草气,随着温暖的风在河床上流淌。随后,他们穿过一些人迹罕到的山径,进入生长着野相思林的山间。

在路上的时候,哥哥自豪地对他说:"我的那面鸟网仔,飞行的鸟很难看见,在有雾的时候逆着阳光就完全看不见了。"

看到网时,他完全相信了哥哥的话。

那面鸟网布在山顶的斜坡,形状很像学校排球场上的网,狭长形的,大约有十米那么长,两旁的网线系在两棵相思树干上,不仔细看,真是看不见那面网。但网上的东西却是很真切地在扭动着,哥哥在坡下就大叫:"捉到了!捉到了!"然后很快地奔上山坡。他拼命跑,尾随着哥哥。

跑到网前,他们喘着大气,才看清哥哥今天的收获不少,网住了一只鸽子、三只麻雀,它们的脖颈全被网子牢牢扣死,却还拼命地在挣扎。"这网子是愈扭动扣得愈紧。"哥哥得意地说,把两只麻雀解下来交给他。他一手握一只麻雀,感觉到麻雀高热的体温，麻雀怦怦慌张的心跳也从他手心传了过来，他忍不住同情地注视刚从网子解下的麻雀，它们正用力地呼吸着，发出像人一样的吁吁之声。

吁吁之声在教室里流动，他和同学大气也不敢喘，静静地看着老师。

老师正靠在黑板上，用历史课本掩面哭泣。

他们那一堂历史课正讲到南京大屠杀，老师说到日本兵久攻南京城不下，后来进城了，每个兵都执一把明晃晃的武士刀，从东门杀到西门，从街头砍到巷尾，最后发现这样太麻烦了，就把南京的老百姓集合起来挖壕沟，挖好了跪在壕沟边，日本兵一刀一个，刀落头滚，人顺势前倾栽进沟里，最后用新翻的土掩埋起来。

"民国二十六年十二月十三日，你们必须记住这一天，日本兵进入南京城，烧杀奸淫，我们中国老百姓，包括妇女和小孩子，被惨杀而死的超过三十万人……"老师说着，他们全身的毛细孔都张开，轻微地颤抖着。

说到这里，老师叹息一声说："在那个时代，能一刀而死的人已经是最幸运了。"

老师合起历史课本，说她有一些亲戚住在南京，抗战胜利后，她到南京去寻找亲戚的下落，十几个亲戚竟已骸骨无存，好像从来没有在这个世界存在过，她在南京城走着，竟因绝望的悲痛而昏死过去……

老师的眼中升起一层雾，雾先凝成水珠滑落，最后竟掩面哭了出来。

老师的泪，使他们仿佛也随老师到了那伤心之城。他温柔而又忧伤地注视这位他最敬爱的历史老师。老师挽了一个发髻，露出光洁美丽饱满的额头，她穿一袭蓝得像天空一样的旗袍，肌肤清澄如玉，她落泪时是那样凄楚，又是那样美。

老师是他那时候的老师里唯一来自北方的人，说起国语来水波灵动，像小溪流过竹边。他常坐着听老师讲课而忘失了课里的内容，就像听见风铃叮叮摇曳。她是那样秀雅，很难让人联想到那烽火悲歌的时代，但那是真实的呀！最美丽的中国人也从炮火里走过！

说不出为什么，他和老师一样心酸，眼泪也落了下来，这时，他才听见同学们都在哭泣的声音。

老师哭了一阵，站起来，细步急走地出了教室。他望出窗口，看见老师从校园中两株相思树间穿过去，蓝色的背影在相思树中隐没。

哥哥带他穿过一片浓密的相思林，拨开几丛野芒花。

他才看见隐没在相思林中用铁丝网围成的大笼子，里面关了十几只鸽子，还有斑鸠、麻雀、白头翁、青笛儿，一些唧唧喳喳的小鸟。

哥哥讨好地说："这笼子是我自己做的，你看，做得不错吧?"他点点头。哥哥把笼门拉开,将新捕到的鸽子和麻雀丢了进去。他到那时才知道,为什么哥哥一放学就往山上跑的原因。

哥哥大他两岁,不过在他眼中,读初中一年级的哥哥已像个大人。平常,哥哥是不屑和他出游的,这一次能带他上山,是因为两星期前他们曾打了一架,他立志不与哥哥说话,一直到那天哥哥说愿意带他到山上捕鸟,他才让了步。

"为什么不把捕到的鸟带回家呢?"他问。

"不行的,"哥哥说,"带回家会挨打,只好养在山上。"

哥哥告诉他,把这些鸟养在山上,有时候带同学到山上烧烤小鸟吃,那真是人间的美味。在那样物质匮乏的年代,烤小鸟对乡下孩子确有很大的诱惑。

他也记得,哥哥第一次带两只捕到的鸽子回家烧烤,被父亲毒打的情景,那是因为鸽子的脚上系着两个脚环,父亲看到脚环时大为震怒,以为哥哥是偷来的。父亲一边用藤条抽打哥哥,一边大声吼叫:"我做牛做马饲你们长大,你却去偷人家的鸽子杀来吃!"

"我做牛做马饲你们长大,你却……"这是父亲的口头禅,每次他们犯了错,父亲总是这样生气地说。

做牛做马,对这一点,他记忆中的父亲确实是牛马一样日夜忙碌的,并且他也知道父亲的青少年时代过得比牛马都不如,他的父亲,是从一个恐怖的时代活存过来的。父亲的故事,他从年幼就常听父亲提起。

父亲生在日据时代的晚期，十四岁时就被以"少年队"的名义调到左营桃仔园做苦工，每天凌晨四点开始工作直到天黑，做最粗鄙的工作。十七岁，他被迫加入"台湾总督府勤行报国青年队"，被征调到"雾社"，及更深山的"富士社"去开山，许多人掉到山谷死去了，许多人体力不支死去了，还有许多人是在精神折磨里无声无息地死去了，和他同去的中队有一百多人，活着回来的只有十一个。

他小学一年级第一次看父亲落泪，是父亲说到在"勤行报国青年队"时每天都吃不饱，只好在深夜跑到马槽，去偷队长喂马的饲料，却不幸被逮住了，差一点活活被打死。父亲说："那时候，日本队长的白马所吃的粮，比我们吃得还好，那时我们台湾人真是牛马不如呀！"说着，眼就红了。

二十岁，父亲被调去"海军陆战队"，转战太平洋，后来深入中国内地。据父亲说最后的两年过得鬼也不如，父亲在求生不能求死不得的战火中过了五年，最后日本投降，他也随日本军队投降了。父亲以"日籍台湾兵"的身份被遣送回台湾，与父亲同期被征调的台湾籍日本兵有二百多人，活着回到家乡的只有七个。

"那样深的仇恨，都能不计较，真是了不起的事呀！"父亲感慨地对他们说。

那样深的仇恨，怎样去原谅呢？

这是他幼年时代最好奇的一段，后来他美丽的历史老师，在课堂上用一种庄严明澈的声音,一字一字朗诵了那一段历史:"我中国同胞们须知'不念旧恶'及'与人为善'为我民族传统至高至贵之德行。我们一贯声言,我们只认日本黩武的军阀为敌,不以日本的人民为敌。今天敌军已被我们盟邦共同打倒了,我们当然要严密责成他忠实执行所有的投降条款。但是,我们并不要报复,更不可对敌国无辜人民加以污辱。我们只有对他们为他的纳粹军阀所愚弄所驱迫而表示怜悯,使他们能自拔于错误与罪恶。要知道,如果以暴行答复敌人以前的暴行,以侮辱来答复他们从前错误的优越感,则冤冤相报,永无终止,绝不是我们仁义之师的目的。"

听完那一段,他虽不能真切明白其中的含义,却能感觉到字里行间那种宽广博大的悲悯,尤其是最后"仁义之师"四个字使他的心头大为震动。在这种震动里面,课室间流动的就是那悲悯的空气,庄严而不带有一丝杂质。

老师朗读完后,轻轻地说:"那时候,全国都弥漫着仇恨与报复的情绪,虽然说被艰苦得来的胜利所掩盖,但如果没有当时中国政府表明这种态度,留在中国的日本人就不可收拾了。"

老师还说,战争是非常不幸的,只有亲历战争悲惨的人,才知道胜利与失败同样的不幸。我们中国人被压迫、被惨杀、被蹂躏,但如果没有记取这些,而用来报复给别人,那最后的胜利就更不幸了。

记得在上那抗战的最后一课,老师已洗清了她刚开始讲抗战的忧伤,是那么明净,仿佛是卢沟桥新雕的狮子,周身浴在一层透明的光中。那是多么优美的画面,他当时看见老师的表情,就如同供在家里佛案上的白瓷观音。

他和哥哥打架时,深切知道宽容仇恨是很困难的,何况是千万人的被屠杀?可是在那些仇恨者中,有他最敬爱的父亲,他就觉得那对侵略者的宽容是多么伟大而值得感恩。

老师后来给他们说了一个故事,是他永远不能忘记的:

有一只幼小的鸽子,被饥饿的老鹰追逐,飞入林中,这时一位高僧正在林中静坐。鸽子飞入高僧的怀中,向他求救。高僧抱着鸽子,对老鹰说:

"请你不要吃这只小鸽子吧!"

"我不吃这只鸽子就会饿死了,你慈悲这鸽子的生命,为什么不能爱惜我的生命呢?"老鹰说。

"这样好了,看这鸽子有多重,我用身上的肉给你吃,来换取它的生命,好吗?"

老鹰答应了高僧的建议。

高僧将鸽子放在天平的一端,然后从自己身上割取同等大的肉放在另一端,但是天平并没有平衡。说也奇怪,不论高僧割下多少肉,都没有一只幼小的鸽子重,直到他把股肉臂肉全割尽,小鸽站立的天平竟没有移动分毫。

最后,高僧只好竭尽仅存的一口气将整个自己投在天平的一端,天平才算平衡了。

老师给这个故事做了这样的结论:"生命是不可取代的,不管生命用什么面目呈现,都有不可取代的价值,老鹰与鸽子的生命不可取代,侵略者与被侵略者也是一样的,为了救鸽子而杀老鹰是不公平的,但天下有什么绝对公平的事呢?"

说完后,老师抬头看着远方的天空,蓝天和老师的蓝旗袍一样澄明无染,他的心灵仿佛也受到清洗,感受到慈悲有壮大的力量,可以包容这个世界。人虽然渺小,但只要有慈悲的胸怀,也能够像蓝天与虚空一般庄严澄澈,照亮世界。

上完课,老师踩着阳光的温暖走入相思树间,惊起了在枝丫中的麻雀。

黄昏时分,他忧心地坐在窗口,看急着归巢的麻雀零落地飞过。

他的忧心,是因为哥哥第二天要和同学到山上去开烧鸟大会,特别邀请了他。他突然想念起那一群被关在山上铁笼里的鸟雀,想起故事里飞入高僧怀中的那只小鸽子,想起有一次他和同学正在教室里狙杀飞舞的苍蝇,老师看见了说:"别打呀!你们没看见那些苍蝇正在搓手搓脚地讨饶吗?"

明天要不要去赴哥哥的约会呢？

去呢？不去呢？

清晨，他起了个绝早。

在阳光尚未升起的时候，他就从被窝钻了出来，摸黑沿着小径上山，一路上听见鸟雀们正在醒转的声音，在那些喃喃细语的鸟鸣声中，他仿佛听见了每天清晨上学时母亲对他的叮咛。

在这个纷乱的世间，不论是亲人、仇敌、宿怨，乃至畜生、鸟雀，都是一样疼爱着自己的儿女吧！

跌了好几跤，他才找到哥哥架网的地方。有几只早起的麻雀已落在网里，做最后的挣扎。他走上去，一一解开它们的束缚，看着麻雀如箭一般惊慌地腾上空中。

他钻进哥哥隐藏铁笼的林中，拉开了铁丝网的门，鸟们惊疑地注视着他，轻轻扑动翅翼。他把它们赶出笼子，也许是关得太久了，那些鸟在笼门口迟疑一下，才振翅飞起。

尤其是几只鸽子，站在门口半天还不肯走，他用双手赶着它们说："飞呀！飞呀！"鸽子转着墨圆明亮的眼珠，骨碌碌地看着他，试探地拍拍翅，咕咕！咕咕！咕咕地叫了几声，才以一种优美无比的姿势冲向空中，在他的头上盘桓了两圈，才往北方的蓝天飞去。

在鸽子的咕咕声中，他恍若听见了感恩的情意，于是，他静静地看着鸽子的灰影完全消失在空中。这时候第一道晨曦才从东方的山头照射过来,大地整个醒转,满山的鸟鸣与蝉声从四面八方演奏出来,好像这是多么值得欢腾的庆典。他感觉到心潮汹涌澎湃,他第一次知道自己的心那样清和柔软,像春天里初抽芽的茸茸草地。随着他放出的高飞远飏的鸽子、麻雀、白头翁、斑鸠、青笛儿,他听见了自己心灵深处一种不能言说的慈悲的消息,在整个大地里萌动涌现。

看着苏醒的大地,看着流动的早云,看着光明无限的天空,看着满天清朗的金橙色霞光,他的视线逐渐模糊了,才发现自己的眼中饱孕将落未落的泪水,心底的美丽一如晨曦照耀的露水,充满了感恩的喜悦。

横过十字街口

黄昏走到了尾端,光明正以一种难以想象的速度自大地撤离,我坐在车里等红绿灯,希望能在黑夜来临前赶回家。

在匆忙的通过斑马线的人群里,我们通常不会去注意行人们的姿势,更不用说能看见行人的脸了,我们只是想着,如何在绿灯亮起时,从人群前面呼啸过去。

就在行人的绿灯闪动、黄灯即将亮起的一刻,从斑马线的开头出现了一个特别的人影,打破了整个匆忙的画面。那是一个中年的极为苍白细瘦的妇人,她得了什么病我并不知道,但那种病偶尔我们在街角的某一处见到,就是全身关节全部扭曲,脸部五官通通变形,而不管走路或停止的时候,全身都在甩动的那一种病。

那个妇人的不同是,她病得更重,她全身扭成很多褶,就好像我们把一张硬纸揉皱丢在垃圾桶,捡起来再拉平的那个样子。她抖得非常厉害,如同冬天里在冰冷的水塘捞起来的猫抽动着全身。

当她走起来的时候,我的眼泪不能自禁地顺着眼角流了下来。

我不知道自己为何落泪,但我宁愿在眼前的这个妇人不要走路,她每走一步就往不同的方向倾倒过去,很像要一头栽到地上,而又勉力地抖动绞扭着站起,再往另一边倾倒过去,她全身的每一根骨头、每一条筋肉都不能平安地留在应该在的地方，而她的每一举步之艰难，就仿佛她的全身都要碎裂在人行道上。她走的每一步，都使我的心全部碎裂又重新组合，我从来没有在一个陌生人的身上，经验过那种重大的无可比拟的心酸。

那妇人，她的手上还努力地抓住一条绳子，绳子的另一端系在一条老狗的颈上，狗比她还瘦，每一根肋骨都从松扁的肚皮上凸了出来，而狗的右后脚折断了，吊在腿上，狗走的时候，那条断脚悬在虚空中摇晃。但狗非常安静有耐心地跟着主人，缓缓移动。这是多么令人惊吓的景象，仿佛把全世界的酸楚与痛苦都在刹那间，凝聚在病妇与跛狗的身上。

她们一步步踩着我的心走过，我闭起眼睛，也不能阻住从身上每一处血脉所涌出的泪。

我这条路上的绿灯亮了，但没有一个驾驶人启动车子，甚至没有人按喇叭，这是极少有的景况。在沉寂里，我听见了虚空无数的叹息与悲悯，我相信面对这幅景象，世上没有一个人忍心按下喇叭。

妇人和狗的路上红灯亮了，她显得更加惊慌，更着急地想横越马路，但她的着急只能从她的艰难和急切的抖动中看出来，因为不管她多么努力，她的速度也没有增加，从她的脸上也看不出什么，因为她的五官没有一个在正确的位置上，她一着急，口水竟从嘴角涎落了下来。

我们足足等了一个新的红绿灯,直到她跨上对街的红砖道,才有人踩下油门,继续奔赴到目的地去,一时之间,众车怒吼,呼啸通过。这巨大的响声,使我想起刚刚那一刻,在和平西路的这一个路口,世界是全然静寂无声的,人心的喧闹在当时当地,被苦难的景象压迫到一个无法动弹的角落。

我刚过那个路口不久,天色就整个黯淡下来,阳光已飘忽到不可知的所在,回到家,我脸上的泪痕还未完全干去。坐在饭桌前面,我一口饭也吃不下,心里全是一个人牵着一条狗从路口,一步一步,倾斜颠踬地走过。

这个世界的苦难,总是不时地从我们四周跑出来,我们意识到苦难,却反而感知了自己的渺小,感知了自己的无力,我们心心念念想着,要拯救这个世界的心灵,要使人心和平清净,希望众生都能从苦痛的深渊超拔出来,走向光明与幸福,然而,面对着这样瘦小变形的妇人与她的老弱跛足的狗时,我们能做什么呢?世界能为她做什么呢?

我感觉,在无边的黑暗里,我们只是寻索着一点点光明,如果我们不紧紧踩着光明前进,马上就会被黑暗淹没。我想起《楞严经》里的一段,佛陀问他的弟子阿难:"眼盲的人和明眼的人处在黑暗里,有什么不同呢?"

阿难说:"没有什么不同。"

佛陀说:"不同,眼盲的人在黑暗里什么也看不见,但明眼的人在黑暗里看见了黑暗,他看见光明或黑暗都是看见,他的能见之性并没有减损。"

我看见了,但我什么也不能做,我帮不上一点黑暗的忙,这是使我落泪的原因。

夜里,我一点也不能进入定境,好像自己正在扭动颤抖地横过十字街口,心潮澎湃难以静止,我没有再落泪,泪在全身的血脉中奔流。

拈花四品

不与时花竞

诵帚禅师有一首写菊的诗:

篱菊数茎随上下,无心整理任他黄。

后先不与时花竞,自吐霜中一段香。

读这首诗使人有自由与谦下之感,仿佛是读到了自己的心曲,不管这个世界如何对待我们,我只要吐出自己胸中的香气,也就够了。

在台湾乡下有时会看到野生的菊花,各种大小各种颜色的菊花,那也不是真正野生的,而是随意被插种在庭园的院子里,它们永远不会被剪枝或瓶插,只是自自然然地长大、开放与凋零,但它们不失去傲霜的本色,在寒冷的冬季,它们总可以冲破封冻,自尊地开出自己的颜色。

有一次在澎湖的无人岛上,看见整个岛已被天人菊所侵占,那遍满的小菊即使在海风中也活得那么盎然,没有一丝怨意的兴高采烈,怪不得历史上那么多诗人画家看到菊花时都要感怀自己的身世，有时候，像野菊那样痛痛快快地活着竟也是一种奢求了。

"天人菊"，多么好的名字，是菊花中最尊贵的名字，但它是没有人要的开在角落的海风中的菊花。

最美的花往往和最美的人一样，很少人能看见，欣赏。

山野的春气

带孩子到土城和三峡中间的山中去，正好是春天。这是人迹稀少的山道，石阶上还留着昨夜留下的露水。在极静的山林中，仿佛能听见远处大汉溪的声音。

这时我们看见在林木底下有一些紫色的花，正张开花瓣在呼吸着晨间流动的空气。那是酢浆草花，是这世界上最平凡的花，但开在山中的风姿自是不同，它比一般所见的要大三倍，而且颜色清丽，没有丝毫尘埃。最奇特的是它的草茎，由于土地肥满，最短的茎约有一尺，最长的抽离地面竟达三尺多。

孩子看到酢浆花神奇的美大为惊叹，我们便离开小路走进山间去，摘取遍生在山野相思树下的草花，轻轻一拈，一株长长的酢浆花就被拉拔起来。

春天的酢浆花开得真是繁盛，我们很快就采满一大束，回到家插在花瓶里，好像把一整座山的美丽与春天全带了回来，连孩子都说："从来没有看过这样美的花。"

来访的朋友也全部被酢浆花所惊艳，因为在我们的经验里几乎不能想象，一大束酢浆花之美可以冠绝一切花，这真是"乱头粗服，不掩国色"了。

酢浆花使我想起一位朋友的座右铭：在这个时代里，每个人都像百货公司的化妆品，你的定价能多高，你的价值就有多高。

紫蓝色之梦

在家乡附近有一个很优美的湖，湖水晶明清澈，在分散的几处，开着白色的莲花，我小时候时常在清晨雾露未退时跑去湖边看莲花。

有一天，不知从什么地方漂来一株矮小肥胖的植物，根、茎、叶子都是圆墩墩的，过不久再去看的时候，已经是几株结成一丛，家乡的老人说那是"布袋莲"，如果不立即清除，很快湖面就会被占满。

没想到在大家准备清除时，布袋莲竟开出一串串铃铛般的偏蓝带紫的花朵，我们都被那异样的美震住了，那些布袋莲有点像旅行中的异乡人，看不出它们有什么特殊，却带着谜样的异乡的风采。布袋莲以它美丽的花，保住了生命。

来自外地的布袋莲有着强烈繁衍的生命力，它们很快地占据整个湖面，到最后甚至丢石头到湖里都丢不进去，这时，已经没有人有能力清除它了。

当布袋莲全面开花时，仍然有摄人的美，如沉浸在紫蓝色的梦境，但大家都感到厌烦了，甚至期待着台风或大水把它冲走。

布袋莲带给我的启示是：美丽不可以嚣张，过度的美丽使人厌腻，如同百货公司的化妆品专柜一样。

马鞍藤与马蹄兰

马鞍藤是南部海边常见的植物，盛开的时候就像开大型运动会，比赛着似的，它的花介于牵牛花与番薯花之间，但比前两者花形更美，花朵更大，气势也更雄浑。

马鞍藤有着非常强盛的生命力，在海边的沙滩曝晒烈日、迎接海风甚至灌溉海水都可以存活，有的根茎藏在沙中看起来已枯萎，第二年雨季来时，却又冒出芽来。

这又美又强盛的花，在海边，竟少人会欣赏。

另外，与马鞍藤背道而驰的是马蹄兰，马蹄兰的茎叶都很饱满，能开出纯白的恍若马蹄的花朵。它必须种在气温合适、多雨多水的田里，但又怕大风大雨，大雨一下会淋破它的花瓣，大风一吹又把它的肥茎摧折。

这两种花名有如兄弟的花，却表现了完全相反的特质，当然，因为这种特质也有了不同的命运。马鞍藤被看成是轻贱的花，顺着自然生长或凋落,绝没有人会采摘;马蹄兰则被看成是珍贵的被宝爱着,而它最大的用途是用在丧礼上,被看成是无常的象征。

人生,有时像马鞍藤与马蹄兰一样,会陷入两难之境,不过现代人的选择越来越少,很少人能选择马鞍藤的生活,只好做温室的马蹄兰。

清风匝地，有声

在日本神户港，我们把汽车开进"英鹤丸"渡轮的舱底，然后登上最顶层的甲板看濑户内海。

这一次，我从神户坐渡轮要到四国，因为听说四国有优美而绵长的海岸线，还有几处国家公园。四国，是日本四大岛中最小的一岛，并且偏处南方，所以是外籍观光客较少去的地方，尤其是九月以后，天气寒凉，枫叶未红，游人就更少了。

从前，要到四国一定要乘渡轮，自从几条横跨濑户内海的长桥建成后，坐渡轮的人就少了。有很多人到四国去不是去看海、看风景的，只是为了去过桥，像鸣门大桥是颇有历史的，而新近落成的濑户大桥则是宏伟气派，长达十公里，听说所用的钢筋围起来可以绕地球一圈半，许多人四国来回，只为了看濑户大桥粗大的水泥与钢筋。对我而言，要过海，坐渡轮总是更有情味，人生里如果可以选择从容的心情，为什么不让自己从容一些呢？

"英鹤丸"里出乎想象的冷清，零落的游客横躺在长椅上睡觉，我在贩卖部买了一杯热咖啡，一边喝咖啡，一边依在白色栏杆上看濑户内海。濑户内海果然与预想中的一样美，海水澄蓝如碧，天空秋高无云，围绕着内海的青山，全是透明的绿，这海山与天空的一尘不染，就好像日本传统的茶室，从瓶花到桌椅摸不出一丝尘埃。

在我眼前的就是濑户内海了，我轻轻地叹息着。

我这一次到日本来，希望好好看看濑户内海是重要的行程，原因说来可笑，是因为在日本的书籍里读到了一则中国禅师与日本禅师的故事。故事大意是这样的：有一位中国禅师到日本拜访了一位日本禅师，两人一起乘船过濑户内海，那位日本禅师是曾到过中国学禅，亲炙过中国山水的。

在船上，日本禅师说："你看，这日本的海水是多么清澈，山景是多么翠绿呀！看到如此清明的山水，使人想起山里长在清水里那美丽的山葵花呀！"言下有为日本的山水感到自负的意味。

中国禅师笑了，说："日本海的水果然清澈，山景也美。可惜，这水如果再混浊一点就更好了。"

日本禅师听了非常惊异，说："为什么呢？"

"水如果混浊一点，山就显得更美了。像这么清澈的水只能长出山葵花，如果混浊一点，就能长出最美丽的白莲花了。"中国禅师平静地说。日本禅师为之哑口无言。

这是禅师与禅师间机锋的对句，显然是中国禅师占了上风。我在日本书上看到这则故事，却令我沉思了很久。从这则故事颇能看见日本人谦抑的态度，也恐怕是这种态度，才使千百年来，濑户内海能保持干净，不曾受到污染。反过来说，中国人因为自许污水能开出莲花，所以恣情纵意，把水弄脏了也毫不在意。

不仅濑户内海吧！我童年时代，家乡有几家茶室，都是色情污秽之地，空间窄小，灯光黯淡，空气里飘浮着酸气、腐臭与霉味，地上都是痰渍。因为我有一位要好的同学是茶室老板的儿子，不免常常要出入，每次我都捂着鼻子走进去，走出来时第一件事则是深呼吸，当时颇为成年男子可以在那么浊劣的地方盘桓终日而疑惑不已，当然也更同情那些卖笑的"茶店仔查某"了。

有一次，同学的父亲告诉我，茶室原是由日本传来，从前台湾是没有茶室的。我听了就把乡下茶室的印象当成是日本人印象，心想日本民族真怪，怎么喜欢在下流的茶室不喝茶，却饮酒作乐呢？直到第一次去日本，又到几家传统茶室喝茶，简直把我吓坏了，因为日本茶室都是窗明几净，风格明亮，连园子里的花草都长在它应该长的地方。人走进那么干净的茶室，几乎一丝不净的念头都不会生起，口里不敢说一句粗俗的话，更别说色情了。怪不得日本茶道史上，所有伟大的茶师都是禅师！

同样是茶室，在日本与台湾却有截然不同的风貌，对照了日本禅师与中国禅师的故事就益发令人感慨。由小见大，山水其实就是人心，要了解一个地方人的性格，只要看那地方的山水也就了然。山且不论，看看台湾的水，从小溪、大河，到湖泊、沿海，无不是鱼虾死死，垃圾漂流，污油朵朵，浮尸片片。

我每次走过我们土地上的水域，就在里面看到了人心的污渍,在这样脏的水中想开出一朵白莲花,简直不可思议,需要多么大的勇气、多么大的坚持与多么大的自我清净的力量!

我坐在濑户内海的渡轮上,看到船后一长条纯白的波浪时,仿佛回到了中国禅师与日本禅师在船上对话的场景与心情,在污泥秽地中坚持自我品质的高洁是禅者的风格,可是要怎样使污秽转成清明则是菩萨的胸怀,要拯救台湾的山水,一定要先从台湾的人心救起,要知道,长出莲花的地虽然污秽,水却是很干净的。

记得从前我当记者的时候,曾为了一个噪声与污染事件去访问一家工厂的负责人,他的工厂被民众包围,压迫停工,他却因坚持而与民众对峙。他闭起眼睛,十分陶醉地对我说:"你听听,这工厂机器的转动声,我听起来就像音乐那么美妙,为什么他们不能忍受呢?"我听到他的话忍不住笑起来,他用一种很怀疑的眼神看我,眼神里好像在说:"连你也不能欣赏这种音乐吗?"那个眼神到现在我还记得。

确实如此,在守财奴的眼中,钞票乃是人间最美丽的绘画呢!

听过了肆无忌惮的商人的音乐,我们再回到日本的茶室。日本茶道的鼻祖绍鸥曾经说过一句动人的话:"放茶具的手,要有和爱人分离的心情。"这种心情在茶里叫"残心",就是在行为上绵绵密密,即使简单如放茶具的动作,也要轻巧。有深沉的心思与情感,才算是个懂茶的人。

反过来,一个人和爱人分离的心情,若能有如放下名贵茶具的手那么细心，把诀别的痛苦化为祝福的愿望，心中没有丝毫憎恨，留存的只有珍惜与关怀，那他才是懂得爱情的人。此所以茶道不昧流的鼻祖出云松江说："红叶落下时，会浮出在水面；那不落的，反而沉入江底。"

境界高的茶师，并不在于他能品味好茶，而在他对待喝茶这整个动作的态度，即使喝的只是普通粗茶，他也能找到其中的情趣。

境界高的人生亦如是，并不在于永远有顺境，而且不论顺逆，也能用很好的情味去面对，这就是禅师说的"在途中也不离家舍"、"不风流处也风流"。因此，我们要评断一个人格调与韵致的高低，要看他失败时的残心。有两句禅诗："掬水月在手，弄花香满衣。"最能表达这种残心，每一片有水的叶子都有月亮的映照，同样，人生的每个行为、每个动作都是人格的展现。没有经过残心的升华，一个人就无法有温柔的心，当然，也难以体会和爱人分离的心情是多么澄清、细密、优美，一如秋深落叶的空山了。

从前有一个和尚到农家去诵经，诵经的中途听到了小孩的哭声，转头一看，原来孩子爬在地上压到了一把饭铲子，地上很肮脏，孩子的母亲就把他抱起来，顺手把饭铲子放进热腾腾的饭上，洗也不洗。

于是，当孩子的母亲来请吃饭时，和尚假称肚子痛，连饭也没吃，就匆匆赶回寺里。过了一星期，和尚又去农家诵经，诵完经，那母亲端出了一碗热腾腾的甜酒酿，由于天气严寒，和尚一连喝了好几碗，不仅觉得味美，心情也十分高兴。

等吃完了甜酒酿，孩子的母亲出来说："上一次真不好意思，您连饭都没吃就回去了，剩下很多饭，只好用剩饭做成一些甜酒酿。今天看您吃了很多，我实在感到无比的安慰。"

和尚听了大有感触，为逃避肮脏的饭铲子，没想到反而吃了七天前的剩饭做成的甜酒酿，因而悟到了"一饮一啄，莫非前定"。我们面对人生里应该承受的事物不也是如此吗？在饭铲中泡过的脏饭与甜酒，表面不同，本质却是一样。所以，欢喜的心最重要，有欢喜心，则春天时能享受花红草绿，冬天时能欣赏冰雪风霜，晴天时爱晴，雨天时爱雨。

好像一条清澈的溪流，流过了草木菁华，也流过石畔落叶；它欢跃如瀑布时，不会被拘束；它平缓如湖泊时，也不会被局限，这就是《金刚经》里最动人心弦的一句"应无所住而生其心"。

我眼前的濑户内海也是如此，我体验了它明朗的山水，知道濑户内海不只是日本人的海，而是眼前的海，是大地的海，超越了名字与国籍。海上吹来的风，呼呼有声，在台湾林野里的清风亦如是，遍满大地，有南国的温暖及北地的凉意，匝地，有声。

晋朝有名的女僧妙音法师，写过一首诗：

> 长风拂秋月，止水共高洁。
>
> 八到净如如，何容业萦结？

黄昏月娘要出来的时候

开车从大汉溪到莺歌的路上，黄昏悄悄来临了，原本澄明碧绿的山景先是被艳红的晚霞染赤，然后在山风里静静地黯淡下来，大汉溪沿岸民房的灯盏一个一个被点亮。

夏天已经到了尾声，初秋的凉风从大汉溪那头绵绵地吹送过来。

我喜欢黄昏的时候，在乡间道路上开车或散步，这时可以把速度放慢，细细品味时空的一些变化。不管是时间或空间，黄昏都是一个令人警醒的节点，在时间上，黄昏预示了一天的消失，白日在黑暗里隐遁，使我们有了被时间推迫而不能自主的悲感；在空间上，黄昏似乎使我们的空间突然缩小，我们的视野再也不能自由放怀了，那种感觉就像电影里的大远景被一下子跳接到特写一般，我们白天不在乎的广大世界，黄昏时成为片段的焦点——我们会看见橙红的落日、涌起的山岚、斑斓的彩霞、墨绿的山线、飘忽的树影，都有如定格一般。

事实上，黄昏与白天、黑夜之间并没有断绝，日与夜的空间并不因黄昏而有改变，日与夜的时间也没有断落，那么，为什么黄昏会给我们这么特别的感受呢？欢喜的人看见了黄昏的优美，苦痛的人看见了黄昏的凄凉；热恋的人在黄昏下许诺誓言，失恋的人则在黄昏时看见了光明绝望的沉落。

就像今天开车路过乡间的黄昏，坐在我车里的朋友都因为疲倦而沉沉睡去了，穿过麻竹防风林的晚风拍打着我的脸颊，我感觉到风的温柔、体贴与优雅，黄昏的风是多么静谧，没有一点声息。突然一轮巨大明亮的月亮从山头跳跃出来，这一轮月亮的明度与巨大，使我深深地震动，才想起今天是农历六月十八日，六月的明月是一点也不逊于中秋的。我说看见月亮的那一刻使我深深震动，一点也不夸张，因为我心里不觉地浮起两句有一些忧伤的歌词：

> 每日黄昏月娘要出来的时候，
> 加添我心内的悲哀。

这两句是一首闽南语歌《望你早归》的歌词，记得它的原作曲者扬三郎先生曾经说过他作这首歌的背景，那时台湾刚刚光复。因为经历了战乱，他想到每一个家庭都有人离散在外。凡有人离散在外，就会有思念，而思念，在黄昏夜色将临时最为深沉和悠远，心里自然有更深的悲意，他于是自然地写下了这一首动人的歌，我最爱的正是这两句。

现在时代已经改变了，战乱离散的悲剧不再和从前一样，但是大家还是爱唱这首歌，原因在于，每个人的心灵深处都埋藏着远方的人呀！我觉得在人的情感之中，最动人的不一定是死生相许的誓言，也不一定是缠绵悱恻的爱恋，而是对远方的人的思念。因为，死生相许的誓言与缠绵悱恻的爱恋都会破灭、淡化,甚至在人生中完全消失,唯有思念能穿破时间空间的阻隔,永久在情感的水面上开花,犹如每日黄昏时从山头升起的月亮一样。

远方的思念是情感中特别美丽的一种,可惜这个时代的人已经逐渐消失了这种情感,就好像越来越少人能欣赏晚上的月色、秋天的白云、山间的溪流一般,人们总是想,爱就要轰轰烈烈,要情欲炽盛,要合乎时代的潮流,于是乎,爱的本质就完全地改变了。

思念的情感不是如此,它是心中有情,但眼睛犹能穿透情爱有一个清明的观点。一如太阳在白云之中,有时我们看不见太阳,而大地仍然是非常明亮,太阳是永远存在的,一如我们所爱的人,不管他是远离、是死亡、是背弃,我们的思念永远不会失去。

佛经里告诉我们"生为情有",意思是人因为有情才会投生到这个世界。因此凡是生活在这个世界的人,必然会有许多情缘的纠缠,这些情缘使我们在爱河中载沉载浮,使我们在爱河中沉醉迷惑,如果我们不能在情爱中维持清明的距离,就会在情与爱的推迫之下,或贪恋、或仇恨、或愚痴、或苦痛、或堕落、或无知地过着一生。

尤其是情侣的失散几乎是不可避免的必然了,通常,情感失散的时候就会使我们愁苦、忧痛,甚至怀恨,但是我们必须认识到愁苦、忧痛、怀恨都不能挽救或改变失散的事实,反而增添了心里的遗憾。有时我们会感叹,为什么自己没有菩萨那样伟大的情怀,能站在超拔的海面晴空丽日之处,来看人生中波涛汹涌如海的情爱。

其实也没有关系,假如我们不能忘情,我们也可以从情爱中拔起身影,有一个好的面对,这种心灵的拔起,即是以思念之情代替憾恨之念,以思念之情转换悲苦的心。思念虽有悲意,但那样的悲意是清明的,乃是认识了人生的无常、情爱不能永驻之实相对自我、对人生、对伴侣的一种悲悯之心。

释迦牟尼佛早就看清了人间有免不了的八苦,就是生、老、病、死、爱别离、怨憎会、所求不得、烦恼炽盛,这八苦的来由,归纳起来,就是一个"情"字。有情必然有苦,若能使情成为思念的流水,则苦痛会减轻,爱恨不至于使我们窒息。

我们都是薄地的凡夫,我很喜欢"凡夫"这两个字,凡夫的"凡"字中间有一颗大心,凡夫之所以永为凡夫,正是多了一颗心,这颗心有如铅锤,蒙蔽了我们自性的清明,拉坠使我们堕落,若能使凡夫之心有如黄昏时充满思念的明月,则即使有心,也是无碍了。能以思念之情来转换情爱失落败坏的人,就可以以自己为灯,做自己的归依处,纵是含悲忍泪,也不会失去自己的光明。

佛陀曾说:"情感是由过去的缘分与今世的怜爱所产生,宛如莲花是由水和泥土这两样东西所孕育。"是的,过去的缘分是水,今生的怜爱是泥土,然后开出情感的莲花。

人的情感如果是莲花,就不应该有任何的染着。假如我们会思念、懂得思念、珍惜思念,我们的思念就会化成情感莲花上清明的露水,在清晨或黄昏,闪着炫目的七彩。

> 每日黄昏月娘要出来的时候,
> 加添我心内的悲哀。

我轻轻地唱起了这《望你早归》的思念之歌,想象着这流动在山林中的和风,有可能是我们思念的远方的人轻轻的呼吸,在千山万水之外,在千年万岁之后,我们的思念是一枚清楚的戳印,它让我们来到这个世界,不失前世的尘缘,它让我们转入未来的时空,还带着今生的记忆。

引动我们悲意的月亮,如果我们能清明,也会使我们心中的明月在乌云密布的山水之间升起。

我想起两句偈:

> 心清水现月,意定天无云。

然后我踩下油门,穿过林间的小路,让风吹过,让月光肤触,心中响着夜曲一般小提琴的声音,琴声围绕中还有一盏灯火,我自问着:远方的人不知听不听得见这思念的琴声?不知看不看得见这光明的灯盏?

你呢?你听见了吗?你看见了吗?

欢乐中国节

传说在中国有三位修行者，没有人知道他们的名字，只知道他们是爱笑的圣人，因为当人们看到他们时，他们总是在笑，从一个城市笑到另一个城市。

每到一个新城市，他们就会在市场、街道或广场中央大笑，使附近的人都过来围着他们，慢慢地，本来迟疑的人也走过来了，像口渴的人走向井边。顾客忘了他们要买什么，店主把店铺关了，一起到这三个人的旁边，看他们笑。

他们的笑是那么自在、那么无碍、那么优美、那么光辉，使旁观的人都深深地感动了，因为生活在市集里的人从没有那样笑过，甚至已经忘记人可以那样笑着。

他们的笑会感染，旁观的人开始笑，然后所有的人都笑了，就在几分钟前，那市场是个丑陋的地方，人们有的只是贪婪、嗔恨、愚痴，卖的人只想到钱和渴望钱，买者则只想贪小便宜。他们的笑改变了市场的气氛，使所有的人汇成一体，欢欣、无私、互相欣赏，就好像很久才有一次的节庆。

人们先是笑，忘记了是要买或是要卖，随后，人们真心笑了，最后甚至围着三人忘情地跳舞，仿佛进入一个新世界。

由于这三个人所到之处,都带着欢笑,使他们行经之地都变成天堂,所有的人都喜欢见到他们,称他们是"三个爱笑的圣人"。

当圣人的名字传扬开来,就有人来问道:"给我们一些启示,教导我们一些真理吧!"

他们总是说:"我们没有什么好说,只是不断地笑!"

他们走遍全中国,从一地到另一地,从城市到乡村,帮助人们去笑,去开发内在的笑意,凡是悲伤、哀痛、贪婪、嗔恨、愚笨的人都跟着他们笑,慢慢地,人们懂得笑了,生命就得到了崭新的蜕变,就像是一只丑陋爬行的虫化成了斑斓自由的彩蝶。

他们的日子就在笑中度过。

有一天,三个爱笑的圣人之一过世了,村人聚集着说:"他们的友谊那么好,现在另外两位一定会哭的吧!他们不可能再笑了。"

但是,当村民看到其余两位时都吃了一惊,因为他们正在笑,在唱歌跳舞,在庆祝最好的朋友离开这个世界。

村民充满疑惑,并且有一点生气地说:"你们这样太过分了,一个人死了是多么悲伤的事,你们还笑、还跳舞,这对死去的人是多么不敬!"

两个微笑的圣人说:"我们的一生都在笑里度过,我们必须欢笑,因为对一位一生都在笑的人,欢笑是最好的也是惟一的告别。而且,我们不觉得他过世了,因为生命不死,笑着离开的人一定会笑着回来!"

笑是永恒的,就像波浪推动,而海洋不变;生命是永恒的,就像演员下台了,戏剧仍在进行;大化是永恒的,花开花落,树却不会枯萎。可惜,村民不能了解这些,所以那天只有他们两人在笑。

尸体要焚化之前,村民说:"依照仪式,我们要给他洗澡,换一套干净的衣服。"

但是两个微笑的圣人说:"不!我们的朋友生前就吩咐不举行任何仪式,只要按照他原来的样子放在焚化台上面就好了。"于是,死者被以本来面目放在焚化台上焚烧。

当火点燃的时候,突然之间,烟火四射,原来那个老人在他的衣服里藏着许多节庆的鞭炮和烟火,作为他送给观礼者的礼物。

烟火飞扬到高空,爆开时有各种缤纷的颜色,闪亮的火光照耀了整个村落。

本来微笑的圣人疯狂地笑了起来,村民也笑起来,马路、树木、花草,甚至焚烧尸体的火焰都在笑着,然后大家开始快乐地跳舞,过了村落有史以来最大的庆祝会,在欢笑与跳舞的时候,大家感觉到那不是一个死亡,而是一个新生命的开始、一个全新的复活。

最后大家都知道了:如果人能快乐地归去,死亡就不能杀人,反而是人杀掉了死亡;如果能改变死亡的悲伤,知道生死的实相,人就不会有什么损失了!

对我们来说，只有当我们知道快乐与悲伤是生命必然的两端时，我们才有好的态度来面对生命的整体。

如果生命里只有喜乐，生命就不会有深度，生命也会呈单面地发展，像海面的波浪。

如果生命里只有悲伤，生命会有深度，但生命将会完全没有发展，像静止的湖泊。

唯有生命里有喜乐有悲伤，生命才是多层面的，有活力的，有深度，又能发展的。

遇到生命的快乐，我要庆祝它！遇到生命的悲伤，我也要庆祝它！庆祝生命是我的态度，不管是遇到什么！快乐固然是热闹温暖，悲伤则是更深刻的宁静、优美，而值得深思。

在禅里，把快乐的庆祝称为"笑里藏刀"——就是在笑着的时候，心里也藏着敏锐的机锋。

把悲伤的庆祝称为"逆来顺受"——就是在艰苦的逆境中，还能发自内心地感激，用好的态度来承受。

用同样的一把小提琴，可以演奏出无比忧伤的夜曲，也可以演奏出非凡舞蹈的快乐颂，它所达到的是一样伟大、优雅、动人的境界。

人的身心只是一个乐器，演奏什么音乐完全要靠自己。

所以，即使在最悲伤的时候，也让我们过欢乐中国节吧！

来自心海的消息

几天前,我路过一座市场,看到一位老人蹲在街旁,他的膝前摆了六个红薯,那红薯铺在面粉袋上,由于是紫红色的,令人感到特别的美。

老人用沙哑的声音说:"这红薯又叫山药,在山顶掘的,炖排骨很补,煮汤也可清血。"

我小时候常吃红薯,就走过去和老人聊天。原来老人住在坪林的山上,每天到山林间去掘红薯,然后搭客运车到城市的市场叫卖。老人的红薯一斤卖四十元,我说:"很贵呀!"

老人说:"一点也不贵,现在红薯很少了,有时要到很深的山里才找得到。"

我想到从前在物质匮乏的时候,我们也常到山上去掘野生的红薯,以前在乡下,红薯是粗贱的食物,没想到现在竟是城市里的珍品了。

买了一个红薯,足足有五斤半重。老人笑着说:"这红薯长到这样大要三四年时间呢!"老人哪里知道,我买红薯是在买一些已经失去的回忆。

提着红薯回家的路上,看到许多人排队在一个摊子前等候,好奇走上前去，才知道他们是排队在买"番薯糕"。

番薯糕是把番薯煮熟了，捣烂成泥，拌一些盐巴，捏成一团，放在锅子上煎成两面金黄，内部松软，是我童年常吃的食物，没想到在台北最热闹的市集，竟有人卖，还要排队购买。

我童年的时候非常贫困，几乎每天都要吃番薯，母亲怕我们吃腻，把普通的番薯变来变去，有几样番薯食品至今仍然令我印象深刻，一个就是番薯糕，看母亲把一块块热腾腾的、金黄色的番薯糕放在陶盘上端出来，至今仍使我怀念不已。

另一种是番薯饼，母亲把番薯弄成签，裹上面粉与鸡蛋调成的泥，放在油锅中炸，也是炸到通体金黄时捞上来。我们常在午后吃这道点心，孩子们围着大灶等候，一捞上来，边吃边吹气，还常烫了舌头，母亲总是笑骂："夭鬼！"

还有一种是在宵夜时吃的，是把番薯切成丁，煮甜汤，有时放红豆，有时放凤梨，有时放点龙眼干，夏夜时，我们总在庭前晒谷场围着听大人说故事，每人手里一碗番薯汤。

那样的时代，想起来虽然辛酸，却有一种难以言说的幸福。我父亲生前谈到那段时间的物质生活，常用一句话形容："一粒田螺煮九碗公汤！"

今天随人排队买一块十元的番薯糕，特别使我感念的是，为了让我们喜欢吃番薯，母亲用了多少苦心。

卖番薯糕的人是一位年轻少妇，说她来自宜兰乡下，先生在台北谋生，为了贴补家用，想出来做点小生意，不知道要卖什么，突然想起小时候常吃的番薯糕，在糕里多调了鸡蛋和奶油，就在市场里卖起来了。她每天只卖两小时，天天供不应求。

我想，来买番薯糕的人当然有好奇的，大部分则基于怀念，吃的时候，整个童年都会从乱哄哄的市场，寂静深刻地浮现出来吧！

"番薯糕"的隔壁是一位提着大水桶卖野姜花的老妇，她站的位置刚好，使野姜花的香正好与番薯糕的香交织成一张网，我则陷入那美好的网中，看到童年乡野中野姜花那纯净的秋天！

这使我想起不久前，朋友我到福华饭店去吃台菜，饭后叫了两个甜点，一个是芋仔饼，一个是炸香蕉，都是我童年常吃的食物。当年吃这些东西是由于芋头或香蕉生产过剩，根本卖不出去，母亲想法子让我们多消耗一些，免得暴殄天物。

没想到这两样食物现在成为五星级大饭店里的招牌甜点，价钱还颇不便宜，吃炸香蕉的人大概不会想到，一盘炸香蕉的价钱在乡下可以买到半车香蕉吧！

时代真是变了，时代的改变，使我们验证出许多事物的珍贵或卑贱、美好或丑陋，只是心的觉受而已，它并没有一个固定的面目，心如果不流转，事物的流转并不会使我们失去生命价值的思考；而心如果浮动，时代一变，价值观就变了。

克勤圆悟禅师去拜见真觉禅师时，真觉禅师正在生大病，膀子上生疮，疮烂了，血水一直流下来。圆悟去见他，他指着膀上流下的脓血说:"此曹溪一滴法乳。"

圆悟大疑,因为在他的心中认定,得道的人应该是平安无事、欢喜自在,为什么这个师父不但没有平安,反而指说脓血是祖师的法乳呢?于是说:"师父,佛法是这样的吗?"真觉一句话也不说,圆悟只好离开。

后来,圆悟参访了许多当代的大修行者,虽然每个师父都说他是大根利器,但他自己知道并没有开悟。最后拜在五祖法演的门下,把平生所学的都拿出来请教五祖,五祖都不给他印可,他愤愤不平,背弃了五祖。

他要走的时候,五祖对他说:"等你着一顿热病打时,方思量我在!"

满怀不平的圆悟到了金山,染上伤寒大病,把生平所学的东西全拿出来抵抗病痛,没有一样有用的,因此在病榻上感慨地发誓:"我的病如果稍微好了,一定立刻回到五祖门下!"这时的圆悟才算真实地知道为什么真觉禅师把脓血说成是法乳了。

圆悟后来在五祖座下,有一次听到一位居士来向师父问道,五祖对他说:"唐人有两句小艳诗与道相近:频呼小玉原无事,只要檀郎认得声。"居士有悟,五祖便说:"这里面还要仔细参。"

圆悟后来问师父说:"那居士就这样悟了吗?"

五祖说:"他只是认得声而已!"

圆悟说:"既然说只要檀郎认得声,他已经认得声了,为什么还不是呢?"

五祖大声地说:"如何是祖师西来意?庭前柏树子!去!"

圆悟心中有所省悟,突然走出,看见一只鸡飞上栏杆,鼓翅而鸣,他自问道:"这岂不是声吗?"

于是大悟,写了一首偈:

> 金鸭香销锦绣帏,笙歌丛里醉扶归;
> 少年一段风流事,只许佳人独自知。

我很喜欢这个故事,特别是真觉对圆悟说自己的脓血就是曹溪的法乳,还有后来"见鸡飞上栏杆,鼓翅而鸣"的悟道。那是告诉我们,真实的智慧是来自平常的生活,是心海的一种体现,如果能听闻到心海的消息,一切都是道,番薯糕,或者炸香蕉,在童年穷困的生活与五星级大饭店的台面上,都是值得深思的。

圆悟曾说过一段话,我每次读了,都感到自己是多么的庄严而雄浑,他说:

> 山头鼓浪,井底扬尘;
> 眼听似震雷霆,耳观如张锦绣。
> 三百六十骨节,一一现无边妙身;
> 八万四千毛端,头头彰宝王刹海。
> 不是神通妙用,亦非法尔如然;

苟能千眼顿开，直是十方坐断。

心海辽阔广大，来自心海的消息是没有五官，甚至是无形无相的，用眼睛来听，以耳朵观照，在每一个骨节、每一个毛孔中都有着庄严的宝殿呀！

夜里，我把紫红色的红薯煮来吃，红薯煮熟的质感很像汤圆，又软又糯，想起很久很久以前在晒着谷子的庭院吃红薯汤，突然看见一只鸡飞上栏杆，鼓翅而鸣。

呀！这世界犹如少女呼叫情郎的声音那样温柔甜蜜，来自心海的消息看这现成的一切，无不显得那样的珍贵、纯净而庄严！

总有群星在天上

我沿着铺满绿茵的小路散步,背后忽然有人说:"你还认识我吗?"

我转身凝视她半天,老实地说:"我记不得你的名字了。"

她说:"我是你年轻时第一次最大的烦恼。"她的眼睛极美,仿佛是大气中饱孕露珠的清晨,试图唤醒我的回忆。

我默默地站了一会儿,感到自己就是那清晨,我说:"你已经卸下了你泪珠中的一切负担了吗?"

她微笑不语,我感觉到她的笑语就是从前眼泪所化成的。

"你曾说,"看到我有如湖水般清澈平静,她忍不住低声地说,"你曾说,你会把悲痛永远刻在心版。"

我脸红了,说:"是的,但岁月流转,我已经忘记悲痛。"

然后,我握着她的手说:"你也变了。"

"曾经是烦恼的,如今已变成平静了。"她说。

最后,我们手牵着手在铺满绿茵的小路散步,两个人都像清晨大气中饱含的露珠,清澈、平静、饱满。

"昨天悲痛的露珠早已消散,今晨的露珠也在微笑中,逐渐地消散了。"

这是泰戈尔《即兴诗集》里的一段，我改写了一点点使它具有一些"林清玄风格"，寄给你。我觉得这一段话很能为我们情爱的过往写下注脚。我偶尔也会遇见年轻时给我悲痛与烦恼的人，就感觉自己很能接近这首叙事诗的心情了。

我很能体会你此时的心情，因为不想伤害别人，以致迟迟不能做出分手的决定。你是那样的善良和纯真（就像我的少年时代），可是，往往我们不忍别人受伤，到最后，自己却受了最大的伤害，那就像把一支蜡烛围起来烧一样（因为我们怕烧到别人），自己承受了浓烟和窒息。其实，只要我们把蜡烛拿到桌面上，黑暗的房子看得更清楚，自己和别人说不定因此有一些光明与温暖的体会。

这些年来，我日益觉得智慧的重要。什么是"智慧"呢？智是观察和思考的能力，慧是抉择和判断的能力。你的情形是很容易做观察和抉择的。爱上你的人是你不该爱的人，而选择分手可以使你卸下负担得到自由，为什么不选择及早地分手呢？你不忍对方受伤害，但是，爱必然会带着伤害，特别是不正常不平衡的爱，伤害是必然的，我们要学习受伤，别人也要学习受伤呀！我再写一首泰戈尔的短诗给你：

  烟对天空，灰对大地自夸：
  "火是我们的兄弟。"
  悲伤对心、烦恼对生命自矜：

"爱是我们的姊妹。"

问了火和爱,他们都说:

"我们怎么会有那样的兄弟姊妹?"

"我的兄弟是温暖和光明。"火说。

"我的姊妹是温柔与和平。"爱说。

在我们生命的岁月里,火和爱或许是必要的,但不必要弄得自己烟尘滚滚,灰头土脸,也不必一定要悲伤和烦恼,那就像每天有黎明与日落一般,大地是坦然地承受罢了。不正常与不平衡的爱是人生最好的启蒙,就如同乌云与暴风雨是天空最好的启示一般。关于心、关于生命,没有什么是真正的伤害,也没有什么是真正的好。雨在下的时候可能觉得自己对茉莉花是有好处的,但盛开的茉莉花可能因为一场微雨而凋落了;曝晒的阳光可能觉得自己会伤害秋日的土地,但土地中的种子却因为阳光能够青翠地发芽了。爱情的成熟与圆满正是如此,只要不失真心,没有什么可以伤害我们真实的生命。

在写信给你的时候,我的思想像一只天鹅飞翔,忆起自己在笔记上写过的一些东西:

箭在弓上时,箭听见弓的低语:

"你的自由是我给予的。"

箭射出时,回头对弓大声说:

"我的自由是自己的。"

——没有飞翔,就没有自由。

——没有放下,就没有自由。

——没有自由,箭与弓都失去意义。

这些都是游戏的笔墨,我们千万别忘了弓箭之后有拉弓的力,力之后还有人,人还要站在一个广大的空间上。

人人都渴望爱情,即使我们正处在其中的爱情不是最好的,却因为渴求而盲目了,这一点连天神也不例外。希腊神话里太阳神阿波罗在追求猎户少女达芙妮时,因为追不到,使她被父亲化成一棵月桂树,然后感叹地说:"你虽不爱我,但最低限度你必须成为我的树。"从此,阿波罗的头上总是戴着月桂冠,纪念他对达芙妮的爱。牧神潘则把女神灵化成一簇芦苇,并把她化成一支芦笛随身携带。世上最美的少年那喀索斯无法全心地爱别人(因为他太爱自己了),最后他化为池中的一朵水仙花。另一位美少年海辛瑟斯则因为阿波罗的忌妒而变成一枝随风飘泊的风信子……

神话是一个象征,象征人要从情爱中得到自由自在、无碍解脱是多么艰难呀!但是学习是人间的功课,到现在我还在学习,只是我每看到人在情爱中挣扎都是感同身受,希望别人早日得到超越,那是因为我们的学习不一定要自己深陷泥沼才会体验到,有观照之智、抉择之慧,也知道那泥沼的所在和深浅,绕道而行或跨步而过。

希望下次收到你的信,就听见你的好消息。我们不必编月桂冠戴在头上,不必随身携带芦笛,人生有许多花朵等我们去采。如果只想采断崖绝壁那一朵绝美的百合,很可能百合没有采到,清晨已经消逝了。

青春的珍惜是最重要的。在不正常不平衡的爱里浪掷青春,将会使人生的黄金岁月过得茫然而痛苦。青春像鸟,应该努力往远处飞翔。爱情纵使贵如黄金,在鸟的翅膀绑着黄金,也会使最善飞的鸟为之坠落!

> 屋里的小灯虽然熄灭了,
> 但我不畏惧黑暗,
> 因为,总有群星在天上。
> 爱情虽然会带来悲伤,
> 一如最美的玫瑰有刺,
> 但我不畏惧玫瑰,
> 因为,我有玫瑰园,
> 我只欣赏,而不采摘。

但愿这封信能抚慰你挣扎的心,并带来一些启示。

小 米

丰收的歌

有一次在山地部落听山地人唱小米丰收歌,感动得要落泪。

其实我完全听不懂歌词,只听到对天地那至诚的祈祷、感恩、欢愉与歌颂,循环往复,一遍又一遍。

夜里,我独坐在村落边,俯视那壮大沉默的山林,仰望着小米一样的星星,回味刚刚喝的小米酒的滋味,和小米麻薯的鲜美,感觉到心里仿佛有一粒小米,饱孕成熟了,这时,我的泪缓缓地落了下来。

落下来的泪也是一粒小米,可以酿成抵御寒风的小米酒,也可以煮成清凉的小米粥,微笑地走过酷暑的山路。

星星是小米,泪是小米,世事是米粒微尘,人是沧海之一粟呀!全天下就是一粒小米,一粒小米的体验也就是在体验整个天下。

在孤单失意的时候,我就会想起,许多年前山地部落的黑夜,沉默的山林广场正在唱小米丰收歌,点着柔和的灯,灯也是小米。

我其实很知道,我的小米从未失去,只是我也需要生命里的一些风雨、一些阳光,以及可以把小米酿酒、煮粥、做麻薯的温柔的心。

我的小米从未失去，我也希望天下人都不失去他们的小米。那种希望没有歌词，只有至诚的祈祷、感恩、欢愉与歌颂。循环往复，一遍又一遍。

一粥一饭

沩山灵佑禅师有一次闲坐着，弟子仰山慧寂来问说："师父，您百年后，如果有人问我关于您的道法，我要怎么说呢？"

沩山说："一粥一饭。"

（我的道法只是一粥一饭那样的平常呀！）

地瓜稀饭

吃一碗粥，喝一杯茶，细腻地、尽心地进入粥与茶的滋味，说起来不难，其实不易。那是由于有的人失去舌头的能力，有的人舌头太刁，都失去了平常心了。

我喜欢在早上吃地瓜粥，但只有自己起得更早来熬粥，因为台北的早餐已经没有稀饭，连豆浆、油条都快绝迹了，满街都是粗糙的咖啡牛奶、汉堡与三明治。

想一想，从前每天早晨吃地瓜稀饭，配酱菜、萝卜干、豆腐乳是多么幸福的事呀！那从匮乏与饥饿中体验的真滋味，已经很久没有了。

半亩园

从前,台北有一家专卖小米粥的店叫"半亩园"。我很喜欢那个店名,有一种"半亩横塘荷花开"的感觉。

第一次去"半亩园",是十八岁刚上台北那一年,一位长辈带我去吃炸酱面和小米粥。那时的"半亩园"开在大马路边,桌椅摆在红砖道上,飞车在旁,尘土飞扬,尘土就纷纷地落在小米粥上。

刚从乡下十分洁净的空气来到台北,看到落在碗中的灰尘,不知如何下箸。

长辈笑了起来,说:"就当做多加了一点胡椒吧!"然后他顾盼无碍地吃了起来。

经过这许多年,我也能在生活中无视飞扬的尘土了。就当做多加了一点胡椒吧!

百千粒米

也是沩山灵佑的故事。有一次他的弟子石霜楚圆正在筛米,被灵佑看见了,说:"这是施主的东西,不要抛撒了。"

"我并没有抛撒。"石霜回答说。

灵佑在地上捡起一粒米,说:"你说没有抛撒,那,这个是什么?"

石霜无言以对。

"你不要小看了这一粒米,百千粒米都是从这一粒生出来的!"灵佑说。

灵佑的教法真好。一个人通向菩提道,其实是与筛米无异。对一粒习气之米的轻忽,可能生出千百粒习气;对一粒清净之米的珍惜,可以开展一亩福田。

拾 穗

我时常会想起从前在稻田里拾稻穗的一些鲜明的记忆。

在稻田收割的时候,大人们一行行地割稻子,我们做小孩子的跟在后面,把那些残存的掉落的稻子一穗穗捡拾起来,一天下来,常常可以捡到一大把。

等到收割完成,更穷困的妇女会带她们的孩子到农田拾穗,那时不是一穗一穗,而是一粒一粒了。一个孩子一天可以拾到一碗稻子,一碗稻子就是一碗米,一碗米是两碗粥,如果煮地瓜,就是四碗地瓜稀饭了。

父亲常说:"农田里的稻子再怎么捡,也不会完全干净的。"

最后的那些,就留给麻雀了。

拾穗的经验所给我的启示是,不管我们的田地有多宽广,仍然要从珍惜一粒米开始。

八万细行

那对微细的每一粒米保持敏感与醒觉的态度,在修行者称为"细行"。也就是对微细的惑、微细的烦恼、微细的习染以及一切微细的生命事物,也有彻底清净的觉知。

"三千威仪"便是从"八万细行"来的。

微细到什么地步呢?

微细到如一毫芒的意念,也要全心全力地对待。

恶的细行像《宗镜录》说的:

> 一翳在目,千华乱空;
> 一妄在心,恒沙生灭。

善的细行如《摩诃止观》说的:

> 一微尘中,有大千经卷;
> 心中具一切佛法,如地种、如香丸者。

完全超越清净的细行就像《碧岩录》里说的:

> 有僧问赵州:"万法归一,一归何处?"
> 赵州说:"我在青州作一领布衫,重七斤。"

曹源一滴水

仪山禅师有一天洗澡的时候,因为水太热了,叫一个小弟子提一桶冷水来,把水调冷一些。

年轻的弟子奉命提水来,将洗澡水调冷以后,顺手把剩下的冷水倒掉。

"笨蛋,你为什么浪费寺里的一滴水?"仪山厉声地责骂,"一切事物都有其价值,应该善加利用,即使只是一滴水,用来洒树浇花都很好,树茂盛,花欢喜,水也就永远活着了。"

那年轻的弟子当下开悟,自己改名为"滴水和尚",就是后来日本禅宗史上伟大的滴水禅师。

在中国,把一切能承传六祖慧能顿悟禅正法的,称为"曹溪一滴"或"曹源一滴水",每一滴水就是一滴法乳。

水的大小

每一滴水看来很小,但组成四大洋的是一滴一滴的水,圆融无碍。

大海看来很大,其实也离不开一滴水。

我们呼吸的空气也是如此。我们每吸一口空气,都是大树、小草,或人所吐出来的。我们每吐出一口空气,也都辗转往复,不会失去存在。

若知道我们喝的水不增不减,我们呼吸的空气不净不浊、不沉不没,就比较能了知空性了。

蟑螂游泳

一只蟑螂掉进抽水马桶,在那里挣扎、翻泳,状甚惊惧恐慌。我把它捞起来,放走,对它说:"以后游泳的时候要小心喔!"它称谢而去。

大小是相对而生的。对一只蟑螂,抽水马捅的一小捧水就是一个很大的湖泊了。

吃馒头的方法

永春市场有山东人卖馒头,滋味甚美。

每天散步路过,我总是去买一个售价六元的馒头,刚从蒸笼取出,圆满,洁白,热腾腾的,充满了麦香。

一边散步回家,一边细细地品味一个馒头,有时到了忘我的境地,仿佛走在很广大的小麦田里,觉得一个馒头也让人感到特别的幸福。

小 小

小小，其实是很好的，饮杯小茶，哼首小曲，散个小步，看看小星小月，淋些小风小雨，或在小楼里种些小花小木，或在小溪边欣赏小鱼小虾。

也或许，和小小时候的小小情人在小小的巷子里，小小地擦肩而过，小小地对看一眼，各自牵着自己的小孩。

小小的欢喜里有小小的忧伤，小小的别离中有小小的缠绵。

人生的大起大落、大是大非，真的是由小小的网所织成的。

小 诗 有 味

想到苏东坡的两句诗："高论无穷如锯屑，小诗有味似连珠。"长篇大论就像锯木头的木屑，小小的诗歌就像一连串的珍珠，有味得多了。

"小"往往可以看到更细腻的情感，特别是写细微之心情。陆游有一首好诗《临安春雨初霁》：

> 世味年来薄似纱，谁令骑马客京华；
> 小楼一夜听春雨，深巷明朝卖杏花。
> 矮纸斜行闲作草，晴窗细乳戏分茶；
> 青衣莫起风尘叹，犹及清明可到家。

这是典型的"轻、薄、短、小"。想想看,如果是在大厦里听大雨,在大街看大男人穿梭车阵卖玉兰花,那是如何来写诗呢?

小儿女有情长之义,大英雄有气短之憾。送给情人的一小朵玫瑰花,其真情有时可比英雄们争斗于一片江山。

时人见此一枝花,如梦相似。

一毛端现宝王刹

智者大师说:"一色一香,无非中道。"一色一香虽然微细,却都有中道实相的本体。这就是《楞严经》说的"于一毛端现宝王刹",那是由于事理无碍、大小相含、一多平等的缘故。

所以,智者大师的"小止观"里有"大境界",一切"大师"都是从"小僧"做起。

正法眼藏里说:

一心一切法,一切法一心。
心即一切法,一切法即心。

从实相看,这个世界没有什么是真正的小,也没有什么是真正的大。那是有一个心的观照,观大则大,观小即小。

如来眼中的一毛端看到宝王刹,甚至每一毛孔都现出无量的三千大千世界；如来眼中的娑婆世界，也只不过是半个庵摩罗果呀！

锋利不动

别怕！别怕！业障虽大，自其变者而观之，不过是尘尘刹刹；精进！精进！善根虽小，自其不变者而观之，光影灼灼。

德山宣鉴禅师说："一毛吞海，海性无亏；纤芥投锋，锋利不动。"

在这广大的菩提之路，我们就是这样一小步一小步地走上前去。

每一年都会有小米丰收。

我们也会常常唱起小米丰收的歌呀！

那首歌或者没有歌词，或者含泪吟咏，但其中有至诚的祈祷、感恩、欢愉与歌颂，循环往复。

一遍又一遍。

一生一会

一生只有这一次聚会,
一生只有这一次相会,
使我们在喝茶的时候,
会沉入一种疼惜与深刻,
不至于错失那最美好的因缘。

飞入芒花

母亲蹲在厨房的大灶旁边,手里拿着柴刀,用力劈砍香蕉树多汁的嫩茎,然后把剁碎的小茎丢到灶中大锅,与泔水同熬,准备去喂猪。

我从大厅迈过后院,跑进厨房时正看到母亲额上的汗水反射着门口射进的微光,非常明亮。

"妈,给我两角。"我靠在厨房的木板门上说。

"走!走!走!没看到没闲吗?"母亲头也没抬,继续做她的活儿。

"我只要两角钱。"我细声但坚定地说。

"要做什么?"母亲被我这异乎寻常的口气触动,终于看了我一眼。

"我要去买金唊。"金唊是三十年前乡下孩子唯一能吃到的糖,浑圆的,坚硬的糖球上粘了一些糖粒。一角钱两粒。

"没有钱给你买金唊。"母亲用力地把柴刀剁下去。

"别人都有,为什么我们没有?"我怨愤地说。

"别人是别人,我们是我们,没有就是没有,别人做皇帝你怎么不去做皇帝!"母亲显然动了肝火,用力地剁香蕉树的嫩茎。柴刀砍在砧板上咚咚作响。

"做妈妈是怎么做的?连两角钱买金唌都没有?"

母亲不再做声,继续默默工作。

我那一天是吃了秤砣铁了心,冲口而出:"不管怎样,我一定要!"说着就用力踢厨房的门板。

母亲用尽力气,柴刀"咔"的一声站立在砧板上,顺手抄起一根生火的竹管,气急败坏地一言不发,劈头劈脑就打了下来。

我一转身,飞也似的蹦了出去,平常,我们一旦忤逆了母亲,只要一溜烟跑掉,她就不再追究,所以只要母亲一火,我们总是一口气跑出去。

那一天,母亲大概是气极了,并没有转头继续工作,反而快速地追了出来。我正奇怪的时候,发现母亲的速度异乎寻常的快,几乎像一阵风一样,我心里升起一种恐怖的感觉,想到脾气一向很好的母亲,这一次大概是真正生气了,万一被抓到一定会被狠狠打一顿。母亲很少打我们,但只要她动了手,必然会把我们打到讨饶为止。

边跑边想,我立即选择了那条火车路的小径,那是家附近比较复杂而难走的小路,整条都是枕木,铁轨还通过旗尾溪,悬空架在上面,我们天天都在这里玩耍,路径熟悉,通常母亲追我们的时候,我们就选这条路跑,母亲往往不会追来,而她也很少把气生到晚上,只要晚一点回家,让她担心一下,她气就消了,顶多也只是数落一顿。

那一天真是反常,母亲提着竹管,快步地跨过铁轨的枕木追过来,好像不追到我不肯罢休。我心里虽然害怕,却还是有恃无恐,因为我的身高已经长得快与母亲平行了,她即使用尽全力也追不上我,何况是在火车路上。

我边跑还边回头望母亲,母亲脸上的表情是冷漠而坚决的。我们一直维持着二十几米的距离。

"哎哟!"我跑过铁桥时,突然听到母亲惨叫一声,一回头,正好看到母亲扑跌在铁轨上面,噗的一声,显然跌得不轻。

我的第一个反应是:一定很痛!因为铁轨上铺的都是不规则的碎石子,我们这些小骨头跌倒都痛得半死,何况是母亲?

我停下来,转身看母亲,她一时爬不起来,用力搓着膝盖,我看到鲜血从她的膝上汩汩流出,鲜红色的,非常鲜明。母亲咬着牙看我。

我不假思索地跑回去,跑到母亲身边,用力扶她站起来,看到她腿上的伤势实在不轻,我跪下去说:"妈,您打我吧!我错了。"

母亲把竹管用力地丢在地上,这时,我才看见她的泪从眼中急速地流出,然后她把我拉起来,用力抱着我,我听到火车从很远很远的地方开过来。

我用力拥抱着母亲说:"我以后不敢了。"

这是我小学二年级时的一幕，每次一想到母亲，那情景就立即回到我的心版，重新显影。我记忆中的母亲，那是她最生气的一次。其实，母亲是个很温和的人，她最不同的一点是，她从来不埋怨生活，很可能她心里也是埋怨的，但她嘴里从不说出，我这辈子也没听她说过一句粗野的话。

因此，母亲是比较倾向于沉默的，她不像一般乡下的妇人喋喋不休。这可能与她的教育与个性都有关系。在母亲的那个年代，她算是幸运的，因为受到初中的教育，日据时代的乡间能读到初中已算是知识分子了，何况是个女子。在我们那方圆几里内，母亲算是知识丰富的人，而且她写得一手娟秀的字，这一点是小时候常引以为傲的。

我的基础教育都是来自母亲，很小的时候她就把《三字经》写在日历纸上让我背诵，并且教我习字。我如今写得一手好字就是受到她的影响，她常说："别人从你的字里就可以看出你的为人和性格了。"

早期的农村社会，一般孩子的教育都落在母亲的身上，因为孩子多，父亲光是养家已经没有余力教育孩子。我们是很幸运的，有一位明理的、有知识的母亲。这一点，我的姐姐体会得更深刻，她考上大学的时候，母亲力排众议对父亲说："再苦也要让她把大学读完。"在二十年前的乡间，让女孩子去读大学是需要很大的决心与勇气的。

母亲的父亲——我的外祖父——在他居住的乡里是颇受敬重的士绅，日据时代在政府机构任职，又兼营农事，是典型耕读传家的知识分子，他连续拥有了八个男孩，晚年时才生下母亲。因此，母亲的童年与少女时代格外受到钟爱，我的八个舅舅时常开玩笑地说："我们八个兄弟合起来，还比不上你母亲的受宠爱。"

母亲嫁给父亲是"半自由恋爱"，由于祖父有一块田地在外祖父家旁，父亲常到那里去耕作，有时借故到外祖父家歇脚喝水，就与母亲相识，互相间谈儿句，生起一些情意。后来祖父央媒人去提亲，外祖父见父亲老实可靠，勤劳能负责任，就答应了。

父亲提起当年为了博取外祖父母和舅舅们的好感，时常挑着两百多斤的农作在母亲家前来回走过，才能顺利娶回母亲。

其实，父亲与母亲在身材上不是十分相配的，父亲是身高一米八的巨汉，母亲的身高只有一米五，相差达三十厘米。我家有一幅他们的结婚照，母亲站着到父亲耳际，大家都觉得奇怪，问起来，才知道宽大的白纱礼服里放了一个圆凳子。

母亲是嫁到我们家才开始吃苦的，我们家的田园广大，食用浩繁，是当地少数的大家族。母亲嫁给父亲的头几年，大伯父二伯父相继过世，大伯母也随之去世，家外的事全由父亲撑持，家内的事则由二伯母和母亲负担，一家三十几口的衣食，加上养猪饲鸡，辛苦与忙碌可以想见。

我印象里还有几幕影像鲜明的静照，一幕是母亲以蓝底红花背巾背着我最小的弟弟，用力撑着猪栏要到猪圈里去洗刷猪的粪便。那时母亲连续生了我们六个兄弟姊妹，家事操劳，身体十分瘦弱。我小学一年级，幺弟一岁，我常在母亲身边跟进跟出，那一次见她用力撑着跨过猪圈，我第一次体会到母亲的辛苦而落下泪来，如今那一条蓝底红花背巾的图案还时常浮现出来。

另一幕是，有时候家里缺乏青菜，母亲会牵着我的手，穿过家前的一片菅芒花，到番薯田里去采番薯叶，有时候到溪畔野地去摘乌莘菜或芋头的嫩茎。有一次母亲和我穿过芒花的时候，我发现她和新开的芒花一般高，芒花雪样的白，母亲的发墨一般的黑，真是非常的美。那时感觉到能让母亲牵着手，真是天下最幸福的事儿。

还有一幕是，大弟因小儿麻痹死去的时候，我们都忍不住大声哭泣，唯有母亲以双手掩面悲号，我完全看不见她的表情，只见到她的两道眉毛一直在那里抽动。依照习俗，死了孩子的父母在孩子出殡那天，要用拐杖击打棺木，以责备孩子的不孝，但是母亲坚持不用拐杖，她只是扶着弟弟的棺木，默默地流泪，母亲那时的样子，到现在在我心中还鲜明如昔。

还有一幕经常上演的，是父亲到外面去喝酒彻夜未归，如果是夏日的夜晚，母亲就会搬着藤椅坐在晒谷场说故事给我们听，讲虎姑婆，或者孙悟空，讲到孩子都睁不开眼睛而倒在地上睡着。

有一回，她说故事到一半，突然叫起来说："呀！真美。"我们回过头去，原来是我们家的狗互相追逐跑进前面那一片芒花，栖在芒花里无数的萤火虫哗然飞起，满天星星点点，衬着在月下波浪一样摇曳的芒花，真是美极了，美得让我们都呆住了。我再回头，看到那时才三十岁的母亲，脸上流露着欣悦的光泽，在星空下，我深深觉得母亲是多么美丽，只有那时母亲的美才配得上满天的萤火。

于是那一夜，我们坐在母亲的身侧，看萤火虫一一地飞入芒花，最后，只剩下一片宁静优雅的芒花轻轻摇动，父亲果然未归，远处的山头晨曦微微升起，萤火在芒花中消失。

我和母亲的因缘也不可思议，她生我的那天，父亲急急跑出去请产婆来接生，产婆还没有来的时候我就生出了，是母亲拿起床头的剪刀亲手剪断我的脐带，使我顺利地投生到这个世界。

年幼的时候，我是最令母亲操心的一个，她为我的病弱不知道流了多少泪，在我得急病的时候，她抱着我跑十几里路去看医生，是常有的事。尤其在大弟死后，她对我的照顾更是无微不至，我今天能有很棒的身体，是母亲在十几年间仔细调护的结果。

我的母亲是这个世界上无数的平凡人之一，却也是这个世界上无数伟大的母亲之一，她是那样的传统，有着强大的韧力与耐力，从艰苦的农村生活过来，丝毫不怀忧怨恨。她们那一代的生活目标非常的单纯，只是顾着丈夫、照护儿女，几乎从没有想过自己的存在，在我的记忆中，母亲的忧病都是因我们而起，她的快乐也是因我们而起。

不久前，我回到乡下，看到旧家前的那一片芒花已经完全不见了，盖起一间一间的透天厝，现在那些芒花呢？仿佛都飞来开在母亲的头上，母亲的头发已经花白了，我想起母亲那年轻时候走过芒花的黑发，不禁百感交集。尤其是父亲过世以后，母亲显得更加孤单了，头发也更白了，这些，都是她把半生的青春拿来抚育我们的代价。

童年时代，陪伴母亲看萤火虫飞入芒花的星星点点，在时空无常的流变里也不再有了，只有当我望见母亲的白发时才想起这些，想起萤火虫如何从芒花中哗然飞起，想起母亲脸上突然绽放的光泽，想起在这广大的人间，我唯一的母亲。

松 芽 酒

朋友从桧木桌下翻找了半天,拿出一瓶灰尘满布的酒来,把酒瓶擦干净,赫然看见一枝五寸长的松芽泡在酒里。

朋友得意地笑起来:"来喝点松芽酒吧!"

说起这松芽酒,来历叫不简单,五年前的端午节中午十二点到一点之间,朋友在深山里采撷松树的嫩芽,泡在陈年的金门高粱酒里面,到第二年的端午节开坛,就可以饮用了。

我问道:"一瓶酒只泡一枝松芽吗?"

"不,大约是一半的酒,一半的松芽,这瓶酒里我只留下一枝松芽,是在做证明的,证明这是如假包换的松芽酒。"

松芽酒被打开了,一阵松香飘然而出,在屋内转来转去,然后朝下着雨的庭院飘出去。

那种松香很难形容,像是琥珀或蜜蜡因摩挲而散放的幽香,使人的胸腹一阵清凉。

我先把松芽酒拿到鼻前闻香,五年前深山中的松芽仿佛在时光中醒转,枝枝带着山上清冷的空气流出。接着,我让那浅绿色的液体流入胸腹,由于浸泡的时间久了,酒气已然失散,只存下浓郁的松香在胸腔里流转、潮涌。

"这是从前山上的道人喝的酒,"朋友欢喜地笑着说,"因为松树是吸取天地精华而孕生,传说喝了松芽酒,可以吸取天地的灵气。"

经过这么一说,好像天地的灵气突然凝聚在眼前的水晶杯中,有了一种迷蒙之美。

这杯松芽酒,使我想起一首唐诗:

> 松下问童子,言师采药去。
> 只在此山中,云深不知处。

那到山上采访隐士的诗人贾岛,在松树下问了童子之后,说不定就随手采了几枝春天的松芽回来泡酒。

在一枝松芽里,就涵藏了一座山、一个春天,以及品味美好生活的心,原来,天地的精华与灵气,只要有美好的心,就可以随处取用呀!

黑钻石与红珍珠

在南部乡下，朋友约我到六龟吃莲雾，说开春时当地的莲雾盛产，非常好吃。

这使我感到疑惑，因为从前老家种莲雾，总是要到夏天才盛产，现在怎么在严寒的初春就有莲雾？何况为了吃莲雾跑到六龟去，未免太工程浩大了！

"多好吃？六龟的莲雾会胜过林边的'黑珍珠'吗？"我问道。

朋友说："当然！黑珍珠莲雾已经很好，但是有比黑珍珠更好的莲雾叫'黑钻石'，就是六龟的莲雾。"

黑钻石？我还是第一次听见，于是欣然就道，到六龟去吃莲雾。

一路上，朋友向我分析黑钻石与黑珍珠的不同，两者在颜色与甜度上不相伯仲，但有两点不同，一是黑钻石的体积硕大，一粒胜过黑珍珠三粒的总和："四个莲雾称起来就一斤多，很难相信吧？"二是黑钻石较松脆多汁，相较起来，黑珍珠就显得干硬了。

我一直觉得，从美浓到六龟的路，是极美极典型的台湾风景，山形饱满，树木圆润，田园平和而青葱，如今在车内听着莲雾的好吃,感觉田园又美了几分。

果然,车子过了美浓往新威的路上,就看见路边许多专卖莲雾的小摊,莲雾硕大艳红,引人注目。朋友说:"那就是黑钻石了。"

我们越过许多小摊,才找到朋友熟识的农夫,停下来买莲雾。看到今天清晨才从树上采来的新鲜莲雾,紫中带红,圆满无瑕,仿佛还饱含着昨日的晚霞与露水,真是美极了,有着一种莲雾独有的清雅的香气,这一点连钻石也无以相比。

我挑了十个莲雾,农夫放在秤上,说:"三百元。"

我以为自己听错了:"三百元?十个莲雾三百?"农人和朋友都笑了。农人说:"没错!没错!我的莲雾本来一斤卖一百八的,看在陈桑的份上,算你一百五,已经便宜很多了,再便宜,我就没赚了。"

然后农人向我们倾诉,黑钻石是多么不易栽种,除了选最好的品种,打从莲雾开花结子开始,就像照顾婴儿一样。以比例算起来,二十片叶子的养分只能供应一粒莲雾,所以一大半的莲雾初结果时就要摘除,只留一小半最好的。等到果实大了,担心日晒、虫咬、鸟吃,每一粒莲雾都要包扎起来,才能使果相颜色都达到完美的地步。

"真的不贵,你吃一粒试试,就知道便宜了。"朋友插嘴说。

我对农夫说:"你是给陈桑抽几成?特别开一小时的车载我来

买你的莲雾,还一直鼓吹。"

农夫听了大笑,随手拿一粒莲雾说:"来,这粒我请!"他用衣袖拭净莲雾,一剥,正好从中间裂成两半,"嗯,很脆!"他自语道。

黑钻石的滋味真是笔墨难以形容的,香、甜、嫩、脆、清、多汁,不要说一斤一百五,两百元也是值得的。我们坐在路边,把我选的十个莲雾,一口气全吃光了。

"哎呀!这么好的莲雾怎么不运到台北去卖,一定可以卖到更好的价钱。"

农夫说:"生呷都不够,哪有通曝干。"(新鲜的都吃不够,怎会剩下来干吃。)

朋友说:"鸭内无隔暝的蚯蚓。"(蚯蚓是鸭子最爱的食物,不管有多少,都会被吃光的。)

原来最好的黑钻石光是产地路边,就卖光了,不必再销到台北,给商人赚几手。

"再过一阵子就吃不到这么好的莲雾了,雨水期一到,再好品种的莲雾也不会这么有味了。"农夫说。

最后,我们买了一整箱的莲雾,开车回来的路上,感觉到有一种很好的心情,想想台湾的土地多么肥美,能滋养出黑珍珠和黑钻石这样的水果。看看天色尚早,朋友说要带我去一个"秘密基地",车子突然转进山中小路。

当我看到一整片蛇莓鲜红的果实与洁白的花时，不禁高呼起来。

蛇莓就是山中的野草莓，因为鸟雀爱吃，常有蛇盘枝守候而得名，它的滋味与紫桑葚齐美，在我的农村生活，是回忆中最甜美的点缀。

在我还是小学生的时候，常随父亲到山里采蛇莓，父亲总是用巨大的手掌小心地捧着蛇莓，那是因为蛇莓的果实娇嫩脆弱，需要细心呵护。后来我每次看见蛇莓，就会想起粗线条的父亲捧着蛇莓、呼唤我们小名那温柔的样子，感觉那种难得的温柔胜过蛇莓的滋味。

蛇莓的记忆清明如昔，父亲则早已成为天边的云彩了。这人间的一切因缘，都如此娇嫩脆弱，需要温柔细腻地呵护呀！

我和朋友坐在溪边的卵石上，沉默专心地吃蛇莓，我想着：如果最好的莲雾叫"黑钻石"，蛇莓就可以叫"红珍珠"，在红珍珠血一样的汁液中宝藏着远去的童年时光。

能在春天吃蛇莓，真是幸福的事。生命的幸福每每如此，需要及时及地，就像六月要吃红柿，七月要吃荔枝，十二月要吃橘子，如果不能及时，只有回家吃番薯了。

在实际的人生中，相会的因缘、相逢的一笑、相惜的朋友、相爱的情人，也都需要及时及地，一旦错失就有如流逝的云彩，难以追回了。

可惜，我们懂得及时掌握生命之味时，总是从不断的错失中体验得来。

想到禅师说的："五月松风，人间无忧。"我对朋友说："春天的莲雾和蛇莓都是人间无价的，又岂止是黑钻石、红珍珠呢？"

如果我们能真切进入每一个时刻、每一次因缘，品尝那最美最动人的一触，即使再无常飘泊的生命，也能在冷漠里有动人的神采。

在不可爱里看见可爱。

在不可能中发现可能。

在不可知里探触可知。

在不可逆中创造可逆。

纵使再不可惜的时刻或感情，也知所珍惜！

在可求与不可求、可得或不可得的生活，每一步都是钻石，每一言笑都是珍珠，每一相会、相逢、相惜、相爱的因缘，都是人间无价呀！

琼麻开花

朋友带我沿着恒春的海岸线,去看今年的琼麻开花。

清晨的海风与水气,使我们感到十分清凉,这初秋的早晨如此静谧美好,光是在海岸散步就够幸福了,不一定要去看琼麻开花。

沿路,我和朋友都沉默着,享受这难得的海岸步行。我想起昨夜在朋友家,他曾试图形容琼麻开花的情景:像几千株铁树上都开了月桃花,像放大了一百倍的铃铛花,像插在海边的万国旗……朋友说了半天,懊恼地说:"我无法说清楚,你明天看就知道了。"

远远地,我们就看见成排的琼麻花了,琼麻树丛坚硬利落,真的像铁树一样,琼麻花从树丛中孤挺而出,拔高数尺,那么自负自信的样子。琼麻花形确实有些像月桃花,只是比月桃花巨大、洁白和奔放,这时我想到朋友说的"几千株铁树上都开了月桃花"也是十分贴切的,但那种辉煌繁盛的开花景象,没有亲见是难以体会的。

朋友说:"我昨天在形容的时候,你一直笑,好吧!现在你站在琼麻花前面了,你形容给我听!"

我说:"看到琼麻开花,使我想起禅宗的一个句子:'珊瑚枝枝撑着月',好像海里的珊瑚一夜之间都爬到沙滩上,而月亮化成千万个化身，落在珊瑚的顶上。""或者也可以说把千万盏路灯全搬到海岸线来！或者……呀！我无法说清楚，你看不就知道了吗？"

我学着朋友的语气说话，他听了哈哈大笑。

当我们从海岸回来，"心里就像被琼麻花撑开了，深深留着那美丽的画面。抬起头来，看见灰面鹫在极高极远的天空盘旋，那么威严、那么静定，我深信那威严与静定是飞越千万里江海山林而形成的，只是我要如何形容，才能让人看见灰面鹫满天飞翔的美呢？

唉！这世界最美的部分，只能以感受得知，语言是很无力的。

盘　桓

机场航道已满，我乘坐的飞机机长宣布，在桃园上空盘桓三十分钟。

坐我身边的老先生一直抱怨，我说："阿伯仔！坐飞机这么贵，现在有人免费带我们空中观光，是多么难得的事。"

老先生专心地看着窗外的风景，露出微笑，使我也感觉到春天的台湾，在桃园上空，特别的美丽。

降落航道的感觉真好，既欣赏了风景，也抵达了目的地。

我们的生命历程，最好的当然是起跑、起飞，顺着既定的航道，然后在目的地安然降落，而时间最好也是一秒不差。

可叹的是，在大部分起飞之后，才发现航道既不是我们原订的，降落的地点也时有改变，纵使能一切顺利，与我们同机的人也一定是与我们有情有缘的人，而抵达之时，往往也是"乡音未改，鬓毛已衰"了。

大部分生命的过程，其实都像是在空中盘桓、飘浮，找不到降落的航道。

在盘桓的时候，最容易令人心浮气躁、无所适从、自认倒霉，却很少人想到，早一点或晚一点降落又有什么要紧呢？再进一步想，在盘桓的时候，假如我们能心情安然，看看盘桓时的风景，像团聚在空中的白云，悬挂在远方圆满温暖的太阳，以及那清澄无染的蓝天，还有从空中看来，特别辽阔、青翠的我们的故乡……那么，偶尔的盘桓又有什么挂碍呢？

喜欢石头

我喜欢石头,每到一个地方旅行,如果是在河边、海岸、山上,总会捡几粒石头回家做纪念。

有的朋友会觉得奇怪,为什么我不喜欢一般人都认为有价值的钻石、古玉、翡翠,反而喜欢一般人都认为没有什么价值的石头呢?

其实不是这样,凡是石头我都喜欢,像钻石、水晶、宝玉、玛瑙、翡翠、鸡血、田黄、寿山、鱼脑冻等等,我也喜欢,它们虽然有的以克拉计价,有的以色泽计价,有的以形状计价,有的以斤两计价,在价值上有种种的分别,但严格地说,它们全是石头。

我觉得只要是石头,就是无价的,因为任何石头都是独一无二的,都与地球同寿,最少有两亿五千万年的历史,如果要算价钱,两亿五千万年究竟值多少呢?

有时候细细想来,自己为什么会喜欢捡石头呢?可能与小时候的生活有关。

由于我爸爸是农夫,小时候我时常跟随爸爸到山上和田里捡石头,捡石头是田地耕作前整地最重要的工作。我们用锄头把土地翻松,将翻到的石头捡在一起,有一些从未耕作过的山坡地,一分地捡出来的石头就堆得像小山一样。

我们搬石头常常搬得气喘如牛,我会问爸爸:"爸,这些没用的石头要怎么办呢?"

爸爸说:"石头也是很有用的,只是不应该在农田里,会妨碍作物的生长。"

当我们农田的整地完成后,爸爸带着我们把田里翻出来的石头围在田岸边,以保护水土;或者用来堆河床,防止河水泛滥;或者用来铺路和铺院子。那些较细的石子叠一层沙、一层木炭,拦在蓄水池上方,以洁净水源。

"石头也是很有用的东西",爸爸说的这一句话使我深深觉得,凡是大地所孕育的事物,没有一种是无用的,即使一粒小石头也深具价值。

在整地的时候,有时候会捡到色彩特别好看的石头,有时会捡到坚硬无比、颜色墨黑的石心,有时会捡到形状像动物的石头,我就会收藏起来把玩,然后堆在我的木板床下,后来愈积愈多,竟堆满了。

妈妈总是笑我:"这个囝仔很奇怪,整天睡在石头堆上。"

从前我们住的三合院,屋顶上留着天窗,夜里躺在床上从天窗看上去,就会看见满天的星星,亮灿灿的星星常使我的想象飞翔,觉得在我床下的石头如果到了天上,是不是也会像星星那么明亮。

星星也是石头的一种,使喜欢石头的我,得到很多的安慰。

关于星星也是石头，我们中国有一个美丽的传说，传说古早古早，有一位女皇帝叫女娲，是伏羲氏的妹妹。

女娲是很有才气的女人，她始作笙簧，是人类最早用竹子做乐器的人；她又制嫁娶之礼，规定同姓的男女不可以结婚，改善了人的品质。

在女娲晚年的时候，共工氏和祝融战争，共工战败了，非常悲愤，用头去撞不周山，使得"天柱折，地维缺"，上天破了一个大洞，地也变得高低不平。女娲一边用石头把地填平，一边用五色石来补天，从此"地平天成，不改旧物"，人民又过着平安快乐的生活。

幸好，女娲炼来补天的是五色石，才使得天上有了美丽的星星，在清晨和黄昏，天上有各种美丽的彩霞，否则，天空那么灰黯，人间也就变得枯寂了。

从前的人把女娲补天当成是传说，因为天怎么可能会破呢？但最近几十年，科学家发现了南极的臭氧层破了一个大洞，天，果然因为人类对环境的污染而破裂了。

破裂的天，使紫外线直接射到大地，南极的冰山融化，造成地球的温室效应，全世界的气候都变得不正常。

破裂的天，使天上的雨成为酸雨，落到地上，使得农作物受到可怕的侵蚀，而人的健康受到伤害。

破裂的天，还在继续破裂，有一些科学家甚至断言，地球如果有一天会毁灭，一定和破裂的天空有关。

　　当我们抬头看着天空，看着明亮的星星，会知道天空不是无用的，石头也不是无用的，可是现代的女娲在哪里呢？人间的五色石又何在呢？

　　天与地的距离不是那么遥远的。

　　地上的石头可能是天上星星的陨落。

一生一会

我喜欢茶道里关于"一生一会"的说法。

意思是说,我们每次与朋友对坐喝茶,都应该生起很深的珍惜,因为一生里能这样的喝茶可能只有这一回,一旦过了,就再也不可得了。

一生只有这一次聚会,一生只有这一次相会,使我们在喝茶的时候,会沉入一种疼惜与深刻,不至于错失那最美好的因缘。

生命虽然无常,但并不至于太短暂,与好朋友也可能会常常对坐喝茶,但是每一次的喝茶都是仅有的一次,每一回相会都和过去、未来的任何一次不同。

"有时,人的一生只为了某一个特别的相会。"这是我喜欢写了送给朋友的句子。

与喜欢的人相会,总是这样短暂,可是为了这短暂的相会,我们已经走过人生的漫漫长途,遭受过数不清的雪雨风霜,好不容易,熬到在这样的寒夜里,和知心的朋友深情相会。仔细地思索起来,从前那走过的路途,不都是为了这短短的数小时做准备吗?

这深情的一会,是从前四十年的总成。

这相会的一笑,是从前一切喜乐悲辛的大草原,开出的最美的花。

这至深的无言,是从前有意义或无意义的语言之河累积成的一朵洁白的浪花。

这眼前的一杯茶,请品尝,因为天地化育的茶树,就是为这一杯而孕生的呀!

我常常在和好朋友喝茶的时候,心里就有了无边的想象,然后我总是试图把朋友的脸容一一地收入我记忆的宝盒,希望把他们的言语、眼神、微笑全部典藏起来,生怕在曲终人散之后,再也不会有相同的一会。

"一生一会"的说法是有点幽凄的,然而在幽凄中有深沉的美,使我们对每一杯茶、每一个朋友,都愿意以美与爱来相付托、相赠与、相珍惜。

不只喝茶是"一生一会"的事,在广大的时空中、在不可思议的因缘里,与有缘的人会面,都是一生一会的。如果有了最深刻的珍惜,纵使会者必离,当门相送,也可以稍减遗憾了。

因此,茶道的"一生一会"说的不只是相会之难,而是说,若有了最深的珍重与祝福,就进入了道的境界。

召集有缘人的钟声

《高僧传》里,记载天台智者大师的传记,有一段我特别喜欢。

智者大师有一次做梦,梦见一座岩崖万重的大山,云日半垂在山上,山崖下则临着极深的沧海,海水非常澄清。有一位僧人在山峰上,伸出手来摇着打招呼,又要挽他上山,正要上山的时候梦却醒了。

智者大师醒来后把梦见的情景告诉弟子,他座下有去过天台山的弟子就说:"这是位于会稽的天台山呀!历代有许多高僧住在那里。"智者于是和弟子慧辩等二十余人南下,要到天台山去。

那时,天台山住着一位青州来的高僧定光,他已经在天台山住了四十年,在智者大师抵达天台山的两年前,他就对山里的百姓预告说:"有一位大善知识会来住在本山,你们应该多种豆造酱,编蒲草为席,盖一些新房子来欢迎他。"

后来智者大师果然到了天台山,和定光相见,定光一见面就对他说:"大善知识,你还记得早年我在山上对你摇手相唤的事吗?"智者感到非常惊异,才知道自己早年的梦不是幻象,而是真实的存在。

那时是陈太建七年九月的秋天,当智者大师抵达天台的时候,天台山的山谷响遍了洪亮的钟声，久久不绝，大家都感到非常奇异。定光说："这是召集有缘人的钟声呀！"

智者大师于是在天台山住了下来，后来开演了天台宗，成为佛教八大宗之一，智者大师也是使佛学中国化的第一人。他在天台山住了二十二年，建造大道场三十六所，在他座下剃度的出家的弟子有一万五千多人。

听过这响满山谷的有缘人的钟声，我们再来看智者大师的两则小故事。智者大师小时候就喜欢到寺院游玩，七岁的时候到寺院，一位师父看他聪明伶俐，就教他念《法华经·普门品》，读过一遍，他就会背诵了。

智者大师二十岁受比丘戒后，往光州大苏山去拜慧思禅师为师。慧思一见到他就知道了宿昔的因缘，对他说："从前我们一起在灵鹫山听世尊讲《法华经》，有这样深的宿缘，所以今天又在这里见面了。"于是对他示现普贤菩萨的道场，指授他修行的要旨。智者经过二十一天入观修行，豁然贯通，定慧圆融，而且证悟了天眼通、天耳通、他心通、神足通、宿命通、漏尽通六种神通。

可见得智者大师的宿缘之深厚，他到天台山时，天地山谷为他鸣钟，实在是极自然的事了。

"有缘人的钟声"是佛教最基本的思想基础，就是一切成住，一切坏空，无不是因缘的聚散变灭，而在智慧追求的道路上，只有有缘的人才能听见山谷里遍响的钟声，也才能为钟声所召集。

纵使相逢应不识

我们现在再来说一个故事。

唐朝的法顺大师,又名为杜顺和尚,他是华严宗的初祖,相传是文殊菩萨的化身。

杜顺和尚年轻的时候,跟随道珍禅师修习定法,有很多神验。有一年,唐太宗生热病,下诏向杜顺问:"朕为劳热所苦,以大师的神力何以灭除?"杜顺说:"皇上以圣德统治天下,小病何忧?但颁大赦,圣躬自安。"唐太宗听从他的建议,下诏大赦天下,病马上就好了。太宗为表彰杜顺,赐号为"帝心"。从此,杜顺和尚的圣号就闻名于天下了。

虽然杜顺这么伟大,到晚年的时候,还有弟子不能知道他的殊胜。在他晚年的时候,有一位追随他多年的弟子来向他告假,说是要到五台山去朝礼文殊菩萨的道场。杜顺听了,也不阻止弟子,而且微笑着准许了他的告假,临行还赠他一首偈:

> 游子漫波波,台山礼土坡;
> 文殊只这是,何处觅弥陀?

弟子还是不能领会他的意思,便收拾行囊向五台山出发了。好不容易走到五台山下,他向一个老人问路说:"我想到五台山去顶礼文殊菩萨,不知要怎么走?"

老人说:"文殊菩萨现在不在五台山,而是在终南山,就是高僧杜顺和尚呀!"

弟子听了,心头的一惊非同小可,因为杜顺和尚不正是自己的师父吗?于是兼程赶回终南山。等他赶到终南山时,杜顺已经在十一月十五日坐化了,他甚至无缘见到师父最后一面。

这个故事真是应了民间的一句俗话:"有缘千里来相会,无缘对面不相识。"还有一副对联说:"天雨虽广难育无根之草,佛门虽大不度无缘之人。"都是说明"缘分"的重要。

对于缘分的实质或者想象,总是带给我们一种无限奥妙深远的情愫,同时也给人生的浮云聚散带来一些茫然、一点惆怅。

不过,非常确定的一点是,对于无数的人,即使文殊菩萨站在眼前,也不能相识,那是有如盲人看月,月是一直存在的,只是眼盲的人不能看见罢了!

只可惜世界上有很多人不能珍惜缘的成就、缘的力量与缘的殊胜。

佛的三种不能

在《景德传灯录》里,记载了一则元珪禅师的故事。

元珪禅师在中岳庞坞修行的时候,住在一个简陋的茅草屋里。

有一天，一位戴漂亮帽子、穿着华丽衣服的公子来拜访他，这位公子有很多随从，浩浩荡荡到了茅屋前面，称元珪为大师。元珪见他形貌奇伟非常，就问他说："仁者有何贵事，到老僧的陋室来呢？"

"大师，你认识我吗？"那位公子说。

元珪说："在我的眼里，佛与众生没有分别，我都同等对待，你是谁又有什么分别呢？"

公子说："我就是这座山的山神，可以使人死去，也能让人重活，你怎么可以把我看成和别人一样呢！"

元珪说："我本来不生，你又怎么使我死呢？我看我的身体与虚空相同，看我和你相同，你如果能毁坏虚空和你自己才能毁坏我，人能毁坏虚空和你自己吗？我早就是达到不生不灭境界的人了，你尚且不能有不生不灭的境界，何况是令我生死呢？"

岳神听了，知道元珪禅师是得道的高人，立即稽首顶礼，拜他为师，并且由禅师授以杀、盗、淫、妄、酒五戒，正式收为弟子。

岳神受了三皈五戒之后，问元珪禅师说："我的神通和佛比起来怎么样？"

元珪说："如果把神道说成十能，你有五能五不能，佛则有七能三不能。"

岳神一直自认神通广大，听到禅师所说，悚然避席跪地说："请师父开示。"

元珪说:"我问你,你能使上帝往东天奔跑、而在西边同时出七个太阳吗?"

"不能。"岳神说。

"那么,你能夺住地上所有的神明吗?你能使五岳连在一起吗?你能让四大海的海水融合在一起吗?"

"不能。"岳神说。

"这就是你的五种不能。"元珪禅师继续说,"我现在来告诉你,佛的三种不能:

  佛能空一切相,成万法智,
  而不能灭定业;
  佛能知群有性,穷亿劫事,
  而不能化导无缘;
  佛能度无量有情,
  而不能尽坐生果。

这就是佛的三种不能。但是,定业并不是牢久不可破的,无缘也只是一段时间,并不是永远的……依我所解悟的佛,他并没有什么神通,只是以无心来通达一切的法罢了。"

这个故事说明了佛教的基本精神,就是佛并不是万能的,他有无限的智慧与能力,却不能灭除每个人自己做下的定业果报;他知道众生都有佛性,究竟了无始劫的因缘,却不能感化教导没有缘分的人;他能度的有情众生是无数量限制的,但却不能把众生人全部度尽,因为有许多无缘的众生。

佛的三种不能里,有两种是与缘分有关的,可见缘分乃是这个世界上最困难的事。佛陀当年在灵鹫山上讲《妙法莲华经》,现场就有五千人站起来走掉,佛陀的弟子们都很生气,佛陀却一点也不生气地说:"他们是机缘还没有成熟呀!"

这真是彻见了人生因缘的智慧之语。我们在这有情的人间,被抛弃、被见离、被轻忽、被生离死别,饱受了种种情感的折磨,如果我们能进入因缘的内在世界,平心静气地说:"我们是机缘还没有成熟呀!"这时,我们就超越了束缚,照见人生是因缘合成的本来面目。

因缘沉埋八千年

在佛经里,把一切有为法由缘而生成,称为"缘生";把一切事物的待缘而起,称为"缘起";但一切因缘都不是永恒的,转眼消失,叫做"缘灭"。

我们常说"因缘"、"因果",到底因、缘、果之间有什么关系和差别呢?我们可以这样简单地说:森罗万象都自因缘而成,因缘合成而生的就叫果。这在经典上是"因则能生,果则所生,缘则助生",对所生成的"果"来说,"因"是亲而强力的,"缘"则是疏而弱力的。例如种子为因，雨露农夫等环境因素为缘，这因缘合成生出来的米，就是果。

了解到这一层，我们就知道因果之间有绝对关系，但却不是必然关系。例如说我们种了一个因，这个因没有缘的相会，它就永久止于未来，不能显现它的果。我们前面说"佛不能灭定业"，定业虽不可灭，却可以"止"，用愿力改变诸缘，则定业的果就永远不能结了。

举一个例子说，有一年我到埃及去旅行，在开罗博物馆看到许多从法老王墓穴中挖出来的食物种子，有小麦、稻子、玉米等等，那是法老王陪葬用的种子，因为在古老埃及人的轮回观念里，认为人死后转生另一个世界，是带着灵魂、身体、黄金、食物一起转生的，因此才有木乃伊，以及非常多而丰富的葬品。

我特别留意那些种子，种子中最老的，干燥后埋在地里已有八千年的历史了，到本世纪才被挖掘出来。

开罗博物馆的导游告诉我们，那些沉埋数千年的种子被挖出来以后，都做过实验，发现大部分的种子都还能发芽、开花、结果，而埃及许多早就消失的谷种，都因这些种子的发现，重新生存到这个世界上。

当时，我听到这里，看那些用锦盒盛着的黑灰色谷种，心里有一种美丽的感动，人的转生虽无法证明，但那些种子不正是转生的预示吗？

用埃及的种子来解释因、缘、果，就能有一个明显的说明：种子被埋在地里八千年没有被挖掘,在那漫长的八千年里,它一直是一个因;八千年后被发现了,被实验、被种植、被期待、被照愿,都是各种缘的会合;最后证明它还能结出果实,这是果的完成。

从这里联想,我们今生所感召的果,何尝不是经过遥远生世所埋下的因、在这一生中会面的缘所生出来的呢?如果没有缘,就是沉埋数千年的因也不能结果呀!

处处都是明亮动人的钟声

佛陀曾以钻木取火来说因缘法,他说:"诸法皆如是,譬如两木相揩,火出还烧木,木尽火便灭。"

因缘正是如此,两根木头里何尝有火呢?可是相碰以后就有了火,火是从哪里来?往哪里去?火出来以后把木头烧了,木头烧完,火又熄灭了。

两个人相会也是如此,两个心里何尝有情感呢?可是一相遇情感便产生了,情感从哪里来?往哪里去?情感之火点燃以后把两个焚烧,烧完了情感,火就熄灭了。

这就是"因缘合乃成,因缘离散即灭"的实相,也是大至宇宙、小至人生的实相,同时也都是空相。

面对这种人生不可避免的真实,我们要如何呢?

修行者告诉我们最好的人生道路是:

> 心田不长无明草，
> 性地常开智慧花。

说我们看待因缘最好的人生道路是：

> 历尽万般红尘劫，
> 犹若凉风轻拂面。

我们是薄地的凡夫，很难做到那样的境界，但是我常常对别人说，要"惜缘"，要"不弃世缘"，那是因为今生的每一个因缘都不是那么容易得到，只有惜缘的人才能坦然无悔，只有不弃世缘的人才能知道，每一次小小的因缘都是历经亿万年流浪生死的一回照面，那么追求更高的般若智慧，体验万古长空一朝风月的机缘，不更是非常非常之难吗？

让我们回到心灵明净的自我，聆听在我们自性深处声音虽小却明亮动人的钟声吧！让我们在高山的时候，听高山之钟；在海滨，听海滨之钟；在森林，听林木之钟；在变幻的蓝天，听白云、霞彩、霓虹，甚至乌云的钟声。

这个世界，到处都敲着召集有缘人的钟声，随遇都是有缘人，钟声不只敲在天台山谷，也不只响遍寺院之中，只要我们足够明净，时时都能听到有缘的钟声。

飞翔的木棉子

开车从光复南路经过，一路的木棉正盛开，火燃烧了一样，再转罗斯福路、仁爱路、复兴南路、中山北路，都是正向天空招扬的木棉花。每年到这个时候，都市人就知道春天来了，也能感觉到台北不是完全没有颜色的都市。

如果是散步，总会忍不住站在木棉树下张望，或者弯下腰，捡拾几朵刚落下的木棉花，它的姿形与色泽都还如新，却从树上落下了，仿佛又坠落一个春天，夏的脚步向前跨过一步。

木棉花落下的声音比任何花巨大，啪嗒作响，有时真能震动人的心灵，尤其是在都市比较寂静的正午时分，可以非常清晰地听见一朵木棉花离枝、破风、落地的响声，如果心地足够沉静，连它落下滚动的声息都明晰可闻。

但都市木棉花的落地远不如在乡下听来可惊，因为都市之木棉不会结子是人人都知道并习以为常的，因此看到满地木棉花也不觉稀奇。在我生长的南部乡下，每一朵木棉花都会结子，落下的木棉花就显得可惊了。

有一次，我住在亲戚家里，亲戚家院里长了两株高大的木棉，春雷响后，木棉开满橙红的花，那种动人的景观只有整群燕子停在电线上差堪比拟。但到了夜半,坐在厢房窗前读书,突然听见木棉花落,声震屋瓦,轰然作响,扯动人的心弦。为什么南方木棉花的落地,会带来那么大的震动呢?

那是由于在南方,木棉花在开完后并不凋谢,而在树上结成一颗坚实的果子。到了盛夏,果子在阳光下噗然裂开。这时,木棉果里面的木棉子会哗然飞起,每一粒木棉子长得像小钢珠,拖着一丝白色棉花,往远方飞去——那些裂开时带着弹性之力且借着风走的木棉子,可以飞到数里之遥,然后下种,抽芽,长成坚强伟岸的木棉树。这是为什么在乡下广大的田野里,偶尔会看见一株孤零零的木棉树,那通常是越过几里村野的一颗小小木棉子,在那里落地生根的。

所以,乡下木棉花落会引人叹息,因为它预示了有一朵花没有机会结子、飞翔、落种、成长,尤其当我们看到一朵完整美丽的花落下特别感到忧伤,会想到:这朵花为何落下,是失去了结子的心愿呢?还是沉溺自己的美丽而失去了力量?

这些都不可知,但我们看到城市落了满地的木棉花感到可怕,为什么整个城市美丽的木棉花,竟没有一朵结子?更可怕的是,大部分人都以为木棉花掉落是一种必然,甚至忘记这世界上有飞翔的木棉子。

是不是整个城市的木棉花都失去了结子与飞翔的心愿呢?

有时候这种对自然的思考,会使我感到迷惑,就在我们这块相连的岛屿，北回归线以南的壁虎叫声非常清澈响亮，以北的壁虎却都是哑巴；若以中央山脉为界，中央山脉以西的白头翁只只白头，以东的同一种鸟却没有白头的，被叫做乌头翁。我常常想，如果把南方会叫的壁虎带过北回归线，它还叫不叫？把西边的白头翁带过中央山脉，它的头白不白？

可惜没有人做过这种试验，使我们留下一些迷思，但有一个例子说不定可以给我们启示性的思考。在中央山脉走到尾端的恒春，由于没有中央山脉为界，同时生长着白头翁与乌头翁，白者自白，黑者自黑；还有沿着北回归线生长的壁虎，有会叫的也有哑巴的，嚣者自嚣，默者自默。那么，或黑或白，或叫嚣或沉默，是不是动物自己的心愿呢？或许是的。这个答案使我们对于都市木棉花的颜色从火的燃烧顿时跌入血的忧伤，它们是失去了结子的心愿，或是对都市的生存环境做着无言的抗议呢？

我有时开车经过木棉夹道的道段，有些木棉花滚落到路中央，车子辗过仿佛听闻到霹雳之声，使人无端想起车轮下的木棉花，如果在南方，它会结出许许多多木棉子，每一粒都带着神奇的棉花翅膀，每一粒都饱孕着生命的力量，每一粒都怀抱着飞翔到远方的志愿……因为有了这些，每一次木棉的开起，都如晨光预示了新的开始。都市里不能结子的木棉花，每一次开起，都宣告了一个春天即将落幕，像火红的、一直坠入天际的晚霞。

有一天，我在仁爱路上拾起几朵新凋落的木棉花，捧在手上，还能感觉它在树上犹温的血。那一刻我想：一个人不管处在任何环境，都要坚持心灵深处的某些质地，因为有时生命的意义只在说明一些最初的坚持，放弃生命的坚持的人，到最后就如城市里的木棉一样，只有开花的心情，终将失去结子与飞翔的愿力。

一　朝

十二岁的时候,第一次读《红楼梦》似懂非懂,读到林黛玉葬花的那一段,以及她的《葬花辞》,里面有这样几句:

尔今死去侬收葬,未卜侬身何日丧?
侬今葬花人笑痴,他年葬侬知是谁?
试看春残花渐落,便是红颜老死时。
一朝春尽红颜老,花落人亡两不知!

那是我第一次感受到落花也会令人忧伤,而人对落花也像待人一样,有深刻的情感。那时当然不知道林黛玉的自伤之情胜过于花朵的对待,但当时也起了一点疑情,觉得林黛玉未免小题大做,花落了就是落了,有什么值得那样感伤,少年的我正是"侬今葬花人笑痴"那个笑她的人。

我会感到葬花好笑是有背景的。那时候父亲为了增加家用,在田里种了一亩玫瑰,因为农会的人告诉他,一定有那么一天,一朵玫瑰的价钱可以抵上一斤米。可惜父亲一直没有赶上一朵玫瑰一斤米的好时机,二十几年前的台湾乡下,根本不会有人神经到去买玫瑰来插。父亲的玫瑰种得不错,却完全滞销,弄到最后懒得去采收了，一时也想不出改种什么，玫瑰田就荒置在那里。

我们时常跑到玫瑰田去玩，每天玫瑰花瓣黄的、红的、白的落了一地，用竹扫把一扫就是一簸箕，到后来大家都把扫玫瑰田当成苦差事，扫好之后顺手倒入田边的旗尾溪，千红万紫的玫瑰花瓣霎时铺满河面，往下游流去，偶尔我也能感受到玫瑰飘逝的忧伤之美，却绝对不会痴到去葬花。

不只玫瑰是大片大片地落，在我们山上，春天到秋天，坡上都盛开着野百合、野姜花、月桃花、美人蕉，有时连相思树上都是一片白茫茫，风吹来了，花就不计数地纷飞起来。山上的孩子看见落花流水，想的都是节气的改变，有时候压根儿不会想到花，更别说为花伤情了。

我只有一次为花伤心的经验。那是有一年父亲种的竹子突然有十几丛开花了，竹子花真漂亮，细致的、金黄色的，像满天星那样怒放出来。父亲告诉我们，竹子一开花就是寿限到了，花朵盛放之后，就会干枯、死去；而且通常同一株育种的竹子会同时开花，母亲和孩子会同时结束生命。那时候我在竹子枯死的那一阵子，总会无端地落下泪来，不过，在父亲插下新枝后，我的伤心也就一扫而空了。

多几次感受到竹子开花这样的经验，就比较知道林黛玉不是神经，只是感受比常人敏锐罢了，也慢慢能感受到那种借物抒情、反观自己的情怀。

> 昨宵庭外悲歌发，知是花魂与鸟魂？
> 花魂鸟魂总难留，鸟自无言花自羞。
> 愿奴此日生双翼，随花飞到天尽头。
> 天尽头，何处有香丘？
> 未若锦囊收艳骨，一抔净土掩风流，
> 质本洁来还洁去，强于污淖陷渠沟。

长大一点，我更知道了花草树木都与人有情感、有因缘，为花草树木伤春悲秋，欢喜或忧伤是极自然的事；能在欢喜或悲伤时，对环境有所体会观照，正是一种觉悟。

最近又重读了《红楼梦》，就体会到了花草原是法身之内，一朵花的兴谢与一个人的成功失败没有两样，人如果不能回到自我，做更高智慧之追求，使自己明净而了知自然的变迁，有一天也会像一朵花一样在无知中凋谢了。

同时，看一片花瓣的飘落，可以让我们更深地感知无常，正如贾宝玉在山坡上听见黛玉的《葬花词》"不觉恸倒山坡上，怀里兜的落花撒了一地"。那是他想到黛玉的花容月貌终有无可寻觅之时，又推想到宝钗、香菱、袭人亦会有无可寻觅之时，当这些人都无可寻觅，自己又安在呢？自身既不知何在何往，将来斯处、斯园、斯花、斯柳，又不知当属谁姓！

看看这种无常感，怎么能不恸倒在山坡上？我觉得，整部《红楼梦》就在表达"人生如梦"四字，这是一种无可奈何的无常，只是借黛玉葬花来说，使我们看到了无常的焦点。《红楼梦》还有一支曲子，我非常喜欢，说的正是无常：

> 为官的，家业凋零；富贵的，金银散尽；有恩的，死里逃生；无情的，分明报应。欠命的，命已还；欠泪的，泪已尽；冤冤相报实非轻，分离聚合皆前定。欲知命短问前生，老来富贵也真侥幸。看破的，遁入空门；痴迷的，枉送了性命；好一似食尽鸟投林，落了片白茫茫大地真干净。

从落花而知大地有情，这是体会；从葬花而知无常苦空，这是觉悟；从觉悟中知道万法了不可得，应该善自珍摄，不要空来人间一回，这就是最初步的菩提了。读《红楼梦》不也能使我们理解到青原唯信禅师说的过程吗？

> 三十年前见山是山，见水是水。及后亲见亲知，有个入处，见山不是山，见水不是水。如今得个休歇处，依旧见山只是山，见水只是水。

相传从前有一个老僧，经卷案头摆了一部《红楼梦》，一位居士去拜见他，感到十分惊异，问他："和尚也喜欢这个？"

老僧从容地说："老僧凭此入道。"

这虽是传说，但也不无道理，能悟道的，黄花翠竹、吃饭睡觉、瓦罐瓶勺都会悟道了，何况是《红楼梦》！

虽然《红楼梦》和"悟道"没有必然关系，但只要时时保有菩提之心，保有反观的觉性，就能看出在言情之外言志的那一部分，也可以看到隐在小儿女情意背后那广大的空间。

知悉了大地有情，觉悟了无常苦空，体会了山水的真实，保有了清明的菩提，我们如何继续前行呢？正是"一朝春尽红颜老"的那个"一朝"，是"万古长空，一朝风月"的"一朝"，是知道"放弃今日就没有来日，不惜今生就没有来生"！是"此身不向今生度，更待何生度此身"！是"当下即是"！是"人圆即成佛"！

那么就在每一个"一朝"中保有菩提，心田常开智慧之花，否则，像竹子一样要等到临终才知道盛放，就来不及了。

路上捡到一粒贝壳

午后,在仁爱路上散步。

突然看见一户人家院子种了一棵高大的面包树,那巨大的叶子有如扇子,一扇扇地垂着,迎着冷风依然翠绿,一如在它热带祖先的雨林中。

我站在围墙外面,对这棵面包树十分感兴趣。那家人的宅院已然老旧,不过在这一带有着一个平房,必然是亿万的富豪了。令我好奇的是这家人似乎非常热爱园艺,院子里有着许多高大的树木,园子门则是两株九重葛往两旁生长而在门顶握手,使那扇厚重的绿门仿佛戴着红与紫两色的帽子。

绿色的门在这一带是十分醒目的。我顾不了礼貌的问题,往门隙中望去,发现除了树木,主人还经营了花圃,各色的花正在盛开,带着颜色在里面吵闹。等我回过神来,退了几步,发现寒风还鼓吹着双颊,才想起,刚刚往门内那一探,误以为真是春天了。

脚下有一些裂帛声,原来是踩在一张面包树的扇面了,叶子大如脸盆,却已裂成四片,我遂兴起了收藏一张面包树叶的想法,找到比较完整的一片拾起,意外,可以说非常意外地发现了,树叶下面有一粒粉红色的贝壳。把树叶与贝壳拾起,就离开了那个家门口。

但是，我已经不能专心地散步了。

冬天的散步，于我原有运动身心的功能，本来在身心上都应该做到无念和无求才好，可惜往往不能如愿。选择固定的路线散步，当然比较易于无念，只是每天遇到的行人不同，不免使我常思索起他们的职业或背景来，幸而城市中都是擦身而过的人，念起念息有如缘起缘灭，走过也就不会挂心了。一旦改变了散步的路线，初开始就会忙碌得不得了，因为新鲜的景物很多，念头也蓬勃，仿佛汽水开瓶一样，气泡兴兴灭灭地冒出来，念头太忙，回家来会使我头痛，好像有某种负担；还有一种情况，是很久没有走的路，又去走一次，发现完全不同了，这不同有几个原因，一个是自己的心境改变了，一个是景观改变了，还有一个重要原因，是季节更迭了，使我知道，这个世界是无常的因缘所集合而成，一切可见、可闻、可触、可尝的事物竟没有永久（或只是较长时间）的实体，一座楼房的拆除与重建只是比浮云飘过的时间长一点，终究也是幻化。

我今天的散步，就是第二种，是旧路新走。

这使我在尚未捡面包树叶与贝壳之前，就发现了不少异状。例如我记得去年的这个时间，安全岛的菩提树叶已经开始换装，嫩红色的小叶芽正在抽长，新鲜、清明、美丽动人。今年的春天似乎迟了一些，菩提树的叶子，感觉竟是一叶未落，老得有一点乌黑，使菩提树看起来承受了许多岁月的压力，发现菩提树一直等待春天，使我也有些着急起来。

木棉花也是一样,应该开始落叶了,却尚未落。我知道,像雨降、风吹、叶落、花开、雷鸣、惊蛰都是依时序的缘升起,而今年的春天之缘,为什么比往年来得晚呢?

还看到几处正在赶工的大楼,长得比树快多了,不久前开挖的地基,已经盖到十楼了。从前我们形容春雨来时农田的笋子是"雨后春笋",都市的楼房生长也是雨后春笋一样的。这些大楼的兴建,使这一带的面目完全改观,新开在附近的商店和一家超级啤酒屋,使宁静与绿意备受压力。

记忆最深刻的是路过一家新开幕的古董店,明亮橱窗最醒目的地方摆了一个巨大的白水晶原矿石,店家把水晶雕成一只台湾山猪正在被七只狼(或者狗)攻击的样子,为了突出山猪的痛苦,山猪的蹄子与头部是镶了白银的,咧嘴哀嚎,状极惊慌。标价自然十分昂贵,我一辈子一定不能储蓄到与那标价相等的金钱。对于把这么美丽而昂贵的巨大水晶(约有桌面那么大),却做了如此血腥而鄙俗的处理,竟使我生出了一丝丝恨意和巨大怜悯,恨意是由雕刻中的残忍意识而生,怜悯是对于可能把这座水晶买回的富有的人。其实,我们所拥有和喜爱的事物无不是我们心的呈现而已。

如果我有一块如此巨大的水晶,我愿把它雕成一座春天的花园,让它有透明的香气;或者雕成一尊最美丽的观世音菩萨,带着慈悲的微笑,散放清明的光芒;或者雕几个水晶球,让人观想自性的光明；或者什么都不雕，只维持矿石的本来面目。

想了半天才叫了起来，忘记自己一辈子不可能拥有这样的水晶，但这时我知道不能拥有比可以拥有或已经拥有使我更快乐。有许多事物，"没有"其实比"持有"更令人快乐，因为许多的"有"，是烦恼的根本，而且不断地追求"有"，会使我们永远徘徊在迷惑与堕落的道路。幸而我不是太富有，还能知道在人世中觉悟，不致被福报与放纵所蒙蔽；幸而我也不是太忙碌或太贫苦，还能在午后散步，兴趣盎然地看着世界。从污秽的心中呈现出污秽的世界，从清净的心中呈现出清净的世界，人的境况或有不同，若能保有清净的观照，不论贫富，事实上都不能转动他。

看看一个人的念头多么可怕，简直争执得要命，光是看到一块残忍的水晶雕刻，就使我跳跃一大堆念头，甚至走了数百米完全忽视眼前的一切。直到心里一个声音对我说了一句话才使我从一大堆纷扰的念头醒来："那只是一块水晶，山猪或狼只是心的感受，就好像情人眼中的兰花是高洁的爱情，养兰者的眼中兰花总有个价钱，而武侠小说里，兰花常常成为杀手冷酷的标志。其实，兰花，只是兰花。"

从念头惊醒，第一眼就看到面包树，接下来的情景如同上述。拿着树叶与贝壳的我也茫然了。

尤其是那一粒贝壳。

这粒粉红色的贝壳虽然新而完好，但不是百货公司出售的那种经过清洗磨光的贝壳,由于我曾在海边住过,可以肯定贝壳是从海岸上捡来不久,还带着海水的气息。奇特的是,海边来的贝壳是如何掉落到仁爱路的红砖道上呢?或者是无心的遗落,例如跑步时从口袋掉出来?或者是有心的遗落,例如是情人馈赠而爱情已散?或者是……有太多的或者是,没有一个是肯定的答案。唯一肯定的是,贝壳,终究已离开了它的海边。

人生活在某时某地,真如贝壳偶然落在红砖道上,我们不知道从哪里、为何、干什么来到这个世界,然后不能明确说出原因就迁徙到这个都市,或者说是飘零到这陌生之都。

"我为什么来到这世界?"这句话使我在无数的春天中辗转难眠,答案是渺不可知的,只能说是因缘的和合,而因缘深不可测。

贝壳自海岸来,也是如此。

一粒贝壳,也使我想起在海岸居住的一整个春天,那时我还多么年少,有浓密的黑发,怀抱着爱情的秘密,天天坐在海边沉思。到现在,我的头发和爱情都有如退潮的海岸,露出它平滑而不会波动的面目。少年的我还在哪里呢?那个春天我没有拾回一粒贝壳,没有摄过一张照片,如今竟已完全遗失了一样。偶尔再去那个海岸,一样是春天,却感觉自己只是海面上的一个浮沤,一破,就散失了。

世间的变迁与无常是不变的真理,随着因缘的改变而变迁,不会单独存在,不会永远存在,我们的生活有很多时候只是无明的心所映现的影子。因此,我们可以这样说,少年的我是我,因为我是从那里孕育,而少年的我也不是我,因为他已在时空中消失;正如贝壳与海的关系,我们从一粒贝壳可以想到一片海,甚至与海有关的记忆,这粒贝壳竟然是在红砖道上拾到,与海相隔那么遥远!

想到这些,差不多已走到仁爱路的尽头了,我感觉到自己有时像个狂人,时常和自己对话不停,分不清是在说些什么。我忆起父亲生前有一次和我走在台北街头突然说:"台北人好像仔,一天到暗在街仔赖赖。"翻成国语是:"台北人好像神经病,一天到晚在街头乱走。"我有时觉得自己是仔之一,幸而我只是念头忙碌,并没有像逛街者听见换季打折一般,因欲望而狂乱奔走;而且我走路也维持了乡下人稳重谦卑的姿势,不像台北那些冲锋陷阵或龙行虎步的人,显得轻躁带着狂性。我尤其不喜欢台北的冬天,不断的阴雨,包裹着厚衣的人在拥挤的街道,有如撞球台的圆球撞来撞去。春天来就会好些,会多一些颜色,多一点生机,还有一些悠闲的暖气。

回到家把树叶插在花瓶,贝壳放在案前,突然看到桌上的黄历,今天竟是立春了:"立春:斗指东北为立春,时春气始至,四时之卒始,故名立春也。"

我知道,接下来会有雨水、惊蛰、春分、清明、谷雨,台北的菩提树叶会换新,而木棉与杜鹃会如去年盛开。

无常两则

我们认识的第一个秋天

我们认识的第一个秋天,确是在这里,我在巷子里走了很久才认出来。

我们曾坐在一起看云的阶梯,现在已经完全崩坏了,只剩下一些石块的残迹。

我们曾站着彻夜谈天的那一棵凤凰木,有半边的枝丫被雷劈断了,另一边零落地开着花。

我们曾无数次在黄昏走过的草地,现在是一排灰色的公寓,上面装满了锈去的铁窗,以及努力从铁窗探头的盆栽植物。

我们曾在湖边谈诗的榕树不见了,湖已完全填平,现在是一个养鸡场。

这些都不是我认出这个地方的理由,我认出这个地方是因为偶然走过,而又有一些当年秋天的心情。还有那一年刚种上去的相思树,现在开满鹅黄色的小花,那相思树虽长大开花,树形却一点也没有改变。

站在相思树前,我的心情和那茸茸的黄花一样茫然,我的思绪被这种茫然一把抓住，使我对自己、对青春的岁月感到非常陌生，不敢确定我是不是真的认识过自己或认识过你，那种感觉，仿佛有一条蛇从心头轻轻地滑过去。

我们认识的第一个秋天，竟是在这里吗？

离去的小路

这竟是当年你离去的那一条小路吗？阶梯上的榕树还是原来的样子（似乎已老了一些），路旁的金急雨花仍然盛开（仿佛没有从前那么艳黄），巷子口的路灯也在原来的位置（如若缺乏昔日的光明），你家的窗口还是有我熟悉的灯光（但是窗帘好像换过了）。

这竟是当年你离去的那一条小路吗？你说过你不是轻易道别的人（你的话总像春天的风吹过），你说过你愿意一生只爱一次（你的誓言有如夏日午后的西北雨），你常常用泪来印证某些情爱的不朽（你的泪轻忽得似秋日流过的浮云），你说天下总会有一种永恒的情意（你这样说时，就像很冷很冷的冬天清晨我们口中所呼出的烟气）。

这竟是当年你离去的那一条小路吗？我试着用年轻时欢跃的碎步来走（但我已胖了），我试着以深深的呼吸来探触（但空气污染了），我试着想象你的唇、你的表情、你的气息、你的五官（但真像电影的柔焦镜头，带着模糊的一种忧郁）。

这竟是我看着你离去的小路吗？我看到红砖已全部换新了，路竟像自己走了起来，我站着，让路带着我，然后我们高高地飞起。

在空中我看见年轻的自己正在路上，身影极小，吹着口哨，哨音里有忧伤凄楚的调子。

幸福的开关

一直到现在,我每看到在街边喝汽水的孩童,总会多注视一眼。而每次走进超级市场,看到满墙满架的汽水、可乐、果汁饮料,心里则颇有感慨。

看到这些,总令我想起童年时代想要喝汽水而不可得的景况。在台湾初光复不久的那几年,乡间的农民虽不致饥寒交迫,但是想要三餐都吃饱似乎也不太可得,尤其是人口众多的家族,更不要说有什么零嘴饮料了。

我小时候对汽水有一种特别奇妙的向往,原因不在汽水有什么好喝,而是由于喝不到汽水。我们家是有几十口人的大家族,小孩依大排行就有十八个之多,记忆里东西仿佛永远不够吃,更别说是喝汽水了。

喝汽水的时机有三种,一种是喜庆宴会,一种是过年的年夜饭,一种是庙会节庆。即使有汽水,也总是不够喝,到要喝汽水时好像进行一个隆重的仪式,十八个杯子在桌上排成一列,依序各倒半杯,几乎喝一口就光了,然后大家舔舔嘴唇,觉得汽水的滋味真是鲜美。

有一回,我走在街上的时候,看到一个孩子喝饱了汽水,站在屋檐下嗳气,呕——长长的一声,我站在旁边简直看呆了,羡慕得要死掉,忍不住忧伤地自问道:什么时候我才能喝汽水喝到饱?什么时候才能喝汽水喝到嗳气?因为到读小学的时候,我还没有尝过喝汽水喝到嗳气的滋味,心想,能喝汽水喝到把气嗳出来,不知道是何等幸福的事。

当时家里还点油灯,灯油就是煤油,台语称做"臭油"或"番仔油"。有一次我的母亲把臭油装在空的汽水瓶里,放置在桌脚旁,我趁大人不注意,一个箭步就把汽水瓶拿起来往嘴里灌,当场两眼翻白,口吐白沫,经过医生的急救才活转过来。为了喝汽水而差一点丧命,后来成为家里的笑谈,却并没有阻绝我对汽水的向往。

在小学三年级的时候,有一位堂兄快结婚了,我在他结婚的前一晚竟辗转反侧地失眠了,我躺在床上暗暗地发愿:明天一定要喝汽水喝到饱,至少喝到嗳气。

第二天我一直在庭院前窥探,看汽水送来了没有。到上午九点多,看到杂货店的人送来几大箱的汽水,堆叠在一处,我飞也似的跑过去,提了两大瓶黑松汽水,就往茅房跑去。彼时农村的厕所都盖在远离住屋的几十米之外,有一个大粪坑,几星期才清理一次,我们小孩子平时是很恨进茅房的,卫生问题通常是就地解决,因为里面实在太臭了。但是那一天我早计划好要在里面喝汽水,那是家里唯一隐秘的地方。

我把茅房的门反锁，接着打开两瓶汽水，然后以一种虔诚的心情，把汽水咕嘟咕嘟地往嘴里灌，就像灌蟋蟀一样，一瓶汽水一会儿就喝光了。几乎一刻也不停地，我把第二瓶汽水也灌进腹中。

我的肚子整个胀起来，我安静地坐在茅房地板上，等待着嗳气，慢慢地，肚子有了动静，一股沛然莫之能御的气翻涌出来，呕——汽水的气从口鼻冒了出来，冒得我满眼都是泪水，我长长地叹了一口气："这个世界上再也没有比喝汽水喝到嗳气更幸福的事了吧！"然后朝圣一般打开茅房的木栓，走出来，发现阳光是那么温暖明亮，好像从天上回到了人间。

每一粒米都充满了幸福的香气

在茅房喝汽水的时候，我忘记了茅房的臭味，忘记了人间的烦恼，觉得自己是世上最幸福的人，一直到今天我还记得那年叹息的情景，当我重复地说："这个世界上再也没有比喝汽水喝到嗳气更幸福的事了吧！"心里百感交集，眼泪忍不住就要落下来。

贫困的岁月里，人也能感受到某些深刻的幸福，像我常记得添一碗热腾腾的白饭，浇一匙猪油、一匙酱油，坐在"户定"（厅门的石阶）前细细品味猪油拌饭的芳香，那每一粒米都充满了幸福的香气。

有时这种幸福不是来自食物。我记得当时我们镇上住了一位卖酱菜的老人,他每天下午的时候都会推着酱菜摊子在村落间穿梭。他沿路都摇着一串清脆的铃铛,在很远的地方就可以听见他的铃声。每次他走到我们家的时候,都在夕阳将落下之际,我一听见他的铃声跑出来,就看见他浑身都浴在黄昏柔美的霞光中,那个画面、那串铃声,使我感到一种难言的幸福,好像把人心灵深处的美感全唤醒了。

有时幸福来自于自由自在地在田园中徜徉了一个下午。

有时幸福来自于看到萝卜田里留下来做种的萝卜,开出一片宝蓝色的花。

有时幸福来自于家里的大狗突然生出一窝颜色都不一样的、毛茸茸的小狗。

生命的幸福原来不在于人的环境、人的地位、人所能享受的物质,而在于人的心灵如何与生活对应。因此,幸福不是由外在事物决定的,贫困者有贫困者的幸福,富有者有富有者的幸福,位尊权贵者有其幸福,身份卑微者也有其幸福。在生命里,人人都是有笑有泪;在生活中,人人都有幸福与忧烦,这是人间世界真实的相貌。

从前,我在乡间城市穿梭做报道访问的时候,常能深刻地感受到这一点。坐在夜市喝甩头仔米酒配猪头肉的人,他感受到的幸福往往不逊于坐在大饭店里喝XO的富豪;蹲在寺庙门口喝一斤二十元粗茶的农夫,他得到的快乐也不逊于喝冠军茶的人;围在甘蔗园呼幺喝六,输赢只有几百元的百姓,他得到的刺激绝不输于在梭哈台上输赢几百万的豪华赌徒。

这个世界原来就是个相对的世界，而不是绝对的世界，因此幸福也是相对的，不是绝对的。

由于世界是相对的，使得到处都充满缺憾，充满了无奈与无言的时刻。但也由于相对的世界，使得我们不论处在任何景况，都还有幸福的可能，能在绝壁之处也见到缝隙中的阳光。

我们幸福的感受不全然是世界所给予的，而是来自我们对外在或内在的价值判断，我们幸福与否，正是由自我的价值观来决定的。

以直观来面对世界

如果，我们没有预设的价值观呢？如果，我们可以随环境调整自己的价值判断呢？

就像一个不知道金钱、物质为何物的孩子，他得到一千元的玩具与十元的玩具，都能感受到一样的幸福。这是他没有预设价值观，能以直观来面对世界，世界也因此以幸福来面对他。

就像我们收到陌生者送的贵重礼物，给我们的幸福感还不如知心朋友寄来的一张卡片。这是我们随环境来调整自己的判断，能透视物质包装内的心灵世界，幸福也因此来面对我们的心灵。

所以，幸福的开关有两个，一个是直观，一个是心灵的品味。

这两者不是来自远方,而是由生活的体会得到的。

什么是直观呢?

有源律师问大珠慧海禅师:"和尚修道,还用功否?"

大珠:"用功。"

"如何用功?"

"饿来吃饭,困来眠。"

"一切人总如同师用功否?"

"不同!"

"何故不同?"

"他吃饭时不肯吃饭,百种须索;睡时不肯睡,千般计较,所以不同也。"

好好地吃饭,好好地睡觉就是最大的幸福、最深远的修行,这是多么伟大的直观!在禅师的语录里有许多这样的直观,都是在教导启示我们找到幸福的开关,例如:

百丈怀海说:"如今对五欲八风,情无取舍,垢净俱亡,如日月在空,不缘而照;心如木石,亦如香象截流而过,更无滞碍,此人天堂地狱所不能摄也。"

庞蕴居士说:"神通并妙用,运水与搬柴。""好雪片片,不落别处。"

沩山灵佑说:"一切时中,视听寻常,更无委屈,亦不闭眼塞耳,但情不附物,即得。……譬如秋水澄清,清净无为,澹泞无碍,唤他做道人,亦名无事之人。"

黄檗希运:"凡人多不肯空心,恐落空。不知自心本空,愚人除事不除心,智者除心不除事。""终日吃饭,未曾咬着一粒米;终日行,未曾踏着一片地。与么时,无人我等相,终日不离一切事,不被诸境惑,方名自在人。"

在禅师的话语中,我们在在处处都看见了一个人如何透过直观,找到自心的安顿、超越的幸福。若要我说世间的修行人所为何事?我可以如是回答:"是在开发人生最究竟的幸福。"这一点禅宗四祖道信早就说过了,他说:"快乐无忧,故名为佛!"读到这么简单的句子使人心弦震荡,久久还绕梁不止,这不是人间最大的幸福吗?

只是在生命的起落之间,要人永远保有"快乐无忧"的心境是何其不易,那是远远超过了凡尘的青山与溪河的胸怀。因此另一个开关就显得更平易了,就是心灵的品味,仔细地体会生活环节的真义。

垂丝千尺,意在深潭

现代诗人周梦蝶,他吃饭很慢很慢,有时吃一顿饭要两个多小时,有一次我问他:"你吃饭为什么那么慢呢?"

他说:"如果我不这样吃,怎么知道这一粒米与下一粒米的滋味有什么不同。"

我从前不知道他何以能写出那样清新空灵、细致无比的诗歌，听到这个回答时，我完全懂了，那是来自心灵细腻的品味，有如百千明镜鉴像，光影相照，使人们看见了幸福原是生活中的花草，粗心的人践花而过，细心的人怜香惜玉罢了。

这正是黄龙慧南说的："高高山上云，自卷自舒何亲何疏；深深涧底水，遇曲遇直无彼无此。众生日用如云水，云水如然人不尔。若得尔，三界轮回何处起？"

也是克勤圆悟说的："三百六十骨节，一一现无边妙身；八万四千毛端，头头彰宝王刹海。不是神通妙用，亦非法尔如然，苟能千眼顿开，直是十方坐断！"

众生在生活里的事物就像云水一样，云水如此，只是人不能自卷自舒、遇曲遇直，都保持幸福之状。保持幸福不是什么神通，只看人能不能千眼顿开，有一个截然的面对。

"垂丝千尺，意在深潭。"我们若想得到心灵真实的归依处，使幸福有如电灯开关，随时打开，就非时时把品味的丝线放到千尺以上不可。

人间的困厄横逆固然可畏，但人在困厄横逆之际，没有自处之道，不能找到幸福的开关才是最可怕的。因为这世界的困境牢笼不光为某一个人打造，人人皆然，为什么有的人幸福，有的人不幸，实在值得深思。

我有一位朋友，是一家大公司的经理，有一天，我约他去吃番薯稀饭，他断然拒绝了。

他说："我从小就是吃番薯稀饭长大的，十八岁那一年我坐火车离开彰化家乡，在北上的火车上我对天发誓：这一辈子我宁可饿死，也不会再吃番薯稀饭了。"

我听了怔在当地，就这样，他二十年没有吃过一口番薯，也许是这样决绝的志气与誓愿，使他步步高升，成为许多人欣羡的成功者。不过，他的回答真是令我惊心，因为在贫困岁月抚养我们成长的番薯是无罪的呀！

当天夜里，我独自去吃番薯稀饭，觉得这被视为卑贱象征的地瓜，仍然滋味无穷。我也是吃番薯稀饭长大的，但不管何时何地吃它，总觉得很好，充满了感恩与幸福。

走出小店，仰望夜空的明星，我听到自己步行在暗巷中清晰而渺远的足音，仿佛是自己走在空谷之中，我知道，我们走过的每一步不一定是完美的，但每一步都有值得深思的意义。

只是，空谷足音，谁愿意驻足聆听呢？

太 阳 雨

对太阳雨的第一印象是这样子的。

幼年随母亲到芋田里采芋梗,要回家做晚餐,母亲用半月形的小刀把芋梗采下,我蹲在一旁看着,想起芋梗油焖豆瓣酱的美味。

突然,被一阵巨大震耳的雷声所惊动,那雷声来自远方的山上。

我站起来,望向雷声的来处,发现天空那头的乌云好似听到了召集令,同时向山头的顶端飞驰去集合,密密层层地叠成一堆。雷声继续响着,仿佛战鼓频催,一阵急过一阵,忽然,将军喊了一声:"冲呀!"

乌云里哗哗洒下一阵大雨,雨势极大,大到数公里之外就听见噼啪之声,撒豆成兵一样。我站在田里被这阵雨的气势慑住了,看着远处的雨幕发呆,因为如此巨大的雷声,如此迅速集结的乌云,如此不可思议的澎湃之雨,是我第一次看见。

说是"雨幕"一点也不错,那阵雨就像电影散场时拉起来的厚重黑幕,整齐地拉成一列,雨水则踏着军人的正步,齐声踩过田原,还呼喊着雄壮威武的口令。

平常我听到打雷声都要哭的,那一天却没有哭,就像第一次被鹅咬到屁股,意外多过惊慌。最奇异的是,雨虽是那样大,离我和母亲的位置不远,而我们站的地方阳光依然普照,母亲也没有要跑的意思。

"妈妈,雨快到了,下很大呢!"

"是西北雨,没要紧,不一定会下到这里。"

母亲的话说完才一瞬间,西北雨就到了,有如机枪掠空,哗啦一声从我们头顶掠过,就在扫过的那一刹那,我的全身已经湿透,那雨滴的巨大也超乎我的想象,炸开来几乎有一个手掌,打在身上,微微发疼。

西北雨淹过我们,继续向前冲去。奇异的是,我们站的地方仍然阳光普照,使落下的雨丝恍如金线,一条一条编织成金黄色的大地,溅起来的水滴像是碎金屑,真是美极了。

母亲还是没有要躲雨的意思,事实上空旷的田野也无处可躲,她继续把未采收过的芋梗采收完毕,记得她曾告诉我,如果不把粗的芋梗割下,包覆其中的嫩叶就会壮大得慢,在地里的芋头也长不坚实。

把芋梗用草捆扎起来的时候,母亲对我说,"这是西北雨,如果边出太阳边下雨,叫做日头雨,也叫做三八雨。"接着,她解释说:"我刚刚以为这阵雨不会下到芋田,没想到看错了,因为日头雨虽然大,却下不广,也下不久。"

我们在田里对话就像家中一般平常,几乎忘记是站在庞大的雨阵中，母亲大概是看到我愣头愣脑的样子，笑了，说："打在头上会痛吧！"然后顺手割下一片最大的芋叶，让我撑着，芋叶遮不住西北雨，却可以暂时挡住雨打的疼痛。

我们工作快完的时候，西北雨就停了，我随着母亲沿田埂走回家，看到充沛的水在圳沟里奔流，整个旗尾溪都快涨满了，可见这雨虽短暂，却是多么巨大。

太阳依然照着，好像无视于刚刚的一场雨，我感觉自己身上的雨水向上快速地蒸发，田地上也像冒着腾腾的白气。觉得空气里有一股甜甜的热，土地上则充满着生机。

"这西北雨是很肥的，对我们的土地是最好的东西，我们做田人，偶尔淋几次西北雨，以后风呀雨呀，就不会轻易让我们感冒。"田埂只容一人通过，母亲回头对我说。

这时，我们走到蕉园附近，高大的父亲从蕉园穿出来，全身也湿透了，"咻！这阵雨真够大！"然后他把我抱起来，摸摸我的光头，说："有给雷公惊到否？"我摇摇头，父亲高兴地笑了："哈……金刚头，不惊风，不惊雨，不惊日头。"

接着，他把斗笠戴在我头上，我们慢慢地走回家去。

回到家，我身上的衣服都干了，在家院前我仰头看着刚刚下过太阳雨的田野远处，看到一条圆弧形的彩虹，晶亮地横过天际，天空中干净清朗，没有一丝杂质。

每年到了夏天，在台湾南部都有西北雨，午后刚睡好午觉，雷声就会准时响起，有时下在东边，有时下在西边，像是雨和土地的约会。在台北都城，夏天的时候如果空气污浊，我就会想："如果来一场西北雨就好了！"西北雨虽然狂烈，却是土地生机的来源，也让我们在雄浑的雨景中，感到人是多么渺小。

我觉得这世界之所以会人欲横流、贪婪无尽，是由于人不能自见渺小，因此对天地与自然的律则缺少敬畏的缘故。大风大雨在某些时刻给我们一种无尽的启发，记得我小时候遇过几次大台风，从家里的木格窗，看见父亲种的香蕉成排成排地倒下去，心里忧伤，却也同时感受到无比的大力，对自然有一种敬畏之情。

台风过后，我们小孩子会相约到旗尾溪看大水，看大水淹没了溪洲，淹到堤防的腰际，上游的牛羊猪鸡，甚至农舍的屋顶，都在溪中浮沉并漂流而去，有时还会看见两人合围的大树，整棵连根流向大海。此时，我们就会默然肃立，不能言语。呀！从山水与生命的远景看来，人是渺小一如蝼蚁的。

我时常忆起那骤下骤停、瞬间阳光普照，或一边下大雨一边出太阳的"太阳雨"。所谓的"三八雨"就是一块田里，一边下着雨，另外一边却不下雨，我有几次站在那雨线中间，让身体的右边接受雨的打击，左边接受阳光的照耀。

"三八雨"是人生的一个谜题，使我难以明白，问了母亲，她三言两语就解开这个谜题，她说："任何事物都有界限，山再高，总有一个顶点；河流再长，总能找到它的起源；人再长寿，也不可能永远活着;雨也是这样,不可能遍天下都下着雨,也不可能永远下着……"

在过程里固然变化万千,结局也总是不可预测的,我们可能同时接受着雨的打击和阳光的温暖,我们也可能同时接受阳光无情的曝晒与雨水有情的润泽,山水介于有情与无情之间,能适性地、勇敢地举起脚步,我们就不会因自然轻易得感冒。

在苏东坡的词里有一首《水调歌头》,是我很喜欢的:

> 落日绣帘卷,亭下水连空。
> 知君为我新作,窗户湿青红。
> 长记平山堂上,欹枕江南烟雨,杳杳没孤鸿。
> 认得醉翁语:山色有无中。
> 一千顷,都镜净,倒碧峰。
> 忽然浪起,掀舞一叶白头翁。
> 堪笑兰台公子,未解庄生天籁,刚道有雌雄。
> 一点浩然气,千里快哉风!

在人生广大的倒影里,原没有雌雄之别,千顷山河如镜,山色在有无之间,使我想起南方故乡的太阳雨,最爱的是末两句:"一点浩然气,千里快哉风!"心里存有浩然之气的人,千里的风都不亦快哉,为他飞舞,为他鼓掌!

这样想来,生命的大风大雨,不都是我们的掌声吗?

莲花汤匙

洗茶碟的时候,不小心打破了一根清朝的古董汤匙,心疼了好一阵子,仿佛是心里某一个角落跌碎一般。

那根汤匙是有一次在金门一家古董店找到的。那一次我们在山外的招待所,与招待我们的军官聊到古董,他说在金城有一家特别大的古董店,是由一位小学校长经营的,一定可以找到我想要的东西。

夜里九点多,我们坐军官的吉普车到金城去。金门到了晚上全面宵禁,整座城完全漆黑了,商店与民家偶尔有一盏电灯。由于地上的沉默与黑暗,更感觉到天上的明星与夜色有着晶莹的光明,天空是很美很美的灰蓝色。

到古董店时,校长正与几位朋友喝茶。院子里堆放着石磨、石槽、秤锤。房子里十分明亮,与外边的漆黑有着强烈的对比。

就像一般的古董店一样,名贵的古董都被收在玻璃柜子里,每日整理、擦拭。第二级的古董则在柜子上排成一排一排。我在那些摆着的名贵陶瓷、银器、铜器前绕了一圈,没见到我要的东西。后来校长带我到西厢去看,那些不是古董而是民间艺术品,因为没有整理,显得十分凌乱。

最后，我们到东厢去，校长说："这一间是还没有整理的东西，你慢慢看。"他大概已经嗅出我是不会买名贵古董的人，不再为我解说，到大厅里继续和朋友喝茶了。

这样，正合了我的意思，我便慢慢地在昏黄的灯光下寻索检视那些灰尘满布的老东西。我找到两个开着粉红色菊花的明式瓷碗，两个民初的粗陶大碗，一长串从前的渔民用来捕鱼的渔网陶坠。蹲得脚酸，正准备离去时，看到地上的角落开着一朵粉红色的莲花。

拾起莲花，原来是一根汤匙，茎叶从匙把伸出去，在匙心开了一朵粉红色的莲花。卖古董的人说："是从前富贵人家喝莲子汤用的。"

买古董时有一个方法，就是挑到最喜欢的东西要不动声色，毫不在乎。结果，汤匙以五十元就买到了。

我非常喜欢那根莲花汤匙，在黑夜里赶车回山外的路上，感觉到金门的晚上真美，就好像一朵粉红色的莲花开在汤匙上。

回来，舍不得把汤匙收起来，经常拿出来用。每次用的时候就会想起，一百多年前或者曾有穿绣花鞋、戴簪珠花的少女在夏日的窗前迎风喝冰镇莲子汤，不禁感到时空的茫然。小小如一根汤匙，可能就流转过百年的时间，走过千百里空间，被许多不同的人使用，这算不算是一种轮回呢？如果依情缘来说，说不定在某一个前世我就用过这根汤匙，否则，怎么会千里迢迢跑到金门，而在最偏僻的角落与它相会呢？这样一想，使我怅然。

现在它竟落地成为七片。我把它们一一拾起，端视着不知道要不要把碎片收藏起来。对于一根汤匙，一旦破了就一点用处也没有了，就好像爱情一样，破碎便难以缝补，但是，曾经宝爱的东西总会有一点不舍的心情。

我想到，在从前的岁月里，不知道打破过多少汤匙，却从来没有一次像这一次，使我为汤匙而叹息。其实，所有的汤匙本来都是一块泥土，在它被匠人烧成的那一天就注定有一天会打破。我的伤感，只不过是它正好在我的手里打破，而它正好画了一朵很美的莲花，正好又是一个古董罢了。

这个世界的一切事物都只不过是偶然。一撮泥土偶然被选取，偶然被烧成，偶然被我得到，偶然地被打破……在偶然之中，我们有时误以为是自己做主，其实是无自性的，在时空中偶然的生灭。

在偶然中，没有破与立的问题。我们总以为立是好的，破是坏的，其实不是这样。以古董为例，如果全世界的古董都不会破，古董终将一文不值；以花为例，如果所有的花都不会凋谢，那么花还会有什么价值呢？如果爱情都能不变，我们将不能珍惜爱情；如果人都不会死，我们必无法体会出生存的意义。然而也不能因为破立无端，就故意求破。大慧宗杲曾说："若要径截理会，需得这一念子噗地一破，方了得生死，方名悟入。然切不可存心待破。若存心破处，则永劫无有破时。但将妄想颠倒的心、思量分别的心、好生恶死的心、知见解会的心、欣静厌闹的心，一时按下。"

大慧说的是悟道的破,是要人回到主体的直观。在生活里不也是这样吗?一根汤匙,我们明知它会破,却不能存心待破,而是在未破之时真心地珍惜它,在破的时候去看清:"呀,原来汤匙是泥土做的。"

这样我们便能知道僧肇所说的:"不动真际为诸法立处。非离真而立处,立处即真也。然则道远乎哉?触事而真。圣远乎哉?体之即神。"(一个不动的真实才是诸法站立的地方。不是离开真实另有站立之处,而是每一个站立的地方都是真实的。每次接触的事物都有真实,道哪里还远呢?每有体验之际就有觉意,圣哪里遥远呀?)

我宝爱于一根汤匙,是由于它是古董,它又画了一朵我最喜欢的莲花,才使我因为心疼而失去真实的观察。如果回到因缘,僧肇也说得很好。他说:"物从因缘故不有,缘起故不无,寻理即其然矣。所以然者,夫有若真有,有自常有,岂待缘而后有哉?譬彼真无,无自常无,岂待缘而后无也。若有不自有,待缘而后有者,故知有非真有。有非真有,虽有不可谓之有矣。"

一根莲花汤匙,若从因缘来看,不是真实的有,可是在缘起的那一刻又不是无的。一切有都不是真有,而是等待因缘才有,犹如一撮泥土成为一根汤匙需要许多因缘;一切无也不是真的无,就像一根汤匙破了,我们的记忆中它还是有的。

我们的情感,乃至于生命,也和一根汤匙没有两样。"捏一块泥,塑一个我",我原是宇宙间的一把客尘,在某一个偶然中,被塑成生命,有知、情、意,看起来是有的、是独立的,但缘起缘灭,终又要散灭于大地。我有时候长夜坐着,看看四周的东西,在我面前的是一张清朝的桌子,我用来泡茶的壶是民初的,每一样都活得比我还久,就连架子上我在海边拾来的石头,是两亿七千万年前就存在于这个世界了。这样想时,就会悚然而惊,思及"世间无常,国土危脆",感到人的生命是多么薄脆。

在因缘的无常里,在危脆的生命中,最能使我们坦然活着的,就是马祖道一说的"平常心"了。在行住坐卧、应机接物都有平常心,知道"月影有若干,真月无若干;诸源水有若干,水性无若干;森罗万象有若干,虚空无若干;说道理有若干,无碍慧无若干"(马祖语)。找到真月,知道月的影子再多也是虚幻;看见水性,则一切水源都是源头活水……

三祖僧灿说:"莫逐有缘,勿住空忍。一种平怀,泯然自尽。"这"一种平怀"说得真好。以一种平坦的怀抱来生活、来观照,那生命的一切烦恼与忧伤自然就灭去了。

我把莲花汤匙的破片丢入垃圾桶,让它回到它来的地方。这时,我闻到了院子里的含笑花很香很香,一阵一阵,四散飞扬。